ROMAIN GUÉRIN



# LE GRAND SOULÈVEMENT

*Roman*

Presses d'Ipogépolis

Presses d'Ipogépolis

ISBN : 978-2-9593216-0-3

« Face aux différentes « communautés » qu'on voit se former dès aujourd'hui sur les ruines de l'intégration (ou plutôt sur son inversion progressive : c'est nous qu'on intègre à « l'autre », à présent, et plus le contraire) et qui en 2050 seront définitivement et sans doute institutionnellement installées, il s'agira en quelque sorte je cherche un terme approprié d'une communauté de la pérennité française. Celle-ci s'appuiera sur ses familles, sa natalité, son endogamie de survie, ses écoles, ses réseaux parallèles de solidarité, peut-être même ses zones géographiques, ses portions de territoire, ses quartiers, voire ses places de sûreté et, pourquoi pas, sa foi chrétienne, et catholique avec un peu de chance si ce ciment-là tient encore.

Cela ne plaira pas. Le clash surviendra un moment ou l'autre. Quelque chose comme l'élimination des koulaks par des moyens légaux appropriés. Et ensuite ? Ensuite la France ne sera plus peuplée, toutes origines confondues, que par des bernard-l'ermite qui vivront dans des coquilles abandonnées par les représentants d'une espèce à jamais disparue qui s'appelait l'espèce française et n'annonçait en rien, par on ne sait quelle métamorphose génétique, celle qui dans la seconde moitié de ce siècle se sera affublée de ce nom. Ce processus est déjà amorcé.

Il existe une seconde hypothèse que je ne saurais formuler autrement qu'en privé et qui nécessiterait auparavant que je consultasse mon avocat, c'est que les derniers isolats résistent jusqu'à s'engager dans une sorte de *reconquista* sans doute différente de l'espagnole mais s'inspirant des mêmes motifs.

Il y aurait un roman périlleux à écrire là-dessus. Ce n'est pas moi qui m'en chargerai, j'ai déjà donné. Son auteur n'est probablement pas encore né, mais ce livre verra le jour à point nommé, j'en suis sûr… »

Jean Raspail

« La France souffre davantage de la déchéance de ceux qui la défendent que de la vaillance de ceux qui la combattent. »

Prince de Mortemine

*À Alexandre, Jules, Antoine, René et Jean*

# LA QUÊTE

# UN BRETON AU VATICAN

18 janvier 1975. Lucien Korrigan dormait d'un sommeil de plomb sur la dalle du Palais. Entre sa tête et le marbre froid, une bible usée lui servait d'oreiller de fortune.

Dès qu'il apprit la terrible nouvelle, il sauta dans sa Citroën Ami 8 sans réfléchir à la durée de son voyage. Deux-mille kilomètres séparent la résidence du Pape de Roscoff, ville côtière du Finistère où notre jeune homme officiait comme prêtre depuis peu.

De quoi pouvait-il rêver ? Lui-même l'ignorait. En revanche, pour nous, auteur et lecteurs, ses songes sont à notre portée. Pour les atteindre, il suffit de se faire tout petit et de s'approcher de lui doucement. De s'approcher de lui encore en frôlant sa soutane limée par la prière et d'emprunter son col romain comme une échelle pour parvenir à l'entrée de son oreille. Là, il faut prendre quelques pas d'élan pour plonger dans un étrange toboggan qui nous conduira dans le sanctuaire de sa conscience.

Lucien se voyait sur la plage de Saint-Pol-de-Léon en train de chasser le coquillage avec son grand-père qu'il n'avait pourtant jamais connu. Dans ses yeux d'enfant, l'étendue de sable faisait la taille de plusieurs univers et les coques, les couteaux, les bulots, les palourdes, les crabes et les pierres multicolores composaient les étoiles et les planètes d'une galaxie lointaine venue s'échouer sur le rivage. « Papi ! Papi ! Regarde ! J'ai trouvé une moule. » Il était si fier de sa découverte. Sa menotte humide et salée portait fébrilement le poids d'un trésor. Sans considération aucune pour l'amour propre de son petit-fils, le vieillard ria aux éclats quand il s'aperçut que la moule n'était qu'un vulgaire caillou. Puis, son Papi s'en alla vers les nuages en sautillant sur des coquilles Saint-Jacques qui flottaient dans les airs et qui disparaissaient sous chacun de ses pas. Soudain, la plage se figea en banquise et l'océan se changea en un immense voile noir. Une botte de cuir géante éclipsa le soleil et s'écrasa sur le visage de Lucien à la vitesse d'une météorite.

— Vous vous croyez où jeune homme ? Vous prenez la résidence du Saint-Père pour un hall de gare ?

Ses membres ankylosés par la fatigue et son esprit brouillé par le sommeil, le jeune prêtre resta hébété quelques secondes qui parurent une éternité à l'homme pressé qui venait de lui piétiner la face.

— Levez-vous immédiatement et veuillez à l'avenir adopter une attitude convenable. Qui êtes-vous ?

Lucien s'était relevé et avait repris la pleine possession de ses moyens mais au moment de répondre, il bégaya car il fut incapable de déterminer le statut hiérarchique de son interlocuteur qui, à première vue, ressemblait davantage à un mousquetaire qu'à un membre du clergé.

— Monsieur… pardon, Monseigneur… euh Éminence… euh… pardonnez-moi, je suis prêtre, je viens de Bretagne, j'ai fait un long voyage.

— Vous, prêtre ? Notre mère l'Église est bien malade pour enfanter des avortons pareils. Débarrassez-moi le plancher ! Vous n'avez rien à faire ici.

Le regard perdu dans celui d'une statue du Christ en croix, le jeune Breton tremblait. Son front transpirait une sueur froide qui glissait telles des larmes d'humiliation sur ses joues dépourvues de poil. L'antipathie et la violence des paroles de l'étrange cardinal avaient mortifié son cœur mais plus grave encore, le ridicule de la situation avait comme jamais ébranlé son âme.

Il avait été éconduit.

Éconduit comme le jeune poète sûr de sa valeur qui part de sa lointaine province pour Paris et qui ne trouve là-bas, dans cette capitale de glace et d'acier, que portes closes et railleries. Éconduit comme le puceau sans le sou qui pense que l'intensité et la qualité de son amour sont suffisants pour prétendre au cœur d'une bourgeoise. Il avait parcouru deux-mille kilomètres sans douter un instant que le pape allait l'écouter parler de ses craintes au sujet de la nouvelle loi sur l'avortement qu'on venait de voter dans son pays.

Bien sûr que le pape allait le recevoir.

Évidemment qu'il partagerait son indignation et sa révolte.

Les jeunes gens enfermés dans leur subjectivité et inconscients des lois qui régissent la société ont la faiblesse romantique de penser que la sincérité d'un sentiment, la beauté d'un ouvrage, ou la vérité d'une idée, donnent *de facto* des passe-droits qui sont dans la réalité, les fruits d'années de corvées et d'intrigues récoltés par des êtres coriaces pleins de hargne, de malice et d'entregent.

Hagard, Lucien errait dans les allées du Vatican comme une fourmi perdue sur le damier d'un jeu d'échecs. Ses sens percutaient les splendeurs du lieu sans le moindre écho intelligible : les tableaux de maîtres n'étaient plus que des taches sur les murs ; les sculptures majestueuses des tas de pierrailles ; et les ornements architecturaux de simples caprices de la matière.

Une voix grave le sortit de sa torpeur.

Lucien s'arrêta net devant une porte de bois massif surveillée par deux membres immobiles de la Garde suisse pontificale. Son insignifiance comme camouflage, il put sans résistance de l'imperturbable soldatesque s'approcher pour mieux entendre la conversation :

— Giovanni, mon cher Giovanni, comment te portes-tu ?

— Fatigué, cher Prince. J'ai depuis quelques temps des problèmes d'insomnie. De plus, je digère très mal.

— C'est ta conscience qui t'empêche de dormir peut-être ?

— Qu'est-ce que tu insinues Vidar ? Que j'aurais des choses à me reprocher ?

— Vatican II. Ton propre organisme est en révolte contre cette abomination. Ton estomac est plus lucide que ton cerveau Giovanni.

— Si tu es venu pour me parler de ça, tu peux repartir. Je n'ai pas le loisir en ce moment de me disputer sur des détails théologiques.

— Livrer sur un plateau d'argent l'Église au Diable, tu appelles ça des détails théologiques ? Tu as perdu tout sens commun cher ami.

— Nous avons simplement voulu conformer l'Église au monde moderne pour ne pas qu'elle disparaisse.

— Giovanni, tu dis ce que je dis avec d'autres mots. Le rôle de l'Église catholique est de se conformer aux enseignements de notre Seigneur Jésus Christ et non pas aux fables du siècle.

Giovanni… Giovanni… c'était le prénom de Paul VI. Lucien n'en croyait pas ses oreilles. Il recula d'un pas et constata qu'il était collé à la porte de la bibliothèque privée du pape. Un vent de panique s'empara de lui : qu'est-ce qui lui arriverait s'il était vu dans cette honteuse et coupable position ? Il serait pris pour un espion, jugé, mis en prison et peut-être même pire, excommunié. La prudence la plus élémentaire lui commandait de déguerpir au plus vite, mais son esprit était charmé par les voix qu'il entendait. Pour la première fois de sa vie, il goûtait à l'envoûtement cérébral de la conversation philosophique. Il avait toujours été un élève discipliné. Pendant son séminaire, son crâne avait reçu les enseignements liturgiques, bibliques, pastoraux et théologiques comme le foie du canard reçoit la figue séchée ou le grain de maïs.

Comme tous les curés de batterie de son espèce, ses supérieurs l'avaient disposé à la graisse plutôt qu'à la grâce.

Il avait appris par cœur des raisonnements comme si c'étaient des formules mathématiques pour les recracher sur commande. Ce qui le fascinait le plus dans la discussion qu'il suivait clandestinement, c'était que l'Église elle-même faisait l'objet d'un débat. La sainte Église catholique, apostolique et romaine est, sera et a toujours été, le vaisseau du Christ sur la Terre. Point. Le simple fait de questionner sa nature était une hérésie. À l'instar de saint Augustin qui succomba un instant aux délices du mal, Lucien succomba quelques secondes aux plaisirs intellectuels du sacrilège.

— Giovanni, la mission du clergé est d'élever les hommes au niveau de l'Église, et non d'abaisser l'Église au niveau des hommes.

— Des hommes ? Où ça ? Sur ce tableau derrière moi… dans les livres de cette bibliothèque… dans nos vieux souvenirs… oui, là peut-être qu'il y a des hommes. Aujourd'hui, je n'en vois plus.

— Si je te comprends bien, toi le vicaire de Jésus Christ, toi le successeur de saint Pierre, l'horreur que l'homme moderne t'inspire te fait renoncer à ta mission sacrée qui, je te le rappelle, est de sauver leurs âmes. Où est passée l'Église qui accueillait les lépreux ?

— Ces lépreux dont tu parles avaient encore une âme. De toute façon, tu sais bien que depuis le concile Vatican II, le Paradis est un nouveau droit de l'homme. Vidar, Prince de Mortemine, tu me fatigues. Je ne sais même plus pourquoi je te supporte. Parce que je t'admire ou est-ce parce que je te crains ? Que me vaut l'honneur de la visite de l'Éminence noire ? Fais vite je t'en prie, mon corps me lâche.

— Tu plaisantes j'espère ? Ce qui se passe en France. Ils viennent de voter une loi qui favorise les avortements.

— C'est triste en effet...

— Je voulais simplement connaître ta position et savoir si tu comptais réagir.

L'Éminence noire, le dernier Cardinal, c'était comme ça que les membres de la curie romaine et plus largement, toutes les personnes qui avaient une vague connaissance de son existence, surnommaient parfois le Prince Vidar de Mortemine. Son nom n'apparaissait sur aucun registre, il n'appartenait officiellement à aucune congrégation, à aucun collège. Personne ne savait où il habitait, et peu nombreux étaient ceux qui un jour, avaient pu croiser son regard. Son existence était si mystérieuse qu'elle alimentait les suppositions les plus folles : pour certains, il n'existait tout simplement pas, c'était un fantôme inventé de toutes pièces par les fonctionnaires du Vatican pour pimenter leur ennui ; pour d'autres, il était le fondateur d'une société secrète jésuite, franc-maçonne ou mondialiste, c'était selon les obsessions de chacun. Des livres vendus sous le manteau affirmaient qu'il était un extraterrestre reptilien issu de la planète Alpha Draconis ; le vrai pape quand Paul VI n'était qu'une doublure ; ou un sayanim, c'est-à-dire un agent des services secrets israéliens. Bref, quelle que pût être la véritable identité de ce Prince, la profusion de ces hypothèses était sa meilleure couverture, son anneau de Gygès. Si ces suppositions à son endroit n'avaient pas eu gratuitement cours, Vidar aurait volontiers payé pour qu'elles existent. Peut-être le faisait-il d'ailleurs ? Peut-être que c'était lui, le Cyrano de ces ragots magiques.

— Tu veux connaître ma position ? Eh bien regarde Vidar… la voilà : je suis assis.

— À peine assis… avachi… rampant !

— Je ne te permets pas, n'oublie pas à qui tu t'adresses.

— Je n'oublie rien. C'est toi qui t'oublies Giovanni ! Il n'y a plus d'hommes dis-tu ? Dans ta bouche, cette misanthropie n'est là que pour justifier ta trahison, mais au fond, peut-être que tu as raison. Eh bien… s'il n'y a effectivement plus d'hommes sur Terre, j'en fabriquerai !

— Ah oui et comment ?

— Avec mes propres mains, répondit Vidar avec sévérité.

— Le Prince de Mortemine se prend pour Dieu maintenant !

— Pas du tout. Je compte simplement le suppléer pendant son absence que j'espère momentanée. Vous l'avez chassé de son Église pour installer Moloch sur son trône. Je comprends qu'il soit fâché.

— Tu es un fou à enfermer Vidar !

— Et toi, tu es un traître à pendre Giovanni.

— Vidar, mon ancien ami, ta naïveté d'enfant me désarme.

— Ma naïveté ?

— Ne me dis pas que tu croyais encore à tout ça ? demanda le pape sans attendre de réponse en montrant les murs du Vatican du doigt.

Giovanni éclata de rire. Vidar regarda une dernière fois avec répugnance celui qui pantomimait le Très Saint-Père. On aurait dit un ivrogne encore déguisé en train de cuver son vin sur le trottoir, un lendemain de carnaval. Quelle pitié de voir un grabataire repu par les privilèges de son état et broyé par le poids de ses habits. Le Prince de Mortemine appartenait à cette race d'aristocrates pour qui l'inadéquation du talent et du rang était la scène la plus hideuse et la plus odieuse de la comédie sociale. Que ce soit d'un point de vue moral ou esthétique, c'était pour lui la laideur suprême. D'un naturel plutôt calme, le voisinage des imposteurs le mettait hors de lui. Si la vie ne l'avait pas fait chrétien, il aurait depuis longtemps pris grand plaisir à tuer de ses mains quelques-uns de ces monstres qui gouvernent le monde, au nom du bon goût d'abord, et de la Justice ensuite. Pour ne pas céder à cette funeste impulsion, il arracha ses yeux du regard bovin du prélat perdu dans les abysses de sa bassesse et sans dire un mot, il se dirigea d'un pas militaire vers la sortie. Quand il ouvrit la porte, Lucien jaillit dans la bibliothèque comme un diable à ressort et s'écroula aux pieds du pape qui, pris de panique, s'aplatit sur le sol, s'urina dessus et cria : « Gardes ! Au secours ! Gardes ! À moi ! »

Quand Lucien reprit conscience, il était couché sur un banc de la *Viale Vaticano*. Il se palpa le corps pour vérifier que tous ses membres étaient bien avec lui. Il n'avait pas de blessures apparentes mais en se levant, une atroce migraine lui laboura le crâne. Déambuler sans but lui apparut être la seule chose sensée à faire. Hors de son pays, loin de sa Bretagne, c'était la première fois qu'il se trouvait dans une ville où les âmes se comptent en millions. Échoué dans cette immense ruche de pierre, chaque rue lui semblait être un puits horizontal sans fond, chaque perspective se confondait avec l'infini. Un étrange vertige lui empoigna la gorge. Haut, bas, droite, gauche, devant, derrière, le passé, l'avenir, la terre, l'espace... tous ces concepts avaient perdu leur signification. Lucien n'était plus qu'une particule qui flottait bêtement dans le néant. Son corps autant que son esprit réclamaient le mouvement. Instinctivement, il le savait : se fatiguer jusqu'à épuisement était le meilleur remède contre l'angoisse.

Lucien décida de faire le tour de la Cité du Vatican. Une fois arrivé au point de départ, il recommença. Il tourna comme ça pendant plusieurs heures. Au fil de l'après-midi, une tumeur de touristes se forma devant la *Porta Pertusa* d'abord, et la *Porta Angelica* ensuite. À chacun de ses passages, ces excroissances de sous-humanité grossissaient en absorbant les représentants les plus grossiers des races qui appesantissent la Terre. Le jeune prêtre marchait les yeux fixés sur ses chaussures. Il ne vit rien d'anormal à ces attroupements soudains même quand il dut passer par la route pour ne pas interrompre son errance circulaire. La foule s'excitait de plus en plus. Les monceaux d'organes qui la composaient étaient imbibés de la même ferveur vulgaire que l'on retrouve dans les tribunes des stades et des arènes. À son cinquième passage devant la *Porta Angelica,* un chinois de Mandchourie marcha à ses côtés pendant un bon kilomètre et cracha sur sa soutane bien trois pellicules Fujicolor de 36 poses. À son sixième passage devant la *Porta Pertusa*, une malienne originaire de la tribu des Bobo s'approcha de lui et tenta avec la délicatesse d'un mammouth, de lui arracher une mèche de cheveux.

À hauteur de la *Porta del Perugno,* au milieu de son huitième tour, son genou buta sur une barre métallique. À peine eût-il le temps de manifester sa douleur qu'une autre douleur bien plus grande lui fit oublier la sienne. Sur une petite chaise roulante, un garçon de douze ans, beau comme un cœur. Derrière lui, sa mère, une jeune femme de trente-cinq ans que l'épuisement avait changé en vieillarde avec des yeux d'enfant. Nul besoin de savoir lire entre les rides pour deviner toutes les épreuves que cette créature tannée par des torrents de larmes avait dû affronter. Son visage était un livre ouvert offert aux regards indifférents des passants. Lucien examina les environs et s'aperçut avec effroi qu'il était entouré d'une centaine d'exaltés prêts à le piétiner s'il n'accomplissait pas un miracle sur-le-champ. Incapable de faire le moindre geste, dans l'impossibilité d'articuler la moindre parole, il resta figé en priant tous les saints du ciel de le sortir de ce cauchemar. Conscient de sa détresse, le petit infirme lui prit la main. Puis, quelques instants après, le plus sérieusement du monde, l'enfant lui demanda : « Est-ce que c'est toi le petit Jésus ? »

# L'ENFANT ABANDONNÉ

Au même moment, le Prince de Mortemine était déjà rentré en Écosse dans son château. Il n'appréciait pas l'avion, lui préférant volontiers le train ou le bateau, mais comme à chaque fois que cela s'imposait, il avait fait une exception. À Rome, il prit son jet privé pour partir le plus vite possible. Durant le vol, il but un grand verre de whisky – un Dalmore King Alexander III – pour diluer dans une ivresse légère son mal de l'air et surtout, oublier son entretien pathétique avec le pape. À peine trois heures pour rejoindre Inverness, malgré toute la bonne volonté du monde, Vidar n'arrivait pas à s'habituer à cette prouesse. Sur le tarmac de l'aéroport, Rocaboy, son majordome, l'attendait avec la voiture. Avec sa bonhomie silencieuse et naturelle, l'homme prit la direction du nord et ramena son maître sur ses terres. Pour le quidam qui ne s'intéresse qu'à la surface des choses, ce que le Prince appelait « son château » n'était qu'une ruine difficile à distinguer des rivages rocheux du *Sutherland*. Un vulgaire tas de pierres rongé par le vent salé des *Highlands*.

Et pourtant.

Vidar de Mortemine, de son vrai nom Battista Pensabene, est né une nuit de mars 1925 dans une grange, à Villarosa en Sicile. Sa mère, Maddalena Pensabene, accoucha seule derrière une meule de foin, avec pour unique réconfort, le regard apitoyé d'une truie ensommeillée. Drôle de décor pour une drôle de surprise, puisque la jeune fille découvrit seulement au moment de perdre les eaux qu'elle était enceinte. Il fallait le voir pour le croire mais pendant neuf mois, rien dans sa physionomie n'aurait pu faire deviner la présence d'un être en croissance dans son ventre. Un soir d'été, le manque de prudence de son jeune âge avait laissé libre cours à la naïveté de son cœur qui offrit son corps au comte de Lomorielli, le dernier fils d'une famille de nobliaux qui l'employait comme bonne et comme femme de compagnie. Quand Fausto, le père de Maddalena, découvrit sa fille au petit matin et sut qui l'avait engrossée, il prit Battista et voulut le noyer dans une auge de cochon. Les beuglements d'une vache à l'article de la mort le détournèrent de sa fureur assassine. Il posa le nourrisson sur la paille et alla porter assistance à la bête en souffrance. Il est toujours difficile de caractériser une idéologie politique tant les motivations de ses partisans sont, au fond, souvent différentes et parfois même, contradictoires. Pour Fausto par exemple, le fascisme était le parti qui défendait les producteurs et les travailleurs contre les parasites congénitaux et les oisifs de naissance. Une sorte de socialisme avec des *coglioni* qui ne s'embarrassait pas du baratin marxiste et qui surtout, respectait la terre et les paysans. Que sa fille par sa bêtise se retrouve seule à élever son marmot, passe encore. Une bonne paire de claques et il lui aurait pardonné cet affront. Mais que son petit-fils partage les gènes corrompus d'une lignée d'aristocrates décadents, voilà un déshonneur qu'il ne pouvait pas souffrir. Le soir même, Fausto prit le bébé blotti dans la poitrine laiteuse de sa fille endormie et s'en alla pour Palerme.

Il était près de minuit.

Toutes les étoiles du firmament étaient braquées sur le couvent des Ursulines comme autant de projecteurs de théâtre. Il s'avança vers la tour d'abandon, mit Battista dans le tonneau et le fit tourner à 180 degrés.

Sans trembler.

Ni même se signer.

Fausto ne croyait ni en Dieu ni en Diable.

Malgré ses hurlements et ses supplications, il n'a jamais dit à sa fille ce qu'il avait fait de l'enfant. Maddalena arrêta de s'alimenter et mourut en quelques mois.

Les premières années, ce sont les sœurs du couvent qui, vaille que vaille, ont pris en charge le pauvre orphelin. À l'âge de six ans, Battista fut placé chez un vieil ecclésiastique grincheux, l'abbé Alméria, qui officiait en attendant la mort à Sclafani Bagni, un village perché sur un rocher du versant occidental des Madonies. L'abbé Alméria était dépourvu de toute fibre paternelle mais, malgré l'austérité de son caractère et la maladresse de son âge, il se comporta avec Battista comme quelqu'un qui avait quelque chose à se faire pardonner aux yeux de Dieu. Alors, il considéra l'orphelin non pas comme son fils, mais comme un élève. Au lieu d'être un mauvais père, il serait un bon précepteur. Spécifier le plus tôt possible la nature d'une relation permet d'éviter bien des malentendus, des déceptions et des blessures.

Un jour, Battista découvrit un peu partout dans la maison, des petites boîtes en bois qui ressemblaient à des coffres au trésor. Il fit mine quelques heures de s'en désintéresser, mais la curiosité était trop forte. Pendant l'absence de l'abbé, il tenta d'en ouvrir une, puis une autre. Sans succès. Elles étaient toutes si bien fermées qu'on eût dit qu'elles avaient été taillées d'un seul bloc. Le soir venu, l'abbé Alméria trouva le petit homme en boule dans un coin, les oreilles en berne, les pupilles pourpres et les joues encore humides. Il était satisfait du résultat de son expérience et de la réaction de son poulain qui refusa par fierté d'expliquer son triste état.

Le petit n'avait pas l'air idiot, il était curieux et avait de l'amour-propre : il allait pouvoir en faire quelque chose.

Sans mot dire, Battista était allé se coucher. L'abbé Alméria avança vers le réduit qu'il avait sommairement aménagé en chambre. L'enfant, aux bruits des pas sur le plancher grinçant, se tourna vers le mur. L'Abbé se rapprocha néanmoins et lui glissa doucement à l'oreille : « Sur chaque boîte, il y a une phrase inscrite dans des langues différentes : araméen, grec ancien, latin, italien et français. Ce sont des codes secrets. Si tu arrives à les lire à haute voix, les coffres s'ouvriront comme par magie. Comment on fait pour lire ? Dors, je t'expliquerai tout ça demain. »

Quelques mois plus tard, alors que la radio nasillarde annonçait la nomination d'un certain Adolf Hitler à la chancellerie allemande, Battista déchiffra l'intégralité des messages écrits sur les différentes boîtes. C'étaient des indications pour trouver la clef des coffres que Syméon avait cachée dans le tabernacle de son église. Dans chaque boîte, il trouva un livre : *Les Évangiles* en araméen ; *L'Éthique à*

*Nicomaque* d'Aristote en grec ; *Les Annales* de Tacites en latin ; *Les trois mousquetaires* en français ; *Le Prince* de Machiavel en italien. Battista eut du mal à cacher sa déception. Il s'attendait à quelque chose de moins austère, des jouets ou des friandises par exemple.

— Syméon… alors… c'est ça le trésor ? Des livres ?

— Non, pas des livres mon petit. La lecture, voilà le trésor. Tu comprendras vite.

Avec le temps et à sa grande surprise, le vieil abbé avait développé une disposition à la tendresse. Il posa un baiser sur le front de son élève et déposa une petite bourse remplie de bonbons dans le creux de sa main. Battista remarqua pour la première fois sur son visage deux grandes cicatrices qui habituellement étaient enfouies sous les poils de sa barbe anarchique. Les deux balafres partaient des commissures de ses lèvres pour aller jusqu'aux oreilles. Elles formaient sur sa face un inquiétant sourire. Battista ne fut pas le moins du monde décontenancé. Pour ses jeunes yeux, ces blessures défigurantes étaient une particularité anatomique aussi banale qu'un lobe d'oreille joint, un grain de beauté ou un orteil courbé. Depuis ce jour, quand Battista regardait les autres visages, il avait l'impression que quelque chose leur manquait.

Par ses soins ascétiques, son éducation stricte et son instruction exigeante, Syméon changea un pauvre orphelin en un homme brillant tant par son intelligence que par sa culture et son maintien. Mais ce qui changea Battista Pensabene en Prince de Mortemine, ce qui fit son immense fortune et forgea définitivement son âme pour le combat sans cesse rejoué entre le Bien et le Mal, s'apparente à ce que Napoléon Bonaparte appelait les « circonstances accumulées ». Un après-midi d'hiver, alors que Battista l'esprit plombé par le manque de luminosité piquait du nez sur *La science et l'hypothèse* d'Henri Poincaré, une petite souris grise lui mordilla la main et le sortit de sa somnolence. Tel un chiot enfermé dans une cage depuis sa naissance, une envie irrépressible de jouer s'empara de lui. Il prit en chasse la souris et se jura de ne pas revenir à son étude tant qu'il ne l'aurait pas capturée. Pendant quelques minutes, le rongeur tourna autour de la table du salon et lui fila à deux reprises entre les doigts. Quand la bestiole fut lassée de ce petit manège, elle fonça à toute vitesse en direction de la chambre de l'abbé. Battista la suivit sans réfléchir et rentra pour la première fois dans cette pièce dont l'accès par une convention tacite, lui était interdit. Dans un dernier mouvement qu'il espérait décisif, il plongea sous le lit. Sa proie avait disparu à travers une large fissure. Une voix rauque sortit du mur. Apeuré, Battista se cogna le haut du crâne sur une latte du sommier. Sans cet étourdissement provoqué par le choc, il aurait pris ses jambes à son cou pour échapper à ce fantôme. Une autre voix sortit de la fissure. C'était celle de Syméon : « Que Dieu notre Père vous montre sa miséricorde. Par la mort et la Résurrection de son Fils, il a réconcilié le monde avec lui et il a envoyé l'Esprit Saint pour la rémission des péchés ; par le ministère de l'Église, qu'il vous donne le pardon et la paix. Et moi, au nom du Père, et du Fils et du Saint-Esprit, je vous pardonne tous vos péchés. »

Derrière le mur, c'était le confessionnal.

Voilà qui transformait un banal trou de souris en hublot mystique derrière lequel, un jeune garçon de neuf ans, allait pouvoir à loisir observer les abîmes de l'âme humaine. Il n'en prit pas conscience tout de suite, mais Battista venait de découvrir l'entrée du raccourci qui mène tout droit aux secrets du monde.

Plusieurs semaines s'écoulèrent avant que le futur Prince de Mortemine eut l'idée de retourner sous le lit pour offrir à son ennui ce qu'il considérait être, à défaut d'autres choses, un excellent divertissement. La première confession qu'il entendit, fut celle d'une vieille dame qui prit toutes les précautions oratoires possibles pour enfin finir par révéler à l'abbé que malgré son âge canonique, des pensées obscènes traversaient son esprit. Une fois l'abcès de ses obsessions salaces crevé, la pécheresse se ragaillardit et décrivit avec force détails les images pornographiques que le Diable, selon elle, lui mettait dans la tête. Le pauvre *bambino* qui venait d'apprendre l'existence du sexe par le biais le plus laid, ne put rester jusqu'à la fin et alla vomir dans l'évier de la salle de bain. Les confessions suivantes furent la mise en scène plus ou moins mesquine, plus au moins violente et plus ou moins malsaine de la ribambelle de vices qui se déploie quand s'ouvre l'âme des brebis : l'avarice criminelle d'un centenaire qui laissait crever de faim toute sa descendance sans lever le petit doigt ; la jalousie maladive d'une vieille fille pour sa belle-sœur qui la poussait à battre ses neveux ; un père alcoolique qui violait ses enfants ; une fillette de 14 ans qui avait avorté en cachette en prenant un abortif et qui avait jeté la « poupée de sang qui bougeait » dans les toilettes.

Pendant plusieurs mois, le petit Prince de Mortemine fit beaucoup de cauchemars.

Le temps que son âme digère toutes les ignominies qu'elle avait avalées.

Puis, ces horreurs de la nuit quittèrent peu à peu son lit.

Sauf une, qui resta à jamais auprès de lui.

C'était la « poupée de sang qui bougeait ».

## LE BERETTA

Un soir de canicule, Battista lisait englué dans sa sueur le journal. Daté du 25 juillet 1943, il annonçait en première page la destitution de Mussolini par le Grand Conseil du fascisme au profit du roi Victor-Emmanuel III. Peu avant minuit, l'adolescent de 17 ans entendit quelqu'un tambouriner à la porte et crier : « *Pentito ! Pentito !* » Plus rapide que la peur, l'abbé Alméria apparut en soutane devant la porte et d'un ton grave qui ne laisse aucun choix sinon celui d'obéir sans broncher, il commanda à son élève d'aller s'enfermer dans la cuisine et de n'en sortir sous aucun prétexte. Son vétuste visage irradia en un instant la petite maison d'une solennité glacée.

L'oreille collée à la porte, Battista entendit ce bref échange :

— Don Vito ?

— En personne mon vieux Syméon.

— Qu'est-ce que tu fais-là ?

— Comme tu vois, je suis rentré au bercail.

— Qu'est-ce que tu veux ?

— Me confesser.

— Tu plaisantes ?

— Je n'ai jamais été aussi sérieux mon vieux Syméon.

Battista resta plusieurs minutes immobile dans la cuisine comme si le moindre petit mouvement, la moindre petite respiration pouvaient le trahir. Mais très vite, à sa grande surprise, il retrouva la pleine possession de ses moyens. Il s'agitait comme un lion en cage avant de rentrer dans l'arène. La montée d'adrénaline le plongea dans cet état sauvage où l'instinct brûlant balaye la froide morale et rend la désobéissance inévitable. Depuis cet instant, l'action devint pour lui sa méditation.

Battista ouvrit la porte de la cuisine et alla se coucher sous le lit de l'Abbé pour suivre la discussion entre les deux hommes qui étaient déjà installés dans le confessionnal.

— C'est une bien petite église pour un si grand homme comme toi, commença ironiquement l'Abbé. Vito Cascio Ferro… je croyais que les fascistes t'avaient mis en prison.

— En effet, mais les temps changent… Comme tu as pu le constater, ce genre de régime n'a plus tellement la cote en ce moment. L'heure est au retour de la démocratie de marché mon vieux Syméon.

— Et de la mafia…

— Malgré mon expérience en ce domaine, je n'arrive pas encore à bien distinguer les deux. Bref, je ne suis pas venu te parler politique… à quoi bon d'ailleurs avec un curé. Le vent tourne mais tant que le *Duce* sera de ce monde, je ne me sentirais pas tranquille en Sicile. Quatre-vingts ans, c'est pas un âge pour la taule.

— Et où comptes-tu aller alors ?

— En Écosse. J'ai un bateau qui m'attend dans le port de Bagheria. Un homme à moi m'a dégoté une tanière où personne, ni Benito, ni même son fantôme, ne pourront me trouver. Je pars cette nuit, c'est pourquoi je vais aller droit au but. Syméon, je suis venu te demander pardon.

— Me demander pardon à moi ? Ici, c'est à Dieu qu'on demande pardon. Je ne suis qu'un intermédiaire.

— Dieu on verra plus tard. Je lui accorderai peut-être une audience avant de mourir… si j'ai le temps. Non, c'est bien à toi que je voudrais demander pardon. Ça va sûrement paraître extravagant à tes yeux de curé, mais malgré la vie que tu me connais, peu de chose pèse sur ma conscience, à l'exception d'une.

— J'ai hâte d'entendre la suite. Je suis pressé d'apprendre ce que le pape des mafiosos peut bien avoir à se reprocher… la *mano nera* ? le *pizzo* ? le trafic de fausse monnaie… les veuves par dizaines… les orphelins par centaines… les endeuillés par milliers ?

— Ce n'est ni le moment, ni le lieu, de faire le procès de la pieuvre qui n'est au fond que la sœur de la misère dans laquelle ton Seigneur laisse patauger ses créatures… quant à la *Cosa nostra,* elle a encore beaucoup à apprendre de ton Église qui en terme d'extorsion la surpasse largement… et je ne parle même pas de vos mœurs contre-nature avec les hommes et les enfants… tout ça est un autre sujet qui nous emmènerait trop loin dans la nuit. Je suis venu te demander pardon pour ce que je t'ai fait… les marques indélébiles sur ton visage.

— Ah oui et qu'est-ce qui te…

— Je t'en prie Syméon, laisse moi terminer. C'est une confession, pas un interrogatoire, n'est-ce pas ?

— En effet Vito. Continue.

— Nous étions voisins, nous avons grandi dans les mêmes faubourgs de Syracuse, dans la même crasse. Si ma mémoire ne me fait pas défaut, c'est même toi qui m'as mis le pied à l'étrier question débrouille. Alors, quand j'ai appris que tu voulais quitter l'organisation, j'ai pas supporté. Je t'ai envoyé la première brute que j'avais sous la main pour te corriger, sans même savoir pourquoi tu voulais partir. Ce n'est que peu de temps après que j'ai appris qu'une visite chez un cordonnier avait mal tourné et que tu avais accidentellement buté un gosse. Impossible de remettre la main sur toi… tout le monde disait que tu t'étais volatilisé… et après je suis parti aux États-Unis. J'aurais dû prendre le temps de venir te voir… de t'écouter. Voilà, pour tout ça, je te demande aujourd'hui pardon.

Battista avait mis sa main serrée sur sa bouche pour éviter qu'un son quelconque n'en sorte. Il était abasourdi par ce qu'il venait d'apprendre. L'abbé Alméria, ami d'enfance d'un grand parrain de la mafia et ancien mafieux lui-même : décidément, le monde des adultes ressemblait de plus en plus à un grand théâtre d'ombres.

— Syméon ? Tu ne dis rien ?

— Je suis sans voix… alors pour te répondre, je vais laisser parler la poudre à ma place.

— La poudre ? Mais qu'est-ce que tu racontes vieux f…

— Va au Diable vieille ordure !

Une détonation retentit dans l'église, suivie d'un râle et d'un long silence.

L'abbé Alméria retourna l'arme contre lui. Il mit le canon dans sa bouche. Le vieil homme pensa fort à son élève qu'il chérissait comme un fils : « Que Dieu me pardonne. Adieu mon petit Battista. Je t'aime. »

Il ferma les yeux et pressa la détente.

Une autre détonation retentit dans l'église, suivie d'un râle et d'un long silence.

Couché sur le dos, les mains jointes, Battista priait dans le noir la Vierge Marie. Il suppliait et psalmodiait des formules répétitives pour s'abrutir. Il tentait de changer sa perception du réel pour ne pas l'affronter. Une sensation désagréable de tiédeur mouillée le sortit de sa transe hypnotique. Derrière le mur, deux corps s'écoulaient. Deux rigoles épaisses et pourpres confluaient à l'endroit du trou de souris pour former un ruisseau de sang. Face au drame et à l'adversité, le petit Prince de Mortemine trouva des ressources au fond de son âme encore inexplorée. Sans réfléchir, il courut à l'église. Il embrassa filialement la main de Syméon et la posa quelques instants sur sa joue. Puis, il porta l'Abbé sur son épaule et l'enterra dans son potager qu'il aimait tant. Il retourna dans l'église, fouilla le cadavre de Don Vito et le dépouilla de tous ses effets personnels : portefeuille, argent et bijoux. Après lui avoir craché dessus, il laissa dans le confessionnal cette immense plaie béante se vider de tout son pus. À la suite de quelques hésitations et répugnances, Battista prit avec lui le Beretta encore fumant de l'Abbé.

La nuit sans lune déversait une obscurité épaisse dans les ruelles de Sclafani Bagni. Il y avait bien quelques milliards d'étoiles au-dessus de la tête de Battista qui auraient pu éclairer un peu son chemin. Mais ses yeux pleuraient de grosses larmes de plomb qui voilaient sa vue et tordaient son dos. Sa tristesse capturait l'intégralité de son attention. Si tous les saints du Paradis et tous les dieux païens étaient apparus dans les airs à ce moment-là, Battista n'aurait rien vu. Il y a toujours eu, et il y aura toujours, une armée de sceptiques prompts à inventorier les apparitions fabriquées et les miracles inventés ; plus rares sont les soldats de la pensée qui arrivent à concevoir le nombre et la nature des prodiges que l'homme par la lourdeur de sa condition a manqué depuis son introduction sous la voûte des cieux. Sans direction, le jeune homme accablé marcha à grands pas jusqu'à épuisement. À bout de force, il rentra dans une grange et s'effondra derrière une meule de foin.

## LA CARTE AUX TÉSORS, ROCABOY ET L'AVIATEUR TOMBÉ DU CIEL

Le lendemain matin, il fut réveillé de son court et profond sommeil par les coups de canne d'un vieillard acariâtre qui le traitait de brigand et de bon à rien. Pour esquiver les attaques, Battista se roulait par terre, un coup à droite, un coup à gauche quand soudain, le vieux s'arrêta net. Fausto fit deux pas en arrière et bascula dans une auge à cochon. Il avait beau se frotter vigoureusement le visage, rien n'y faisait : l'intrus qu'il venait de rosser ressemblait à s'y méprendre au jeune homme qu'il avait été. Il n'osa pas lui poser la moindre question de peur d'éveiller dans sa jeune cervelle des soupçons inutiles. Fidèle à son caractère, il s'excusa sans emphase.

Battista resta près d'un an à travailler aux côtés de celui qui n'osa jamais avouer qu'il était en fait, son grand-père. Un soir, dans son lit, alors qu'il s'amusait à fouiller pour la énième fois dans le portefeuille de Don Vito, il remarqua que sur une tranche, le point de couture était différent des autres. Il prit le couteau de poche que Fausto lui avait offert pour ses dix-huit ans et donna un coup de lame à l'endroit suspect. Il glissa deux doigts dans l'entaille et en sortit un petit bout de papier plié en quatre. Il l'ouvrit soigneusement. À première vue, c'était un gribouillis d'enfant. Son excitation descendit aussi rapidement qu'elle était montée et laissa place à une déception particulièrement amère, cette déception qui suit les espérances inattendues. Tout en gardant le nez sur le bout de papier, Battista se leva, posa ses coudes sur le rebord de la fenêtre et s'alluma une cigarette. Avec ses doigts de pianiste, le vent jouait sur le feuillage des châtaigniers une valse qui faisait danser les champs de blé. « *Scozia* » était le premier mot qu'il arriva à déchiffrer. De là, une flèche partait et indiquait un cercle. À l'intérieur, il y avait plusieurs croix à côté desquelles, il put lire : « *Castello* », « *Isola del Tesoro* », « *Faro di Duncansby Head* » et « *Porto di John O' Groats* ». Il tira une dernière bouffée sur sa cigarette et en recrachant puissamment la fumée sur le bout de papier, il se dit à lui-même : « Sacré nom de Dieu ! C'est la carte pour rejoindre la planque de Don Vito ! »

Deux jours plus tard, Battista fit ses adieux à Fausto qui eut bien du mal à dissimuler sa peine. Non loin du port de Bagheria, il rentra dans une taverne. Au fond de la salle embrumée de tabac brun, des marins français ivres chantaient *Le corsaire le Grand Coureur* : « Il est parti de Lorient, avec belle mer et bon vent. Il cinglait bâbord amure, naviguant comme un poisson. Un grain tombe sur sa mature, voilà le corsaire en ponton. Allons les gars, gai, gai ! Allons les gars, gaiement ! » Il s'approcha du bar. Le patron lui servit un verre de whisky. Battista était sur le point de refuser, prétextant qu'il n'avait encore rien commandé. Il se ravisa très vite après avoir estimé à plus d'un quintal le poids du *signore*. Malgré son épais manteau de graisse, on pouvait aisément voir saillir tous ses muscles sous son épiderme recouvert de tatouages.

Depuis quelques minutes, un pêcheur sicilien cherchait querelle à un client installé seul à une petite table ronde. L'homme assis avait une vingtaine d'années. Un bicorne de feutre noir dissimulait en partie ses longs cheveux blonds. Une redingote, noire elle aussi, taillait avantageusement sa silhouette. Pendant que le pêcheur tanguait sur le parquet et lui postillonnait à l'oreille son patois d'ivrogne, le garçon s'amusait à faire tourner une flûte irlandaise autour de son pouce. Imperturbable, chaque parole ruisselait sur sa peau comme le crachin sur les rochers. Les criailleries de l'importun qui empestait le poisson attirèrent à lui d'autres pingouins qui, sans savoir pourquoi, se jetèrent dans la bagarre. Battista plongea à corps perdu dans la mêlée et distribua à l'aveugle une série de bourre-pifs pour briser la coquille de racailles qui étouffait le jeune homme. Le patron du bar regarda avec une délectation non feinte la baston et siffla au bout quelques minutes la fin de la récréation. Il prit par la peau du cou les ânes saouls et les renvoya à leur place respective.

Le jeune homme se releva, épousseta sa redingote, défroissa son bicorne et invita d'un geste de la main Battista à s'asseoir à sa table. Il sortit un petit calepin de sa poche et écrivit dessus : « Je m'appelle Rocaboy. » De ses deux yeux azurés sortait la lumière d'une âme bienveillante et bien faite. Battista se prit immédiatement d'affection pour ce pauvre sourd et muet dont tous les pores de la peau pétillaient de vie et de génie. Il prit à son tour le stylo et lui expliqua sur le calepin qu'il cherchait à rejoindre l'Écosse. Rocaboy décocha un large sourire, vida sa pinte de bière d'une seule traite et engagea Battista à le suivre.

À la tombée de la nuit, les deux compères quittèrent les côtes de la Sicile à bord du « Caracal », un voilier a un mât qui ressemblait comme deux gouttes d'eau salée au « Renard » de Robert Surcouf. Le lendemain, à l'aube, ils entrèrent dans la rade de Portoferraio pour accoster sur l'île d'Elbe. Rocaboy fit des grands gestes pour attirer l'attention de son passager. Sa main droite pointait la plage de Magazzini pendant que sa main gauche tapotait son bicorne. Battista comprit tout de suite et contempla avec émotion l'endroit exact où Napoléon Bonaparte débarqua sur sa première terre d'exil. Rocaboy s'approcha de Battista et lui tendit une feuille arrachée de son calepin. Il était écrit :

*Règlement à bord du Caracal* :

*Quoi que le capitaine fasse :*
*Pas de « qui ? »*
*Pas de « comment ? »*
*Pas de « quand ? »*
*Et encore moins de « pourquoi ? »*

Battista rendit le règlement à son capitaine en souriant et leva le pouce pour signifier qu'il avait bien compris. Rocaboy alla vaquer à ses occupations sur l'île. Toute la journée, il fit des allées et venues. Les bras parfois chargés de paquets.

Battista ne posa pas de question.

En début de soirée, ils mirent le cap au nord. Après une langoureuse succion, l'horizon aspira complètement le soleil. Avant d'expirer eux aussi, des rayons orphelins s'amusaient à colorier en orange quelques nuages pâles qui vagabondaient dans le ciel. Assis sur le pont, adossé au bastingage, Rocaboy jouait sur sa flûte tandis que les étoiles avec leurs tutus étincelants, se tortillaient dans le miroir des flots. C'était le *largo du Concerto en Do Majeur pour flûte* de Vivaldi. Cet air envoûtant, son âme le devinait mais ses oreilles, elles, ne l'entendaient plus.

Le bateau ancré dans le cœur de la Méditerranée se changea en berceau. Les deux garçons s'endormirent paisiblement sans penser à la grande guerre qui occupait l'humanité.

Le surlendemain, après avoir fait escale à Sanremo et sur l'île du levant pour le mystérieux trafic auquel s'adonnait Rocaboy avec une joie d'enfant, non loin des côtes de Marseille, ils furent les témoins ahuris d'un duel aérien entre un Messerschmitt Bf 109 de la Luftwaffe et un Lockheed P-38 Lightning. Le capitaine et son matelot regardaient le combat entre ces deux escrimeurs du ciel comme un spectacle de voltige quand brutalement, un aéronef en feu frôla la grande voile et s'abîma à quelques encablures du « Caracal ». Rocaboy attendit que le nazi volant quitte la zone pour s'approcher de l'épave fumante. Une fois son navire bien stabilisé, il sauta avec la souplesse d'un félin sur le fuselage incandescent et libéra le pilote. Sa cabine n'était plus qu'un four rempli de verre pilé, de kérosène et de sang.

Le « Caracal » fit étapes à Alicante et à Carthagène pour trouver un médecin digne de ce nom, sans succès. Puis, il passa le détroit de Gibraltar en louvoyant entre les mines marines sous l'œil impassible des U-Boots. Ce jour-là, ces Cyclopes d'acier avaient d'autres Ulysses à fouetter. Après plusieurs jours de navigation et de soins inutiles, pressés par l'état de santé du pilote qui se dégradait, le « Caracal » jeta l'ancre dans le port de l'île d'Aix. Située à l'est d'Oléron, cette petite île est le dernier confetti de l'Empire français que les souliers du petit Caporal ont foulé avant son dernier exil à Sainte-Hélène. L'intense activité des navires de guerre aux approches des côtes landaises avait empêché Rocaboy d'accoster plus tôt.

L'aviateur devait avoir une quarantaine d'années. Il était difficile à croire qu'un cœur put battre encore dans ce corps stagnant tant il avait tout du macchabée. Pourtant, en passant les yeux sur ses paupières fermées, on avait l'impression troublante d'être regardé. Son grand front était dégarni, sans pli et sans mouvement, mais il avait la couleur radieuse des manteaux de neige qui recouvrent les volcans. Dans les tréfonds de sa carcasse cabossée, une étoile miniature et invisible dispensait ses rayons impalpables qui traversaient sa chair et irradiaient l'espace.

Rocaboy connaissait l'existence d'un vieux rebouteux que tout le monde sur l'île appelait « Le Druide ». Il habitait une petite bicoque vers la Pointe Sainte-Catherine. Il accepta de voir le blessé : « Eh ben dit donc, il est bien mal en point votre gus. » Il enleva les bandages de fortune, nettoya les plaies et donna quelques points de suture quand il jugea cela nécessaire. Il remit de vrais pansements de sa fabrication personnelle. Il apposa ses mains au-dessus des cuisses, il remonta vers le ventre, les bras, puis la poitrine, et quand il arriva au niveau de la tête, il ne put retenir ses larmes et s'effondra. Battista demanda : « Qu'est-ce qu'il se passe monsieur ? Il est mort ? »

Le Druide resta plusieurs minutes à genoux, la main droite de son patient collée sur son visage. Les seuls mots qui sortaient de sa barbe humide étaient : « Pas lui... pas lui... »

Rocaboy trépignait et donna une petite tape sur l'épaule de Battista pour qu'il interroge de nouveau le toubib.

— Qu'est-ce qu'il vous arrive ? Monsieur ?

— Qu'est-ce qu'il m'arrive ? Vous connaissez cet homme ?

— Non.

— Vous l'avez trouvé où ?

— Au large de Marseille, on a vu son avion s'écraser sur l'eau, abattu par les Chleuhs.

— C'est bien ce que je pensais.

Le Druide se leva lentement. Il se dirigea vers sa bibliothèque, prit deux livres et les donna aux deux garçons en leur disant : « Voilà pourquoi je pleure. » Battista et Rocaboy se regardèrent interloqués. Ils se demandaient si le vieil homme avait bien toute sa tête. Quel pouvait être le rapport entre *Vol de nuit*, *Courrier Sud* et l'inconnu blessé ? Comme si le Druide possédait le pouvoir de lire dans les pensées, il leur coupa l'herbe sous le pied et leur dit :

— J'ai bien toute ma tête, ne vous en faites pas. Je vais vous dire quel est le rapport mes têtards. Le rapport c'est que l'auteur de ces livres est la même personne que le mourant que vous m'avez prié de ressusciter. Eh oui les gars... c'est Antoine de Saint-Exupéry que vous m'avez amené.

À la nuit tombée, sans se concerter, les trois hommes s'installèrent religieusement autour de l'écrivain. Le Druide, exténué par la séance de magnétisme, s'endormit rapidement sur son fauteuil à bascule. Des volutes de fumée ressemblantes à des danseuses étoiles qui virevoltaient sur leur pointe, sortaient de sa pipe encore allumée. Les deux garçons, les mains jointes entre les cuisses, fixaient le plafond où étaient projetées leurs rêveries respectives. Sous leur poids, les chaises de bois et de paille poussaient de légers crissements qui tailladaient la peau du silence. Vers minuit, Saint-Exupéry sortit de son coma. La tête tournée en direction de Rocaboy et de Battista, il ouvrit les yeux et balbutia avant de s'endormir : « Petit Prince... petit Prince... petit Prince... » Une heure plus tard, les yeux clos, il répéta pendant plusieurs minutes : « La termitière future m'épouvante... la termitière future m'épouvante... la termitière future m'épouvante. » Rocaboy s'était endormi. Sa toison était d'un blond si intense qu'elle semblait produire de la lumière. Il ne restait plus que Battista qui fût le seul à assister à la suite des spasmes vocaux du mourant. Vers trois heures du matin, il entendit : « Je hais leurs vertus de robots... je hais leurs vertus de robots ... je hais leurs vertus de robots. » Un quart d'heure plus tard, sans répétition cette fois-ci : « J'étais fait pour être jardinier. » Une large fissure sur un vieux volet laissa passer un morceau de l'aurore que l'horizon sanguinolent venait d'accoucher. Un faisceau rosé éclaira quelques instants la bouche crevassée de l'écrivain et fit miraculeusement circuler dans ses lèvres la sève de la vie.

— Merci de m'avoir sauvé.

— Mais... euh... vous vous souvenez de ce qu'il s'est passé ?

— Je me souviens d'avoir été pris en chasse par un avion boche. Après, c'est le trou noir jusqu'à Alicante. Là-bas, je me suis vu mort allongé sur le pont de votre bateau. J'entendais tout, je voyais tout, je sentais tout, sans même trouver ça étrange. J'étais en quelque sorte dans la peau de Dieu. C'était doux et léger. Comment t'appelles-tu ? Notre ami aux cheveux couleur d'or étant muet, je n'ai pas entendu prononcer ton nom.

— Battista.

— Enchanté Battista, moi c'est Antoine.

— Oui... je sais. J'ai adoré *Courrier Sud*. Votre plume limpide a une puissance d'évocation incroyable. Comment de simples traces sur une feuille blanche peuvent-elles nous emmener aussi loin. J'étais avec vous dans votre rafiot volant, j'étais avec vous pendant les tempêtes et les orages.

— Je ne sais pas pourquoi je me suis réveillé, j'aurais déjà dû mourir. Si c'était possible, je t'aurais demandé de glisser mon cadavre dans un nuage et de m'enterrer dans le ciel. Je suis triste pour ma génération, elle est vide de toute substance humaine. Je ne devrais pas dire ça à un jeune homme qui a la vie devant lui... mais je hais mon époque de toutes mes forces. Que reste-t-il de l'humanité ? Des mégalopoles où pullulent des comptables tenus en respect par des gendarmes qui pensent avec leurs poings. L'homme, tel qu'il est, marche vers les temps les plus noirs du monde.

— Peut-être faudrait-il, d'une manière ou d'une autre, changer la société en s'inspirant du passé par exemple ?

— Surtout pas mon garçon, ce serait faire d'un monstre, un monstre amer.

— Il n'y a donc pas d'issue ?

— Il est trop tard Battista. C'est l'homme tout entier qu'il faudrait changer. En fait, il faudrait creuser une cave à l'abri du siècle et faire pousser des hommes neufs.

Dans un ultime mouvement, Saint-Exupéry fouilla dans la poche intérieure de son blouson de cuir.

— Prends ce carnet... il s'agit de la fin d'un long poème. Fais-en bon usage mon jeune ami... quant à moi, il est temps de m'envoler vers d'autres cieux.

À l'approche de l'île de Ouessant, un clan de dauphins escorta sur plusieurs milles le « Caracal » pour s'assurer que ce dernier ne faisait que passer. En pénétrant en mer d'Irlande, une terrible tempête éclata et pendant une nuit entière, le fier voilier se changea en coquille de noix. Plus ils allaient vers le Nord et plus l'océan, la nature et la vie elle-même étaient figés dans une éternité tranquille. Le temps était un immense silence. L'espace se mélangeait à l'infini. Cet infini qui trouble l'esprit mais qui incompréhensiblement, rassure l'âme et le cœur. Là-bas, l'homme pouvait voir le monde sans l'homme.

Dieu que c'était beau.

Il y avait trop de pesanteur pour confondre ces merveilles boréales avec le Paradis ; non, c'était bien encore la Terre ici. Un coin de la Terre où un ange aurait pu faire son nid.

La côte écossaise enleva sensuellement sa nuisette de brume et s'offrit aux deux garçons intimidés. Battista et Rocaboy se connaissaient depuis peu. Pour communiquer, ils écrivaient encore sur le calepin mais de moins en moins. Ils s'étaient déjà inventés un langage bien à eux, fait de signes, de gestes, de regards, de sourires et de grimaces. Des radicelles si fines qu'elles étaient impossibles à voir à l'œil nu reliaient ces deux êtres. Leurs sens étaient branchés sur la même fréquence et leur attention était portée sur les mêmes objets. Bref, même si leur commune pudeur n'avait pas encore prononcé le mot, ils étaient amis. Quand Rocaboy lui demanda où il fallait qu'il le débarque, Battista lui montra sans réfléchir la carte de Don Vito. Rocaboy ne manifesta aucune émotion. Il inclina seulement la tête de haut en bas. Après plusieurs rapides escales pour « ses affaires » sur l'île de Man, à Belfast et sur l'île de Skye, Rocaboy amarra au port de John O' Groats. Quatre heures plus tard, vers midi, éreintés par le cadavre de l'écrivain qu'ils avaient porté chacun leur tour, ils arrivèrent au point de la carte qui indiquait « *Castello* ». Battista observa les alentours pour savoir où ils allaient creuser.

*CI-VOLTIGE*
*ANTOINE DE SAINT-EXUPÉRY*
*POUR L'ÉTERNITÉ*

C'est sur un promontoire qui fend l'océan comme l'étrave d'un navire que repose Antoine de Saint-Exupéry. Plusieurs fois par jour, des nuages enveloppent la pointe de la falaise et changent la sépulture de l'aviateur en oiseau.

## LE CHÂTEAU

Rocaboy partit au crépuscule en promettant de revenir voir son nouvel ami quand il repasserait dans les parages. Les adieux furent virilement précipités. En enlevant sa corde d'amarrage, sa poitrine se comprima et Rocaboy fit tomber une larme sur le quai ; au même moment, une rafale de vent arracha deux lourds sanglots du visage de Battista.

Ne sachant pas où il allait mettre les pieds, le futur Prince de Mortemine avait acheté à Belfast tout le nécessaire pour dormir à la belle étoile.

Il avait bien fait.

Il était épuisé et le « *Castello* » de la carte n'était à cette heure qu'un amoncellement de pierre perdu dans les ténèbres.

Le lendemain matin, il se réveilla avec l'espoir que le jour lui révélerait ce que la nuit lui avait caché. Malheureusement, il dut très vite se rendre à l'évidence : le château n'était qu'une ruine. La carte de Don Vito indiquait une « île au trésor » censée se trouver face au château à quelques dizaines de mètres de la côte en direction du large. Il regarda à l'horizon et ne vit aucune « île ». Il n'y avait que des rochers tranchants à perte de vue, léchés au loin par les vagues. Il prit dans son sac la bouteille de whisky qu'il avait acheté en Irlande et s'en but une bonne lampée.

À défaut d'anéantir le désespoir, l'alcool le remue et le fait danser.

Battista s'assit sur ce qu'il restait du mur d'enceinte de l'édifice. Il fixa l'océan et médita longuement. Une seule explication lui vint à l'esprit : il s'était tout simplement trompé d'endroit.

Pour en avoir le cœur net, il fallait quadriller le secteur. La carte indiquait que le château se trouvait entre le port de John O' Groats et le phare de Duncansby Head. Battista commença par parcourir tout le littoral entre ces deux points. Rien. Le lendemain, il fit le même chemin mais en se rapprochant d'une centaine de mètres des terres. Rien. Le surlendemain, il fit de même en s'éloignant toujours un peu plus de la côte. Toujours rien. Alors que de toute évidence ses recherches étaient terminées et qu'elles s'étaient avérées infructueuses, il poursuivit encore deux jours sa battue pour exciter artificiellement dans son crâne la zone de l'espoir. Il n'avait pas réfléchi un seul instant à ce qu'il ferait de sa vie si d'aventure, il ne trouvait rien.

Les os en miettes et les pieds en sang, il retourna la gorge serrée à son bivouac et à ses maudites ruines. Une enclume à la place du cœur, il plia ses affaires, bien décidé à trouver n'importe quel rafiot qui l'emmènerait loin d'ici. Alors qu'il s'approchait de la tombe de Saint-Exupéry pour lui rendre un dernier hommage, il s'aperçut que le rivage avait changé. Les rochers tranchants qu'il avait vu le jour de son arrivée avaient tous disparu sous l'océan qui s'était comme par magie rapproché. Tous, sauf un, au loin. « Voilà mon île ! » s'exclama le jeune sicilien qui, sans attendre le retour de la marée, plongea à corps perdu dans l'Atlantique. Une fois arrivé sur « son île », il découvrit prise dans les griffes de la roche, une guérite poncée par les embruns et recouverte de patelles et de moules fossilisées. Il poussa la grille rouillée. Une lampe torche laissée par les sbires de Don Vito était coincée entre deux barreaux. Il l'alluma et balaya l'intérieur de l'édicule. Les murs étaient griffés d'inscriptions illisibles qui donnaient à la pierre inerte un supplément de présence. Sur le sol, un cormoran déchiqueté recouvrait partiellement une trappe en bois sur laquelle des mots en latin étaient écrits. Battista poussa du pied la charogne puante.

*Quisquis es, armatus qui nostru ad flumina tendis, fare age, quid venias, iam istinc, et comprime gressum. Umbrarum hic locus est, somni noctisque soporae.*

En lisant, Battista entendit dans sa tête : « Qui que tu sois, homme en armes qui te diriges vers nos fleuves, allons, de là où tu es, dis-moi pourquoi tu viens, et arrête-toi. Ici c'est le domaine des ombres, du sommeil et de la nuit qui endort. » Battista pensa à l'abbé Alméria. Il était triste. Le vieil homme lui manquait. Il ouvrit la trappe et découvrit un escalier. Il descendit la vingtaine de marches et s'enfonça tête baissée dans l'obscurité moite d'un long tunnel. Il trébucha sur un fémur. Son front heurta un empilement d'ossements structuré en autel. Face à lui, un sarcophage était logé dans une niche. Battista s'approcha et découvrit cette inscription :

*Here lies Vidar the Great, Prince of Mortemine*

Il accéléra le pas. Après avoir fait une centaine de mètres, il s'arrêta net. Il se frotta longuement les yeux pour chasser ce qu'il croyait être une hallucination. Après être passé par une petite porte en bois, il découvrit une pièce immense. Le sol était recouvert de magnifiques tapis persans et les murs étaient habillés de panneaux de bois finement sculptés. Sa main frôla un interrupteur qui alluma un grand lustre en bronze de trente-six ampoules. Quatre colonnes en marbre de Carrare soutenaient un plafond en plâtre qui diffusait harmonieusement la lumière intense et douce du candélabre électrique. Au milieu de la salle, il y avait une grande table ronde en chêne massif avec plusieurs chaises en ciseaux taillées dans du bois de manguier. L'une d'elles était un peu plus grande que les autres et avait un dossier. Il pénétra dans un petit couloir qui donnait sur plusieurs autres pièces. À droite, une grande chambre pourvue d'un lit à baldaquin avec à ses pieds, un coffre de marine anglais sur lequel était peint un galion pris dans la tempête ; tout autour, tendues sur les murs, des tentures médiévales de toute beauté. À gauche, une cuisine avec sa batterie de casseroles de cuivre et équipée de toutes les commodités permises par la science des années quarante. Il continua sa visite. Dans une pièce aux allures d'armurerie, il vit au plafond une échelle escamotable. Il fit un bond pour l'attraper. Arrivé en haut, il fut déconcerté devant l'absence de trappe. Dans le doute, il prit ses appuis et souleva de toutes ses forces à cet endroit. Une pierre d'un bon mètre carré se détacha du plafond. Il passa sa tête par l'ouverture et prit conscience avec stupéfaction qu'il était dans le foyer de la grande cheminée du château en ruine. Il parla à haute voix comme s'il s'adressait à quelqu'un : « La voilà la fameuse tanière où Don Vito voulait se cacher de Mussolini. Il avait bien préparé les choses, l'animal ! Tu parles d'une planque ! Allons fouiner un peu tout ça. Je sens que je ne suis pas au bout de mes surprises. »

Battista ne croyait pas si bien dire. Après avoir découvert d'autres pièces somptueuses dans les souterrains du château, il décida d'aller se coucher malgré l'excitation qui le tenait artificiellement en éveil. Son regard s'arrêta sur le coffre. Il se mit à pleurer en pensant à l'abbé Alméria et au jour où il avait disposé ses mystérieuses boîtes aux quatre coins de la maisonnette pour lui donner le goût de la lecture. Comme les boîtes de son enfance, le coffre semblait taillé d'un seul bloc. Battista ne vit pas la moindre fente, pas la moindre serrure. Sans réfléchir, rendu irritable par la fatigue, il alla chercher la francisque mérovingienne accrochée au mur de l'armurerie et éventra le coffre en son milieu d'un seul coup. Sous ses yeux ébahis, le coffre hermétique se métamorphosa en deux cornes d'abondances qui déversèrent dans la chambre deux rivières de pièces d'or et d'argent.

Voilà comment le 15 août 1944, alors que l'armada des alliés débarquait sur les plages de Provence, Battista Pensabene, l'enfant abandonné né une nuit de mars 1925 dans une grange en Sicile, devint sous les ruines d'un château en Écosse, l'énigmatique Prince de Mortemine.

Un peu plus de trente ans plus tard, dans les souterrains du même château, Vidar de Mortemine était assis au bord de son lit à Baldaquin. La tête serrée entre ses deux mains, il songeait à son entrevue avec le pape. Pendant une heure, il tourna en rond dans sa chambre. Il sortit en direction du grand salon. Il croisa le regard inquiet de Rocaboy. Il mit sa main sur l'épaule de son ami muet et colla rapidement son front contre le sien. Dans leur langage, cela voulait dire : « Tout va bien, ne t'en fait pas. »

Vidar alla chercher dans une petite cachette de sa bibliothèque le carnet qu'Antoine de Saint-Exupéry lui avait donné. C'était la fin de *Citadelle*, livre paru trois ans après la disparition de l'écrivain et que le commun des mortels pensait inachevé. C'était son livre de chevet, plus exactement, c'était sa béquille intellectuelle quand il n'arrivait plus à réfléchir. Il s'installa sur la grande table ronde. Pendant sa lecture, Vidar repensait à ce que lui avait dit Saint-Exupéry : « Il est trop tard, c'est l'homme tout entier qu'il faudrait changer. En fait, il faudrait creuser une cave à l'abri du siècle et faire pousser des hommes neufs. » Il repensait aussi bien sûr aux paroles molles de Giovanni Montini alias Paul VI. Peut-on être vraiment pape et ne pas se soucier du sort de l'âme de ces millions d'enfants innocents qu'on allait assassiner dans le ventre de leur mère ?

Vidar sirotait le verre de rhum que le vieux loup de mer lui avait, comme à son habitude, servi à son insu. Les vapeurs de l'eau-de-vie lui montaient progressivement à la tête et réorganisaient avec bonheur le chantier de ses idées. Il fixa le plafond. Il riait intérieurement en pensant qu'au-dessus de son ravissant salon, il n'y avait qu'un tas de pierres qui faisait fuir les corbeaux. Au delà du crime atroce de l'avortement de masse, il considéra cet immonde et immense gâchis. Son esprit, bercé par les molécules câlines de l'alcool, se plut à imaginer ce qu'il ferait lui, s'il pouvait arracher tous ces petits êtres à leur funeste sort. Il réconcilierait Sparte et Athènes… des corps d'hoplite… des âmes de poète… tout à coup, Vidar se leva avec fracas. Sa chaise tomba à la renverse et son verre vide se brisa sur le sol. Il fit signe à Rocaboy de se mettre en route pour l'aéroport et partit sans un bagage pour New-York.

# ROME

La nuit tombait comme un couvercle sur les sept collines de Rome. Dans un état second, Lucien philosophait à tort et à travers avec un sectateur d'Haïlé Sélassié. Avec ses longues dreadlocks qui tombaient sur son tronc, le bipède avait l'élégance d'un palmier. Sa coiffure incongrue jurait avec son costard anthracite et amplifiait le comique de sa silhouette. Les passants romains regardaient d'un œil indigné ce jeune prêtre en soutane et ce vieil Africain en cravate qui s'agitaient dans un nuage de chanvre formé par la fumée recrachée tour à tour par leur bouche. Après avoir tenté sans succès d'expliquer les bases du mouvement rastafari au jeune homme qu'il avait trouvé prostré sur le trottoir, le griot regarda sa montre, se leva, et laissa Lucien seul sous l'emprise de sa drogue. Seul dans cette grande capitale où les vices s'épanouissent avec l'obscurité dans le terreau fertile de la viande humaine en fête.

Lucien fut pris d'une terrible faim. Il partit se chercher à manger. Il s'engouffra au hasard dans la première rue venue et se retrouva au bout de quelques minutes devant le Tibre. Il longea le fleuve jusqu'au pont Palatino. Il contourna le *Forium Boarium* et se retrouva sur la populeuse *Piazza della Bocca della Verità*. Devant la fontaine des Tritons, de petits attroupements d'hommes et de femmes se formaient et se déformaient sous les coups de fouet de l'alcool. De parfaits inconnus s'abordaient avec familiarité et discutaient sans présentation d'usage de sujets tantôt profonds, tantôt frivoles. Tous parlaient très fort, faisaient de grands gestes et succombaient ostensiblement aux caprices de l'ivresse.

Une jeune fille s'approcha de Lucien et lui tendit le goulot de sa bouteille de Chianti. Il accepta sans réfléchir et inonda sa gorge desséchée par le cannabis. Toutes les courbures du corps de l'italienne respectaient le nombre d'or. Ses paupières en amande couvaient deux lapis-lazuli vivantes. Son nez fin était celui encore d'une enfant quand ses lèvres pulpeuses, elles, étaient déjà adultes. Inconsciente de l'effet furieux que ses formes pouvaient produire chez les garçons, elle n'exerçait aucune censure sur son tempérament volcanique ni sur sa conduite désinvolte. L'espace d'un seul sourire, Lucien fut transpercé par un sentiment étranger et violent qui laissa à jamais une balafre béante dans son âme. Il ressentit une attraction irrépressible pour cette créature inconnue. Comme deux lunes, ses yeux de nymphette aspiraient l'océan de son sang déchaîné.

Sa foi évaporée dans la drogue, ses principes dissous dans le vin, il rejoignit le groupe de la jeune fille et suivit tout ce petit monde dans son errance nocturne. Aveuglé par son obsession et rendu partiellement sourd par sa compréhension limitée de l'italien, il ne remarqua même pas qu'il était la risée de toute la bande. Quand bien même, quelle importance ? Il n'avait d'yeux que pour elle et d'oreille que pour la nouvelle musique que son cœur improvisait. Lucien n'avait qu'une frayeur, c'était d'être séparé d'elle. Alors, pour justifier sa présence et retarder le moment où on allait prendre congé de lui, au restaurant et dans tous les bars visités, il prit les devants pour aller payer l'addition. Devant le Colisée, pendant que les autres dansaient autour d'un Juif qui jouait de la clarinette, une jeune femme du groupe le prit en pitié. Elle conseilla au jeune prêtre de rentrer chez lui. La fille qu'il convoitait ne pouvait pas l'aimer. « Parce que je suis un homme d'Église ? » bredouilla Lucien. « Non, parce que tu es un homme tout simplement » lui répondit-elle en rigolant.

La foule grossissait autour du musicien klezmer et déporta sur plusieurs mètres le jeune Breton perdu dans sa perplexité. Il balaya paniqué les alentours et ne vit plus la belle italienne. Pour se frayer un chemin, il bouscula les badauds comme des obstacles dénués de dignité. Désespéré, il ouvrit grand la bouche pour l'appeler en criant de toutes ses forces mais la referma aussitôt quand il prit conscience qu'il ne connaissait même pas son nom. Il ne le saura jamais.

Elle s'appelait Veronica.

Horrifié à l'idée de dormir, il zigzagua dans les ruelles de Rome comme un ivrogne en quête d'un litron imaginaire. À six heures du matin, il fut découvert en train de dormir au pied de la fontaine de Trevi par un éboueur. Dépouillé pendant son sommeil, Lucien se retrouva sans papiers, sans clef de voiture et sans un sou. Il était nu comme un ver, recouvert seulement d'une soutane maculée de vin, de sperme et de vomi. Pire que la nudité dont la honte peut être vite soulagée par une simple feuille de vigne, Lucien subissait l'insupportable souffrance de la dépossession que les romantiques malades appellent l'amour. Dépossession d'une chose qu'il n'avait jamais eue. Quoi de plus humiliant que d'être en manque d'un objet parfaitement inconnu. « C'est pourtant une définition possible de la foi » se dit-il à lui-même. Sa foi justement, elle s'était perdue cette nuit-là avec son pucelage dans les draps impurs d'une vieille putain sans scrupules.

Il était sale à l'extérieur, sali à l'intérieur.

Son âme puait.

Il considéra sa situation en stoïcien. Il allait faire de cet événement fâcheux, une heureuse occasion de mettre à l'épreuve son courage et sa volonté : « Je n'avais encore jamais fait de vrai pèlerinage. Le moment est venu. Ma soutane est un laisser-passer qui m'offrira le gîte et le couvert sur le chemin. Pour le reste, je n'ai besoin que de mes pieds. » Il plongea ses mains dans l'eau froide de la fontaine pour se débarbouiller le visage. Pour être présentable, il se recoiffa et nettoya son habit de curé.

Une fois ses ablutions de vagabond faites, il quitta d'un pas décidé ce Pandémonium antique. Pendant son séminaire, il avait entendu parler d'un chemin de pèlerinage, la *via Francigena,* qui relie Rome à Canterbury en Angleterre. Il s'agit de l'itinéraire emprunté en 990 par Sigéric de Cantorbéry pour rentrer chez lui après avoir reçu à Rome, le pallium des mains du pape Jean XV. Non loin du mausolée d'Auguste, il rentra dans une librairie. Il feuilleta plusieurs guides touristiques et trouva dans l'un d'eux les différentes étapes de la *via Francigena*. De Rome à la Storta, 20 kilomètres. De la Storta à Campagnano, 23. De Campagnano à Sutri 28,8. De Sutri à Vetralla 23,6. De Vetralla à Viterbo 16,9. De Viterbo à Montefiascone 17,8. De Montefiascone à Bolsena 18,2. Il fit dans sa tête son petit calcul : « Sachant qu'on marche à peu près à 5 km/h, si j'arrive à marcher 8 heures, ça nous fait du 40 kilomètres par jour. Dans 4 jours, je peux être à Bolsena qui est à mi-chemin de Sienne. En gros, dans une semaine, je serai en Toscane. » Ses calculs furent bons malgré lui. Il n'avait pas pris en compte les aléas du parcours et les rencontres inopinées qui interrompent la marche, en revanche, il avait sous-estimé sa vitesse. Il se découvrit une endurance et une résistance à la douleur qui lui permit de recouvrer un peu de dignité.

Durant la première semaine de son périple, Lucien fut obsédé par l'image de Veronica. Il la voyait batifoler avec des garçons. Avec des garçons et... des filles. L'idée qu'elle puisse continuer à vivre comme si de rien n'était lui flagellait les cinq sens. Son attirance pour elle était si intense qu'il n'acceptait pas qu'elle ne fut pas remarquée, respectée et surtout, partagée. La non-réciprocité de ses sentiments le remplissait d'une colère sauvage qui le reléguait sur l'échelle des êtres au rang de la bête affamée. Trois fois, il fit demi-tour pour tenter de la retrouver. Il se ravisa quand, se faisant horreur à lui-même, il sentit que pour la punir de son indifférence, il serait capable de la tuer. L'idée aussi de se supprimer lui traversa l'esprit : à défaut d'avoir son amour, il lui arracherait au moins sa pitié. Il faudrait toujours juger la qualité et le bien-fondé d'un sentiment à l'aune des délires qu'il produit. Comme si de ses blessures pouvaient s'évacuer le poison qui le gangrenait – à la manière du pus qui sort d'un abcès après une entaille au bistouri – Lucien se tapa plusieurs fois la tête jusqu'au sang contre des arbres, des murs et des rochers. En vain.

Les grandes souffrances paralysent l'intelligence et donnent naissance même dans les plus grands esprits à des types de superstitions dont se moquerait volontiers le plus niais des enfants. Ne pouvant extraire ce mal nouveau qui le rongeait, pour l'atténuer, il chercha à le mélanger avec d'autres maux plus physiques. Il se scarifia le bras gauche avec une pierre acérée et se frappa le visage à coup de poing. Il se priva même longtemps de nourriture afin que les plaintes de son ventre étouffent les braillements de son cœur.

Le 29 janvier 1975, Lucien arriva à Sienne dans un état physique lamentable. Le gras hérissait ses cheveux et une barbe anarchique noircissait ses joues. Sa soutane empestait et ses chaussures ressemblaient aux pieds d'un lépreux. Alors qu'il faisait un somme sur un banc de la cathédrale *Santa Maria Assunta*, le prêtre gêné dans ses prières par des ronflements, interrompit son office et demanda à ce qu'on réveille l'inconscient perturbateur. Les bruits organiques tels que les flatulences, les rots, les borborygmes ou les ronflements, sont des entraves majeures à la transcendance, des boulets de vents vissés à la cheville de l'âme. Quand l'assemblée des fidèles découvrit ce qu'elle estima être un clochard qui cuvait sa vinasse, Lucien tout transpirant de honte, prit ses jambes à son cou de crainte d'être lynché par cette petite foule effarouchée qui le fusillait du regard. Le bourgeois supporte volontiers la misère tant qu'elle reste loin de ses narines.

Sur le parvis, la brebis traquée trébucha sur un homme assis à même le sol. Le mendiant se leva, tendit son bras et aida le fugitif à se relever.

— Merci… euh pardon, *grazie mille*.

— Je t'en prie jeune homme.

— Vous êtes Français ?

— Autrefois oui. Aujourd'hui, je ne suis plus rien. Tu m'as l'air bien mal en point mon bonhomme. Ou devrais-je dire « mon père » ?

— C'est une longue histoire.

— Le temps… c'est tout ce qu'il me reste.

À l'instant même où leurs regards se croisèrent, Lucien eut une envie irrépressible de pleurer. Il fut bouleversé par ce corps supplicié par la tristesse et ces yeux calcinés par une insondable blessure. Le pauvre homme était habillé avec un costume de marié râpé et sali. Avec sa queue de pie en pétard et sa lavallière ébouriffée, on aurait cru un de ses oiseaux déplumés et éviscérés que les voitures et les camions écrasent sur le bitume, et que seuls les enfants remarquent avec pitié.

— Si tu veux te laver un brin mon gars, y'a des bains-douches municipaux pas loin… quant au renouvellement de ta garde-robe… Bibi connaît un endroit.

Une heure plus tard, Lucien était un autre homme. Telle une mue de reptile, il avait laissé derrière lui sa soutane pleine de sang, de sueur et de larmes. Débarrassé de sa camisole de crasse après de longs et énergiques frottements sous la douche, il se sentait plus léger, comme libéré d'un lourd fardeau malgré ses courbatures et ses blessures qui endolorissaient le moindre de ses mouvements. Assis sur un muret, une bière à la main, les deux buveurs perdus dans leurs pensées contemplaient dans un silence religieux les beautés manifestes et cachées de la *Piazza del Campo*. Deux heures passèrent au rythme des gorgées sans qu'aucune parole ne fut échangée. Alors qu'il avait été prévenant et serviable, une inquiétude s'empara de Lucien : un seul mot pouvait faire exploser cette bonbonne de peine comprimée. L'ivresse aidant, Lucien brisa malgré tout la glace en lançant :

— C'est l'alcool ou cette place ressemble à une coquille Saint-Jacques géante ?

— C'est c'qu'on dit par ici…

— C'est bien là qu'a lieu la célèbre course de chevaux ?

— Oui… deux fois par an… en juillet et en août. C'est le *Palio*.

— Ça doit être quelque chose, relança Lucien.

— À vrai dire, j'en sais rien. J'ai tendance à éviter les grands rassemblements… je loupe probablement de jolis spectacles… mais c'est comme ça.

— Tu as peur de la foule ? demanda Lucien intrigué.

— Non… quoique à bien y regarder… il y aurait de quoi. Non… c'est le brouhaha des voix et des visages que je ne supporte plus. Sans compter la promiscuité avec de parfaits étrangers, je n'aime pas… je ne m'y ferai jamais. On dirait pas comme ça, mais je me dégoute très facilement, des autres… et de moi-même.

Pendant que le ciel perdait un par un ses pétales de lumière, les cafés abreuvaient des grappes de plus en plus grosses d'assoiffés. Les terrasses bourdonnaient et la place incurvée comme un caniveau, recueillait les flâneurs des rues adjacentes. Lucien vit son compagnon qui commençait à se ronger les ongles. Il transpirait. Il alluma maladroitement une cigarette. Ses jambes tremblaient. Il avait de plus en plus de mal à respirer. Il balayait l'horizon comme un enfant perdu. Il se leva et tourna sur lui-même jusqu'à perdre connaissance. Avant qu'il ne s'évanouisse, Lucien le prit par le bras et quitta la place populeuse pour des ruelles plus tranquilles.

Peu à peu, le pauvre homme reprit ses esprits et guida Lucien en direction de la périphérie. Après plusieurs longues minutes de marche, ils s'arrêtèrent devant une petite cahute nichée sous l'arche d'un vieux pont désaffecté. Impossible de comprendre à première vue comment ce patchwork de bric et de broc pouvait tenir debout. Les rayons d'un lampadaire se réfléchissaient sur les morceaux de tôles ondulées. Une fine auréole de lumière emmitouflait l'abri comme un cocon de soie jaune. Si la faim est le meilleur des cuisiniers, la fatigue, elle, est le meilleur des sommiers. C'est pourquoi, sans regarder où il mettait les pieds, Lucien accepta l'invitation de son hôte à passer la nuit chez lui.

Malgré les apparences, l'endroit était relativement propre. Il ressemblait à une grande maison de poupée où les choses n'existaient qu'en modèles réduits. Échantillons de savon, échantillons de nourriture et échantillons de souvenirs, principalement des photos délavées d'une jeune femme qui recouvraient les parois de la cabane.

Le couchage destiné à Lucien consistait en deux palettes recouvertes par des sacs en toile de jute. Ne pouvant à peine bouger sans se cogner, les deux hommes se couchèrent sans cérémonie.

— *Buona Notte* Lucien, c'est bien ça ?

— Oui c'est bien ça répondit Lucien qui ne se souvenait pas de lui avoir dit son prénom. *Buona Notte*… mais en fait, comment t'appelles-tu ?

— Comment je m'appelle ? Ça fait si longtemps qu'on me l'a pas demandé que j'l'ai presque oublié. La rue, ça t'épluche comme un oignon. D'abord, tes objets personnels, tes vêtements, mais ça, c'est que la pelure, la couche la plus fine. Ensuite, elle t'enlève ta personnalité, ton identité, ta race, ton sexe, comme ça, couche par couche jusqu'au trognon.

Le propriétaire des lieux se tut pendant plusieurs minutes laissant place aux bruits d'une poubelle éventrée au loin par un chien errant. Lucien pensa qu'il s'était endormi mais il reprit :

— Elle s'appelait Christine. C'était un brin de femme du genre de celles qu'on a peur de casser en les caressant. Elle avait de longs cheveux bruns. Je sais pas pourquoi, j'ai toujours préféré les brunes et j'ai toujours été attiré par les filles ténébreuses, celles qui ont un regard d'animal blessé. Cette tristesse enfouie, cette fragilité à fleur de peau… me demande pas pourquoi… je trouve ça beau. Je suis vite tombé amoureux, mais sans agitations violentes, de manière parfaitement tranquille. Comme si c'était naturel que je la rencontre. Comme si c'était normal qu'elle partage mon quotidien. Plus qu'une femme, j'avais trouvé un foyer. Sa santé chancelante couvait quelque chose de grave. Je le devinais mais je faisais semblant de l'ignorer ; elle me le disait, je faisais semblant de l'écouter. Dans le déni de l'aggravation de son état, nous nous sommes mariés. Ce jour-là, Christine a été si heureuse que son corps a réussi à faire comme si. Elle s'est offert une journée dans la peau d'une jeune femme qui avait la vie devant elle. Une jeune femme qui n'avait pas le cancer. Le lendemain, nous sommes partis pour l'Italie. Dans le wagon, Christine se tordait de douleur. Elle est morte étouffée. Le train venait à peine d'arriver en gare de Venise. Elle était enceinte. Elle est enterrée ici, à Sienne… avec notre bébé. Elle rêvait de visiter cette ville. Depuis, j'ai jamais réussi à repartir. Prendre le train seul pour rentrer en France, ça fait vingt ans que c'est au-dessus de mes forces. L'écho de son rire est piégé dans mes oreilles et mes narines tiennent captive l'odeur de sa peau. Tous les matins, je me rends sur sa tombe et sur le trajet, pendant un millième de seconde, j'ai la sensation de vraiment aller la retrouver. Depuis sa mort, je vis chaque jour pour ces millièmes de seconde qui, mis bout à bout, m'ont offert un instant de plus avec elle… un instant que j'ai arraché à Dieu.

Plus il avançait, plus son récit devenait une réflexion à haute voix qui l'hypnotisait et l'arrachait provisoirement à son sort.

— La plupart des gens se trompent sur ce que nous sommes. Ils nous voient comme des pauvres, en pire. Ils leur suffiraient de nous parler cinq minutes pour comprendre, mais ils n'en ont pas envie… et nous non plus d'ailleurs. Lucien, ce qui nous ronge jusqu'à l'os, c'est pas la faim, c'est la fatalité…

Lucien n'arrivait pas à fermer l'œil. Ses pensées galopaient sur son corps imperméable au sommeil. Il se tourna à droite, puis à gauche ; se retourna à droite, puis se retourna à gauche ; il se mit sur le ventre, puis sur le dos. Ses muscles se contractaient malgré lui. Il devait sans cesse bouger pour éviter la morsure des crampes. Pour couronner le tout, il fut pris de violentes démangeaisons en plein milieu du dos. Il décida de s'en aller. La lumière du réverbère transperçait la bicoque trouée comme des épées. L'une d'elles pointait un feutre noir. Lucien ouvrit délicatement la main du ronfleur et écrivit « MERCI ».

Le lendemain matin à l'aube, le dos courbé dans la brume, le clochard prit le chemin du cimetière. Avant de se rendre à son rendez-vous, il s'arrêta comme tous les matins devant le même terrain vague pour cueillir quelques fleurs sauvages. Il n'avait pas vu Lucien. Le jeune homme était parti dans la nuit. Il ne lui en voulait pas. Les mots gâchent les adieux. Il ne lui en voulait pas mais il regrettait de ne pas lui avoir dit son prénom.

Il s'appelait Patrick.

Quand il déposa le bouquet sur la tombe, Patrick découvrit le message sur sa paume. La voix émue, il raconta longuement sa rencontre à Christine qui l'écouta sans dire un mot. Au même moment, Lucien traversait Monteriggioni. De loin, ce village ressemblait à une couronne de pierre déposée sur une colline. Encerclé par un rempart et protégé d'une dizaine de tours, ce charmant bourg médiéval est un vestige des conflits anciens qui opposèrent Siennois et Florentins. Malgré les sept cents ans qui le séparaient de ces édifices majestueux, Lucien se sentait enfant de cette architecture. Il ne comprenait même pas qu'on pût construire autrement qu'avec ces pierres taillées qui anoblissent ceux qui les contemplent. À travers un soupirail en fer forgé, il entendit un boulanger qui sifflotait en enfournant son pain. Plus loin, une fenêtre entrouverte laissait échapper les gazouillis d'un bébé. À la terrasse d'un café, les cliquetis aigus des cuillères se mélangeaient aux froissements plus graves des journaux. Tous ces sons humains déposés sur la partition de l'esprit composaient cette symphonie jouée par les cités européennes depuis des siècles avec une maestria inégalée.

En fin d'après-midi, en direction de San Gimignano, Lucien fut intrigué par la présence d'un jeune berger posté au bord du chemin. Il était relié par un fil à un panier en osier posé par terre. Il fallait se rendre à l'évidence, l'homme tricotait. Intrigué, Lucien s'approcha. Sans quitter des yeux le futur chandail qui jaillissait de ses doigts, l'homme s'adressa à lui avec une bonhomie chantante :

— *Come va ?*

— *Bene, bene…*

— *Non sei italiano !*

— *No signore.*

— *Francese ?*

— *Si signore.*

Sans s'arrêter de tricoter, d'un geste de la tête, le berger signifia à l'étranger qu'il allait partir. D'un regard appuyé sur le panier, il lui demanda de s'en saisir et de venir avec lui. Ils traversèrent un troupeau de moutons, puis le berger poussa la porte d'une cabane. Il fit comprendre d'un mouvement du menton à son invité qu'il devait entrer. Il prit le panier des mains de Lucien, posa dessus ses aiguilles et son ouvrage en cours, et rangea le tout dans un coin. Le jeune paysan s'approcha d'un grand meuble en bois massif. Il se retourna et présenta le contenu de l'armoire en faisant la révérence. Les étagères étaient remplies de pulls de toutes les couleurs. Du « Jersey », au « treillage » en passant par le « rubans entrelacés », tous les points classiques du tricot étaient parfaitement maîtrisés. La diversité des motifs était impressionnante. L'artiste semblait néanmoins avoir une prédilection pour la torsade et le losange. Après avoir montré les pièces maîtresses de sa production, le berger se dirigea vers la cuisine et mit le couvert pour deux. Il ouvrit une bouteille de rouge et trinqua avec son hôte de passage. Nul besoin de parler couramment l'italien pour comprendre. Au menu : ragoût d'agneau à la sauce tomate, pâtes à l'encre de seiche et une bonne rasade de Grappa en guise de dessert. Le berger alluma sa pipe et quitta la table en sifflotant pour aller préparer la chambre d'ami.

Le lendemain matin, Lucien trouva le berger en train de remplir de cartons le coffre et la banquette arrière d'une Fiat 500. Il s'apprêtait à partir pour le marché de Lucques. Là-bas, il vendait ses chandails. Aux personnes dans la gêne, il faisait un prix. Pour les *bambini*, c'était gratuit. Le pèlerin profita avec joie du voyage. Arrivés devant la gare, les deux hommes sortirent de la voiture. Le conducteur ouvrit le coffre, prit un carton entouré d'un ruban, le plaqua sur la poitrine de Lucien et dit : *« Arrivederci »*. Pour prendre congé de quelqu'un, les latins utilisent un mot avec des ailes. Quand l'Italien *« arrivederci »* semble dire « à bientôt mon ami », le Français « au revoir » ressemble à un « adieu ».

Le jeune Breton rentra dans la gare, aspiré comme une

sardine dans la bouche d'une baleine. Depuis son départ précipité de Saint-Pol-de-Léon, il n'était plus le même homme. Dans ce hall rempli de fourmis persuadées de la nécessité de leur fonction, pour la première fois de sa vie, Lucien se sentit simple spectateur. En dessous de la société comme le clochard ou au dessus comme l'artiste – il était trop tôt pour le savoir – en tout cas, comme eux, Lucien était en dehors. Il avait perdu ses parents depuis longtemps et n'avait ni femme ni ami. Le seul lien qui le rattachait au radeau de l'humanité, c'était sa paroisse qu'il avait abandonnée sur un coup de tête. Sa conscience condamnait sévèrement cette folie mais son cœur n'avait aucun regret.

Il ouvrit le cadeau du berger. Sans surprise, c'était un pull. À l'instar de tous les objets façonnés par la main d'un ouvrier digne et passionné, il émanait de ces fils de laines un supplément d'âme qui enchante la matière et crée entre elle et son possesseur, une relation affective qui empêche la consommation compulsive et le gaspillage. Comme le don fait à contre-cœur, les produits des machines et des esclaves sont maudits. Lucien enfila le pull, par commodité de transport et parce qu'il avait quelques frissons. Il avait oublié qu'il n'avait plus son habit de prêtre. Il n'avait plus aucun privilège particulier. Il avait perdu la cape romantique du pèlerin pour revêtir l'inquiétant manteau de l'errant.

Loin de chez lui, dans un dépouillement total, le jeune Breton fut pris d'un grand vertige. Il s'appuya le dos contre un pilier et plia ses jambes. Accroupi, il mit la paume de ses mains sur ses tempes et glissa sa tête entre ses genoux. En frôlant une de ses plaies, il repensa à Veronica. Comme son épiderme, son âme faisait croûte pour faire face aux assauts de la tentation. S'il avait été poète, il aurait accueilli cette irruption soudaine de sentiments avec l'excitation du géologue qui assiste au réveil d'un volcan. Mais il n'était pas poète. Ces pensées parasites troublaient sa quiétude et empoisonnaient ses réflexions. Il avait la sensation qu'une entité hostile avait pris les rênes de sa volonté. Peut-être était-il possédé ? Le jeune prêtre fraîchement défroqué se signa et embrassa à plusieurs reprises la petite croix en or blanc qu'il avait autour du cou.

Devant lui, des centaines de jambes découpaient l'espace en lambeaux. Ce chaos visuel était amplifié par le tumulte de la gare qui bourdonnait comme d'odieux acouphènes dans ses oreilles habituées au calme de la campagne. L'effet produit sur son corps par la belle italienne était-il le châtiment de Dieu pour avoir douté de l'Église et avoir pensé à se détourner d'elle ? Il savait les décisions de Dieu insondables mais tout de même. Si c'était bien là une punition de sa part, il la trouvait bien rapide et bien cruelle. En toile de fond de ses méditations théologiques, les images des paysages et des visages qu'il avait rencontrés défilaient : l'étrange Cardinal, le Colisée, le clochard de Sienne… Insensiblement, d'autres images furent projetées : le port de Roscoff sous la tempête ; la plage de Saint-Jean-du-Doigt ; le cairn de Barnenez et les rivages rocheux de l'Île de Batz giflés par les vagues. Son inconscient comme une antenne relais lui diffusait l'appel du pays qui disait : « Mon fils, reviens ! Mon fils, tu es parti trop longtemps et trop loin ! Mon fils, reviens ! » Un passant lui jeta une pièce de monnaie sur la tête. Dans sa rêverie, il prit le choc pour une goutte d'eau salée. L'enfant du pays revint à la réalité avec difficultés : d'abord, il prit conscience de sa situation géographique, puis de sa place sur le fil du temps et enfin de lui-même. Lucien Korrigan découvrit plusieurs pièces à ses pieds. Il avait faim, il allait pouvoir se mettre quelque chose sous la dent.

Pendant plusieurs heures, il déambula dans la gare et ses alentours pour dénicher avec le peu d'argent qu'il avait, la perle rare du casse-croûte italien. Il était parti pour s'acheter une part de pizza mais plus il cherchait, et moins il était sûr de son choix. Il hésita longtemps devant une focaccia, poussa la porte de l'échoppe et se ravisa. Toute la journée, il lécha les vitrines en se demandant ce qu'il allait bien pouvoir manger. À force de gamberger, il ne savait même plus s'il avait faim. En fin d'après-midi, Lucien se retrouva dans le hall de la gare, assis contre le même pilier, avec une bouteille de vin blanc à la main. À mesure qu'il buvait, les couleurs devenaient plus vives, les gens devenaient plus beaux et sans savoir lequel, l'existence avait un sens. Il ne sentait plus ses douleurs aux muscles et aux articulations. Il se sentait plus léger et sa situation n'avait plus rien de problématique. Il était là, ici et maintenant, et jouissait de son vide intérieur. La moindre petite bagatelle était à ses yeux une merveille. À la moitié de la bouteille, une curieuse impulsion le sortit de son état contemplatif. Lucien se leva et se mit à marcher d'un pas décidé et joyeux. Il était excité comme un messager pressé d'annoncer une bonne nouvelle. N'ayant pour message que son euphorie sans cause et ne pouvant le délivrer à aucun destinataire en particulier, il abordait sans but et sans façon les premiers venus que son haleine faisaient fuir. Les apprentis picoleur ont cette manie agaçante de vouloir imposer au monde entier les divagations de leur ivresse.

À la fin de la bouteille, le champ de sa conscience s'était considérablement réduit et ne représentait qu'un faible périmètre qui ne contenait que lui. Les autres n'existaient plus. Pris d'une envie irrésistible d'uriner, il se soulagea au vu et au su de la multitude aussi naturellement que l'aurait fait un chien. Le simple geste de fermer sa braguette déstabilisa son équilibre précaire et le fit tomber en arrière. Lucien ne sentit même pas le choc, se moqua de lui-même et resta affalé plusieurs minutes sur le sol. Il regarda autour de lui, fit quelques mètres à quatre pattes et s'effondra sur des valises.

Le lendemain, quand Lucien se réveilla à six heure du matin, une vingtaine de vieillards étaient penchés sur lui et l'observaient. Il avait l'impression d'être un hamster derrière la vitrine d'une animalerie. Il referma les yeux pour que ses paupières nettoient cette vilaine hallucination. Il ouvrit de nouveau les yeux. Un chauffeur de car calabrais bouscula les passagers et l'expulsa sans ménagement de la soute à bagages. La tête prise dans un étau, la langue collée à ses muqueuses asséchées, Lucien considéra sa situation : « Comment ai-je pu me retrouver là-dedans ? » Il eut un soulèvement au cœur à la pensée que des choses bien plus graves auraient pu lui arriver. Un frisson électrisa sa colonne vertébrale, ses jambes se vidèrent de leur sang, il vacilla : « Je vais aller m'asseoir. Je ne me souviens plus de rien. Seigneur, j'espère que je n'ai pas fait d'autres âneries. Bon, je n'ai rien de cassé… je suis toujours en vie. Allez, tout va bien. »

En s'examinant, il remarqua qu'il avait déchiré son pull. Il s'effondra en larmes. Il n'avait pas pleurer comme ça depuis bien longtemps. La dernière fois, il devait avoir huit ans. Son école avait organisé un goûter où chaque parent était invité à faire un gâteau. La vente des parts allait aider à financer un petit voyage pour sa classe à Belle-Île-en-Mer. Le choix du petit Lucien se fixa sur une grosse part de gâteau au yaourt. Sur le chemin du retour, il la fit tomber dans un caniveau. Sa mère l'empêcha de la récupérer et le gronda. Lucien pleura jusqu'au soir. Non pas parce qu'il n'avait pas pu manger de gâteau comme l'avait pensé ses parents, mais parce qu'à cause de son manque d'attention, un cadeau de sa maman s'était retrouvé dans les égouts. Voilà le sacrilège. La cause de ses larmes avait été un noble chagrin de sa conscience et non un vulgaire caprice de son ventre. Devant le gâchis du chandail déchiré, c'était le même petit Lucien qui pleurait. À cet instant, il se détestait et avait honte de lui-même. Lucien se promit de le rapiécer au plus vite et de ne plus jamais se soûler.

## LE MARCHÉ DE LA SALETTE

L'autocar avait roulé toute la nuit. Où était-il ? S'il avait pris la direction du sud, il aurait très bien pu être à Naples, soit à 250 kilomètres au sud de Rome, son lieu de départ. Heureusement pour lui, l'ange gardien des ivrognes s'était posé sur son épaule. Il avait cuvé son vin dans la soute d'un autocar rempli de pèlerins pour Notre-Dame de La Salette. Il était en France. Le sanctuaire fut érigé à 1800 mètres d'altitude sur les hauteurs du petit village de la Salette-Fallavaux à l'endroit où en 1852, la Vierge Marie apparut à deux enfants du pays, Mélanie Calvat et Maximin Giraud, alors respectivement âgés de quinze et onze ans. La Vierge décrite par ces deux jeunes bergers comme une « belle dame pleurant dans une lumière resplendissante » leur confia un secret à chacun. Elle déclara au petit garçon que la France qui a corrompu l'univers sera un jour punie ; à la jeune fille que Paris, cette ville souillée de toutes sortes de crimes, périra infailliblement et que Marseille sera détruite en peu de temps. Lucien connaissait bien ces prophéties. Mais il était trop jeune et sa Bretagne était trop belle pour qu'il puisse envisager l'effondrement imminent de sa civilisation. Si ces prédictions étaient vraies – ce dont il ne doutait pas – elles ne concernaient pas son siècle.

Lucien se dirigea vers la basilique. Sur le parvis, un poissonnier, un marchand des quatre saisons, un boucher et un charcutier installaient leurs produits sur des étals éphémères. Tout ce petit monde s'activait pour que le marché soit prêt pour huit heures. Tout le monde, sauf un homme trapu et barbu qui fumait une cigarette adossé à sa camionnette. Son tronc pétri par plusieurs années de prison soutenait un visage de vieux lynx à l'affût d'une proie imprudente. Quand il vit passer Lucien, il sut tout de suite qu'il avait trouvé son homme :

— Dis-moi gamin, tu voudrais pas bosser un peu ?

— Pardon ?

— Là, tout de suite, jusqu'à 13 heures à peu près.

— Ça consisterait en quoi ?

— Tu vois ce vieux tas de ferrailles ? À l'intérieur, tu trouveras des tables pliantes, des parasols et des caisses remplies de pain. Tu décharges tout ça, tu installes la marchandise et tu la vends. Tu vois, c'est pas sorcier. Alors ?

— C'est d'accord, répondit Lucien sans réfléchir.

Le boulanger se rapprocha de lui avec un large sourire. Il posa la main sur son épaule et lui glissa à l'oreille.

— Parfait... Ah oui... j'oubliais le plus important. Si je me rends compte que t'as piqué dans la caisse, j'te bute. C'est pigé ? Allez, à tout à l'heure mon lapin !

Flavien avait son fournil à Sérignan-du-Comtat, une petite commune du Vaucluse située à 250 kilomètres de là. Il n'avait pas de boutique, il préférait faire les marchés, pour l'ambiance, le grand air, mais surtout pour avoir l'entière maîtrise de sa comptabilité. S'il faisait autant de chemin pour vendre son pain, c'était il est vrai par dilection pour la haute montagne et les cimes enneigées mais aussi parce qu'au fil des ans, son caractère de cochon exacerbé par son addiction à l'alcool, l'avait entraîné dans de nombreuses rixes avec la plupart des placiers de sa région. Flavien était tricard dans un périmètre de 200 kilomètres autour de chez lui. Il laissa sa jeune recrue à sa besogne et gagna son bistrot habituel où il s'adonna toute la matinée à ses deux passions : le pastis et les courses hippiques.

Quand Lucien ouvrit la portière coulissante, tout le matériel se déversa sur le sol. Il ramassa les deux pieds de parasol qui devaient bien peser dix kilos chacun. Il les disposa sur le petit emplacement entre le poissonnier et le charcutier que Flavien avait obtenu en graissant la patte d'un Juif tunisien obèse qui se prenait pour un nabab. C'était le placier. Une fois les parasols installés, il déplia les tables et disposa dessus une nappe en toile cirée complètement déchiquetée. Le plancher du fourgon était recouvert d'une épaisse couche de miettes qui ressemblait à ce sable sale que l'on trouve dans certains cendriers. Cette poussière de pain moisi cachait des dizaines de mégots racornis, des graviers, de la boue séchée, des mouches momifiées, des fourmis fossilisées et des centaines de pièces de 5, 10 et 50 centimes. En entrant dans ce dépotoir roulant pour sortir les caisses censées contenir du pain, l'apprenti forain fut saisi par une odeur de sueur croupie qui transpirait de la carrosserie. « Dans quelle galère je me suis embarqué ! » se dit alors Lucien à lui-même. Il rentra son nez dans le col de son pull et sortit la marchandise au plus vite. Le poissonnier, que tout le monde sans savoir pourquoi appelait « Marcello » alors qu'il s'appelait Gaston, lança en direction de Lucien, la main droite ostensiblement dans son slip :

— T'as bien du courage mon p'tit !

— Pardon ?

— Je dis que t'as bien du courage de bosser avec l'autre. Il est pas commode le saligaud. C'est quoi ton nom ?

— Lucien.

— Bon, Lucien, tu sais pourquoi le lutin sur la bûche de Noël sourit ?

— Non…

— Parce qu'il sait qu'il va se faire sucer !

Lucien éclata de rire et commença à disposer mécaniquement les grandes miches de pain sur son étal tout en écoutant Marcello raconter ses histoires salaces au charcutier :

— Et le Claude, tu sais comment on reconnait un forain dans un cimetière ?

— Non…

— C'est celui qui a une tombe qui dépasse ! Et dans une partouze ?

— Non plus…

— C'est celui qui demande où est le placier !

— T'as la rage ce matin Marcello, t'as croisé un renard ou quoi ? Comment t'as dit que tu t'appelais gamin ?

— Lucien ?

— Moi c'est Jean-Claude. T'as vu ça mon Lucien ? Le Marcello, il a toujours l'cul à l'air ! C'est pas bon pour l'image de la profession ça… L'autre jour, je demande à une habituée si elle avait pas vu le poissonnier dans les parages, j'avais besoin de monnaie. Tu sais pas c'qu'elle me répond ? « Le turc qui ressemble à un mécanicien ? » Voilà mot pour mot c'qu'elle m'a dit.

Sur ces entrefaites, Francis le fleuriste passa avec sa charrette remplie de bouquets. Marcello l'interpella :

— Ben alors Francis, on a rasé sa moustache ?

— Comme tu peux voir !

— C'est dommage, moi j'aimais bien.

— Moi aussi j'aimais bien, appuya le charcutier.

— C'est bien pour ça que je l'ai enlevée les gars ! Je tiens pas plus que ça à vous plaire !

Lucien avait vaille que vaille monté le stand. Il vit Flavien lentement arriver au loin. Le drôle de boulanger avait l'allure d'un esquimau mendiant sur la banquise. Il avait aux pieds d'énormes bottes qu'un copain qui revenait du Groenland lui avait données. Par dessus un tricot de peau qui lui servait aussi de pyjama, un imperméable Renault orange fluo le protégeait du vent et de la pluie. Tous les dix mètres, il perdait son bermuda déchiré qu'il préférait sans cesse remonter en râlant au lieu de s'acheter une bonne fois pour toute une ceinture.

— Bon alors, il est pas encore monté ce stand ? Je ne te paye pas pour discuter avec le gros charcutier.

— Je suis pas gros, je suis appétissant, lui répondit Jean-Claude en se tapotant le ventre.

— C'est ça. Ça fait dix ans qu'il ne se voit plus pisser et il est content. Bon mon lapin, je vais devoir t'expliquer deux ou trois petites choses. Une marchandise bien présentée est à moitié vendue. Alors tu vas me couper en deux quelques miches pour montrer l'intérieur du pain. Ensuite, tu vas me mettre tout le pain sur la table. Le volume fait vendre. Tu sais pourquoi ?

— Non… répondit Lucien.

— Qu'est-ce qu'elle se dit la vieille qui voit deux pauvres bouts de pain sur ton stand ? Elle se dit que t'as pas beaucoup de marchandises parce que t'as pas beaucoup de clients. Et si t'as pas beaucoup de client, c'est peut-être parce que ton pain n'est pas bon, tu saisis ?

— Le volume attire et rassure le client.

— Voilà, t'as tout compris. Bon sinon, tu sais compter ?

— Oui.

— Bon, ben t'as déjà résolu 95% des problèmes de l'existence mon lapin.

Flavien tira une grosse bouffée sur sa cigarette qu'il tenait entre les ongles longs et noirs de son index et de son majeur. À travers l'épaisse fumée de tabac qui lui brûlait les sourcils, il examinait son stand d'un air grave et soucieux. Une vive souffrance ridait ses tempes et bridait ses paupières. Ses beaux yeux bleus étaient enfouis sous son visage durci par le ressentiment. C'étaient deux oisillons tremblants, blottis au fond d'un nid vide. Enfant, Flavien avait été violé.

— Bon, j'te dois 34,40 francs. Je te donne un billet de 50. Tu me rends combien ?

— Euh… 50 moins 34,40, ça fait…

— Tu te goures mon lapin.

— J'ai encore rien dit ?

— Pas sur le résultat. Tu te goures sur la méthode. On n'est pas à l'école. La soustraction, elle a pas sa place ici… c'est bien trop compliquée. Tu vas faire des centaines de petites transactions dans la matinée. Faut faire vite et bien. Tu pars de 34,40 pour aller à 50 et tu remplis les trous… voilà 10 centimes qui font 34,50 ; 50 centimes qui font 35 ; 5 francs qui font 40 et enfin, 10 francs qui font 50. Tu sais même pas combien t'as rendu, mais ce qui est sûr, c'est que tu t'es pas trompé. C'est beaucoup plus simple et ça rassure la clientèle, surtout les vieux… ils ont toujours peur que tu les entubes, les vieux. Dernière chose, tu restes toujours derrière le stand, debout et souriant. Un vendeur absent, assis ou de dos, ça attire personne. On est bien d'accord mon lapin ?

Flavien repartit toussotant sur les rails rouillés de son train-train en direction du bar, la tête bouillonnante de spéculations hippiques. Lucien considéra les différents pains qui s'amoncelaient sur le stand. Il avait terriblement faim. Il commença par picorer sur la nappe quelques miettes de croûte craquante puis il préleva soigneusement des bribes sur les miches elles-mêmes. Ces bonbons au feu de bois explosaient dans sa bouche comme ces petits pétards qu'on appelle « Claque-doigt » et libéraient sur sa langue un torrent de saveurs inconnues. Au-delà du plaisir sensoriel, le pain semblait porter en lui une histoire, celle de l'apprivoisement des quatre éléments par la main de l'homme : la terre du blé, le vent du moulin, l'eau de la pâte et le feu du four. Plus qu'un simple aliment, c'était une civilisation qui se mélangeait à sa salive. Auréolée de cette croûte qui valait les meilleurs biscuits, la mie parfaitement alvéolée était translucide et garnie de graines de sésame et de tournesol torréfiées. Il approcha un morceau de son nez et respira à plein poumon cette odeur aussi enivrante que celle d'un grand cru de vin. Il est naturel de se fier aux apparences même si parfois elles sont trompeuses. Sous ces airs antipathiques de pouilleux, Flavien était un maître en son domaine. Malgré ses sautes d'humeurs, la crasse de son allure et la grossièreté de son langage, les amateurs de produits d’exception ne s'y trompaient pas. Dès huit heures, une longue file d'attente se constitua. Lucien ne toucha pas terre de toute la matinée. Il ne vit même pas le boulanger passer six fois derrière lui pour prélever les billets qui débordaient de la caisse.

Revenu du bar ivre de vin et ivre de colère d'avoir parié sur le mauvais cheval qu'il insultait d' « âne à trois pattes », Flavien prit le volant pour rentrer chez lui malgré les mises en garde du poissonnier. Aux alentours de 15 heures, Lucien se réveilla en sursaut. Sa tête venait de cogner violemment la vitre passager à cause d'une embardée. Après avoir rangé tout le matériel, il était tombé d'épuisement à l'avant du camion.

— Ah bah ça alors ! Qu'est-ce que tu fais là nom de Dieu ! Je croyais t'avoir perdu mon lapin ! C'est bien que tu sois encore là, tu vas pouvoir compter combien on a fait ce matin.

Lucien ne comprenait pas ce qui lui arrivait. Il se demandait dans quel état d'ébriété il fallait être pour ne pas remarquer que quelqu'un était assis à côté de soi dans une fourgonnette. Son cœur s'accéléra. Il avait peur. Le vieux tas de ferraille titubait sur les routes sinueuses et manqua à plusieurs reprises de tomber dans le ravin. Il commença à compter les pièces et les billets. Il redoutait que le chiffre qu'il allait annoncer ne convienne pas au boulanger. Il redoutait sa fureur.

— Alors combien ?

— Six cents dix francs et quinze centimes.

— Ah… c'est bizarre ça.

Flavien chercha fiévreusement son paquet de Marlboro qui s'était perdu dans un amas de déchets et alluma sa trentième cigarette de la journée. Il tapa plusieurs fois sur le volant. Ses poils devenaient électriques. Sa peau cramoisie se craquelait de toutes parts.

— Recompte ! hurla Flavien, recompte ! vite !

Lucien pria tous les saints du ciel et recompta en espérant s'être trompé. Malheureusement, il retomba sur la même somme.

— Six cents dix francs et quinze centimes, répondit Lucien en bégayant.

Flavien freina brusquement et rangea son fourgon à la diable sur le bas-côté. Il entrouvrit sa portière pour vomir pendant qu'il faisait dans son pantalon. Il s'essuya la bouche avec sa manche et regarda Lucien avec un sourire tendre et des étincelles dans les yeux :

— C'est le saucisson à l'ail de Jean-Claude, ça m'a retourné le bide. Ce type est un empoisonneur. Je sais même pas pourquoi je continue à lui prendre des trucs. Si ce gros lard est charcutier, moi je suis danseuse étoile à l'Opéra de Paris. C'est un ancien prof de math accusé de pédophilie. L'Éducation nationale lui a offert une promotion pour pouvoir le muter et étouffer l'affaire. Mais les parents des victimes l'ont tellement harcelé qu'il a dû décrocher. Il s'est retrouvé sur le carreau. Depuis, il glane des rebuts de daubes industrielles chez des grossistes pour faire sa vitrine. Il est tellement gros que pour éviter de bouger, il a une bouteille en plastique sous son comptoir pour pouvoir pisser, c'est toujours la même… bonjour l'hygiène ! La première fois que je l'ai vu, il avait mis une banderole sur son stand avec écrit dessus « Le paysan isérois ». Dès que j'ai vu la camelote qu'il vendait, je l'ai arrachée. Y'a des limites au foutage de gueule. S'il y avait que lui encore… T'as pas vu ? Y avait un Serbe qui vendait de la viande séchée, je sais pas ce que c'était… de la chauve-souris ou du poney… il vendait aussi des noix… il a passé toute sa matinée à les bouffer. Et la grosse Sénégalaise qui vendait sa paella. Putain, j'avais encore jamais vu ça. Un vieux bourgeois pas dégoûté lui a demandé poliment une portion. Elle a pris l'assiette en carton pleine d'une bouillie orange qui servait de présentation, et elle a balancé le tout dans un sac en plastique. Le vieux a eu le malheur de lui faire remarquer qu'il n'y avait pas de poulet dans sa paella. Tu sais pas ce qu'elle lui a répondu la grosse mama ? « Du poulet ? Y'en a chez le marchand d'en face ! » Culottée l'enturbannée non ? À deux doigts de traiter le vieux crouton de raciste. Le mec a même pas moufté, il a payé et il est parti. C'est le même genre de gars qui vient te faire chier toi pour savoir si t'as bien mis du sel de Guérande dans ton pain. Les gens, quand t'es trop gentil avec eux, ils s'autorisent très vite à pisser sur tes pompes. Et la vieille folle avec ses bonbons ? Qu'est-ce qu'elle a fait de sa matinée ? 20 balles ? Même pas de quoi rembourser les ballons qu'elle distribuait gratuitement à tous les gosses pour appâter les darons.

## VIES ET MORT DE FLAVIEN

L'orage était passé, Flavien semblait même avoir oublié qu'il avait demandé de faire les comptes à Lucien. Sans fil conducteur, il parla de la Bible, de son enfance chez les Jésuites, de sexe, des femmes, d'argent, des Arabes et d'Israël, des Compagnons du Devoir, du fisc, des enfants abandonnés, de la prison et du genre humain qui n'était pour lui qu'une espèce nuisible qu'une comète, un virus ou un missile nucléaire seraient bien avisés d'exterminer pour de bon. S'il devait choisir entre tuer un chien ou un bonhomme ? Sans la moindre hésitation, il viderait tout son chargeur sur le bonhomme.

Les hommes politiques ? C'était bien simple, il fallait tous les aligner et les découper à grands coups de chevrotine. Flavien avait eu l'occasion de travailler en Suisse pour l'O.N.U. et pour des O.N.G. un peu partout dans le monde. Il avait vu l'enfer de l'envers du décors : des fondations pour les orphelins qui étaient en réalité des réservoirs pour l'hyperclasse pédophile ; des anciens ministres qui organisaient la bouche en cœur et le cœur en bandoulière le trafic international d'organe ; des organisations pour la paix qui refourguaient des vieilles armes de l'Union soviétique à des groupes terroristes ; des associations humanistes qui déstabilisaient des gouvernements pour que les amerloques puissent remplir tranquillement leurs barils de brut.

Sans préciser les circonstances, ni le lieu, ni le moment, Flavien raconta l'événement qui l'avait fait quitter définitivement ce qu'il appelait ses « activités ». Il devait se rendre dans un village. Au loin, il vit une pyramide qui n'avait absolument rien à faire à cet endroit. Il vérifia sa carte. C'était pourtant bien là. Plus il s'approchait, plus la pyramide semblait considérable et plus une odeur épouvantable saturait l'atmosphère. Il avait beau se couvrir le nez et la bouche, l'odeur était si forte qu'elle traversait tout sur son passage. Arrivé sur place, il constata que la pyramide était en réalité un tas de têtes décapitées. Depuis, cette odeur était restée coincée dans sa cervelle.

Les marchés ? Il aurait pu écrire un bouquin entier d'anecdotes dessus. À Lyon, il avait souvent croisé des types persuadés qu'ils allaient faire fortune avec leurs lots de chiffons, de babioles ou de quincailles obtenus selon eux à très bon prix. En réalité, un grossiste peu scrupuleux les avait arnaqués avec des vieux stocks d'invendus. Flavien raconta hilare l'histoire d'un gars qui s'était pointé un matin sur le marché de la Croix-Rousse avec 200 000 cravates à 1 franc. Pour le gugusse, ça faisait aucun doute : 200 000 cravates à 1 franc, ça voulait dire 200 000 francs dans sa poche. Il a fini par cramer son stock de cravates pourries en plein champ. En un mois, il en avait vendu douze.

Flavien se souvenait aussi de ce couple de paysans qui s'était endetté pour acheter 150 000 chiens qui remuent la tête. Il leur acheta une dizaine de chiens en plastique par pitié. Ce fut leur seule vente. Jamais personne ne les a revus.

Il parla aussi de ce cadre de France Télécom qui avait tout plaqué pour vendre une de ses inventions. C'étaient des bougies parfumées qui sentaient le saucisson, l'andouille, la rillettes ou le pâté. Au marché de Noël, c'était certain, il allait cartonner. L'ingénieur n'arriva à obtenir pour son stand qu'une place entre des toilettes publiques et un vendeur de tam-tam. Au bout de trois jours, il disparut en plein après-midi en laissant toute sa camelote en plan.

Lucien oubliait qu'il pouvait mourir à chaque virage. Il riait beaucoup. Flavien était flatté alors il continua de plus belle :

— Je te parlais des Arabes tout à l'heure, mais y'en a qu'on oublie trop souvent… c'est les Chinois. J'avais un pote qui tenait un petit magasin de bricolage vers la place de la Bastille à Paris… rue de Popincourt. Un soir, à la fermeture, un Chinois bien propre sur lui se pointe et lui dit qu'il veut acheter son commerce. Mon pote refuse, le type n'insiste pas et part bien poliment. Le lendemain, qu'est-ce qu'y voit pas en ouvrant son rideau de fer ? Une file d'une cinquantaine de Chinois qui attendaient devant sa porte. Toute la journée, il a servi des Chinois qui lui achetaient un clou, une vis ou un boulon. Ils ont fait ça pendant trois mois. À cause de l'attente, les autres, les vrais clients, ne venaient plus. Son chiffre d'affaires s'est effondré et il a fini par fermer. Deux semaines après, la boutique de bricolage s'était métamorphosée, devine !

— En restaurant chinois !

— Parfaitement ! Pour la vitrine en tout cas… car à la cave, si ça roulait effectivement quelques nems au poulet, ça confectionnait surtout de la chemise et du jean … à la chaîne… de jour comme de nuit.

Tout en écoutant avidement le boulanger, Lucien regardait défiler cette région qu'il ne connaissait pas. Il était captivé par les montagnes qu'il voyait pour la première fois de sa vie. Devant cette campagne verticale, Lucien fût pris d'un vertige étrange. Ces masses extravagantes de matières exerçaient sur son corps une force qui appuyait sur sa cage thoracique. Bien qu'en admiration devant ces vallées serpentées de ruisseaux d'eaux vives, ces cols enneigés, ces grottes sans âge, ces gouffres sans fond et ces gorges sans fin, il était oppressé par ce décor d'altitude qui était pour lui une absolue étrangeté. Les seuls sommets qu'il connaissait, c'étaient le Roc'h Trevezel et le Roc'h Ruz, les deux points culminants des monts d'Arrée qui mesurent à peine 400 mètres de hauteur. Au loin, perché sur une falaise, il aperçut un clocher qui transperçait la brume. La vue de cette chapelle l'apaisa.

Bien que dépaysé, il était encore chez lui.

Sans prudence aucune, Flavien s'arrêta plusieurs fois en urgence au bord de la route pour soulager des besoins pressants. Leur fréquence et leur nature ne disaient rien de bon. Notre homme avait les joues et les tempes creusées. Sa barbe et ses cheveux étaient friables. Sa peau translucide comme celle des tambours laissait entrevoir la mort danser à l'intérieur de lui. Il devait avoir 55 ans et se déplaçait comme un vieillard. Le mal qui rongeait le boulanger était si violent que Lucien avait la sensation de discuter avec grand vase en cristal rempli de viande en bouillie. Flavien se savait diabétique. Le docteur lui avait dit que son sang avait la densité du caramel et que c'était bizarre qu'il soit encore en vie. Il en rigolait encore de cette histoire de caramel. Décidément, il n'était pas fait comme les autres. Vingt ans auparavant, il avait guéri d'une méningite purulente à la stupeur des médecins qui l'avaient enterré un peu trop vite. Dans le coma, sa main dans celle d'une infirmière dévouée, Flavien avait ferraillé toute la nuit avec Dieu. Depuis ce jour, il se considérait immunisé contre toutes les maladies qui tuent la plèbe, lui, le noble selon la nature, adoubé par la seule puissance de son obstination. Il était très fier de son prénom. « Flavien » ça sonnait « empereur romain ». Il aimait beaucoup ça.

Tous les symptômes fâcheux qu'il subissait n'étaient pas graves puisqu'ils provenaient de son diabète et que ce diabète… n'était pas grave. Tout ça allait rapidement passer et ce n'était pas ça qui allait l'empêcher de sucrer à outrance son café et de se nourrir exclusivement de gâteaux industriels. Pourtant « ça » ne passait pas. « Ça » empirait même. Flavien avait raison, comme toujours. Ce n'était pas le diabète qui allait avoir raison de lui. Ce n'était pas le diabète qui était responsable des liquides fétides que son sphincter ne retenait plus, des glaires de sang noir qu'il crachait entre deux bouffées de cigarette, et des boules qui poussaient entre ses cuisses, dans sa gorge et sous ses aisselles. Non, ce n'était pas le diabète mais une tumeur au poumon plus grosse que l'organe lui-même qui avait déjà métastasé sur la vessie, le foie, le pancréas et les intestins. Tumeur, qui dans quelques semaines, allait l'assassiner au-dessus de son pétrin en le noyant dans une purée marron de mucus et de pus.

Pour rentrer, le boulanger avait pris la route la plus longue, celle qui remonte par le nord et qui passe entre la Chartreuse et le Vercors. Il aimait conduire, la nuit particulièrement. Il avait l'impression d'être en cavale ; il adorait cette sensation. Après avoir dépassé Grenoble d'une dizaine de kilomètres, il prit en direction de Valence en passant par Saint-Marcellin et Romans-sur-Isère. En franchissant Valence, Flavien parlait toujours avec verve de ses souvenirs. Il avait travaillé dans le bâtiment. Un jour, sur un chantier de démolition, une vieille dame était venue affronter ses ouvriers pour les sommer de faire moins de bruit parce qu'il y avait Guy Lux à la télé. Quelques années après, Flavien se rendit chez elle pour changer toute sa plomberie. La vieille avait disposé des billets de banque un peu partout dans la maison pour mettre ses employés à l'épreuve.

— Tant qu'on s'y frotte pas vraiment, tant qu'on rentre pas chez eux, on n'a pas idée des vacheries dont sont capables les gens. Enfin… c'est comme ça que veux-tu… Un matin, un de mes clients m'appelle en furie parce qu'il avait surpris un de mes gars en train de boire de l'eau à son robinet. Quand t'as à faire à ce genre de cintré, le dialogue est inutile, faut rentrer à fond dans leur jeux pour que leur connerie leur pète à la gueule. Je l'ai écouté attentivement, sans le contredire. Je lui ai dit qu'il avait bien raison de se plaindre, qu'il était scandaleux de boire de l'eau quand on avait soif et que les coupables allaient être convoqués dans mon bureau sur-le-champ pour être foutu à la porte. Il changea de ton d'un coup. Avec une voix tremblotante, il essaya de me dissuader… qu'après tout ce n'était pas si grave… qu'en tout cas, ça ne méritait pas une telle sanction. J'ai répondu avec la grandiloquence de l'avocat véreux qu'il était inutile de prendre la défense de ces criminels et j'ai raccroché.

Plusieurs fois, Flavien se trompa de direction, corrigea au dernier moment sa trajectoire et freina en urgence. Avachi sur le volant, il ne parlait plus. L'épuisement, l'alcool et la maladie avaient grignoté son cerveau. L'homme n'était plus qu'une moelle épinière voûtée répondant aux sollicitations de son environnement par réflexe. Lucien observait le conducteur depuis plusieurs minutes pour repérer les signes de fatigue et d'endormissement. Étonnamment, il ne vit aucun battement de paupière. Ses yeux parfaitement ouverts semblaient pourtant détachés de toute forme de conscience. Flavien dormait comme dorment les chevaux, les lapins et les poissons. Le camion, lui, roulait instinctivement vers sa destination comme l'oiseau fait son nid et la fourmi creuse ses galeries.

Arrivé devant le fournil, le camion s'arrêta, la clef de contact se tourna, le frein à main se leva et les yeux de Flavien se fermèrent. Vers huit heures du soir, les deux hommes furent réveillés par Catherine, la compagne du boulanger. Il l'avait rencontrée à l'époque où il tenait un petit hôtel en bord de Saône, entre Mâcon et Tournus. Un jour, une femme à la peau mate et aux cheveux brun rentra avec son chien, un border collie famélique à la queue triste. Flavien était en train de se moquer d'un client qui s'inquiétait pour son vieux tacot. Il lui expliqua le plus sérieusement du monde qu'il y avait un sous-marin garé dans la Saône spécialement dédié à la surveillance des voitures de la clientèle. Alors qu'il s'avançait en souriant vers la belle inconnue, un autre client le tira par la manche. Des pigeons sur son balcon l'empêchaient de dormir. Flavien l'expédia en lui promettant qu'il allait de ce pas les pulvériser avec sa Winchester semi-automatique.

Depuis la faillite de son entreprise de maçonnerie due, selon elle, à la persécution de l'État socialiste, Catherine vivait avec son chien dans son camion. Flavien proposa de l'héberger. « Ici, les chambres, c'est pas c'qui manque » lui avait-il dit la clope au bec en débouchant une bouteille de Beaujolais. Ils ne s'étaient pas quittés depuis. Après s'être débarrassé de l'hôtel, ils avaient sillonné les routes de France pour faire les marchés et les foires. Flavien et Catherine étaient de cette trempe d'entrepreneurs redoutables qui ne sont excités que par le risque. Ils sacrifiaient volontiers leurs jours de congé et leurs nuits tant que de la « caillasse » était à la clef. La « caillasse » semblait être leur raison de vivre mais en réalité, ils étaient drogués. Chaque jour, ils cherchaient leurs doses d'adrénaline dans les vicissitudes du commerce. Grâce à leurs différentes affaires et activités, ils avaient gagné beaucoup d'argent. Mais ils en avaient encore plus dépensé. Résultat des courses : ils avaient bu les champagnes les plus fins et fréquenté les plus grands restaurants, ils s'étaient habillés chez les plus grands couturiers et connaissaient les plus grands palaces de la Côte d'Azur, pourtant à quelques années de la retraite, ils n'avaient pas un sou vaillant de côté et ne possédaient rien.

— Qui c'est celui-là ? cria Catherine en fusillant Flavien du regard.

— C'est le p'tit gars qui m'a aidé ce matin sur le marché d'La Salette.

— Qui t'as aidé, tu parles ! Tu l'as collé derrière le stand et t'es parti picoler !

Lucien ne put s'empêcher de sourire ce qui conforta Catherine qui cria de plus belle :

— Qu'est-ce qu'il fait là ?

— Euh… il devait se rendre dans l'coin alors je lui ai proposé de faire la route avec moi, pas vrai gamin ?

— Parfaitement, acquiesça le « gamin », les joues rouges de gêne de se retrouver au milieu d'une scène de ménage.

Sans que rien n'ait pu trahir ce sentiment, Flavien aimait bien Lucien. Ils se comprenaient, ils parlaient le même langage. Il le paya pour sa matinée et lui proposa de participer à la prochaine fournée. Lucien savait que ce sauvage génial n'était pas du genre à faire entrer le premier venu chez lui, alors il prit cette invitation pour un privilège et accepta. Il entra dans le fournil en portant la plus grande attention au moindre de ses mouvements pour ne rien heurter, ne rien déplacer, ne rien toucher. Il ferma les yeux quelques instants et se concentra pour capter et discerner toutes les merveilleuses odeurs qui s'offraient à lui. La plus évidente était celle des différentes essences de bois utilisées pour la chauffe, un mélange de charme, de hêtre et de frêne. L'autre odeur, la plus persistante, était celle du pain cuit mélangé à celle des graines torréfiées. Il y avait aussi les odeurs des différentes farines, de blé, de petit épeautre et de seigle. Une odeur prenante et inconnue attira son attention. Elle provenait d'un chaudron rempli de pâte en fermentation.

— Ça mon lapin, c'est du levain. Du véritable, pas de la saloperie déshydratée vendue par les industriels. C'est le cœur nucléaire de notre art. Celui qui n'utilise pas ça pour faire du pain est un mélangeur d'eau et de farine, pas un boulanger. Comme son nom l'indique, le levain sert à lever. Plus il est vieux, plus il est puissant, plus il développe ses arômes et moins il est acide. Il se surveille comme du lait sur le feu. Trop froid, ça arrête la fermentation et ça le casse. Trop chaud, ça le fait buller et ça l'abîme.

Tout en dispensant son cours magistral, Flavien disposait soigneusement des barrages de farines dans ses deux grands pétrins. Une fois ces petits bassins artificiels réalisés, il les remplit avec une eau qu'il avait au préalable fait tourner dans une grande bonbonne de verre. Lucien ne put s'empêcher de plonger ses doigts dans les sacs de graines et de farines qui étaient autour de lui. La variété des formes, des couleurs, des textures et des senteurs de ces ingrédients étaient un ravissement pour ses sens. Il s'imaginait dans les soutes d'un bateau de la compagnie des Indes en approche du port de Lorient. Cette impression était amplifiée par le sourire édenté de Flavien et par la dizaine de bougies qui servaient à l'éclairage du fournil. Lucien l'ignorait mais il avait tout autour de lui les sept arbres sacrés des druides. Les pétrins étaient en chêne ; les plans de travail en pommier ; le manche des coupe-pâtes en houx ; les étagères en bouleau ; la pelle pour le four en aulne ; les bannetons en saule, et le rouleau à pâtisserie en noisetier.

Les mains dans la pâte, Flavien arrêta de parler et se mit à chanter : « *Laudate Dominum, laudate Dominum, Omnes gentes, Alléluia !* » Il continua pendant une bonne heure avec d'autres chants religieux qui lui restaient de sa jeunesse quand soudain, il se tut. Le fournil de Flavien n'était pas une simple unité de production.

C'était un Temple.

Là, l'ouvrier-prêtre ne travaille pas ; il accomplit un rituel ancestral. Cette dévotion religieuse de l'artisan pour sa mission imbibe de noblesse son ouvrage. Ouvrage qui acquiert *de facto* un caractère sacré qui le protège contre la concurrence barbare des machines.

En quittant Sérignan, Lucien ne savait pas vraiment dans quelle direction aller. Logiquement, pour rejoindre la Bretagne, il aurait fallu partir vers le nord ou l'est. Lui, il prit vers le sud. Il tournait le dos à sa destination, pourtant, il avait la singulière sensation d'être sur la bonne route. Il était content de retrouver sa solitude, le silence sonore de la campagne et l'impassibilité insolente de la nature. Il avait besoin de transpirer à grosses gouttes pour faire sortir par les pores de sa peau les vies de Flavien qui s'étaient déversées dans son sang comme une marée noire. Sur le marché, dans le camion et dans le fournil, il les avait vraiment vécues ces vies.

En une journée, Lucien avait vieilli de vingt ans.

À la manière d'une bougie qui se meurt, le soleil du 2 février 1975 s'éteignit progressivement avec d'étranges sursauts de lumière. L'oriental horizon était crénelé par les quatre tours colossales du Palais des Papes d'Avignon. La nuit était si épaisse qu'elle était liquide. Elle mouillait. Dans le vent, des oiseaux aux ailes immobiles flottaient et les branches des arbres se dandinaient avec la grâce des algues qui tapissent les fonds marins. À une distance vertigineuse au-dessus de sa tête, une lune à l'allure de pieuvre dérivait au gré du courant. Semblable à ce poisson d'eau profonde qui a sur le front une antenne qui brille, un vieil homme avec une puissante lampe frontale vissée sur le crâne croisa le chemin de Lucien. Le noctambule l'aborda le plus naturellement du monde. Il avait le regard fixé sur une grosse loupe qu'il tenait dans la main :

— Sais-tu jeune homme que le bousier digère à demi les aliments, les dégorge et enduit avec cette bouillie la paroi de la niche où son œuf est déposé pour que la larve ait à disposition une nourriture facile à digérer ? Sais-tu que la philanthe apivore presse le jabot de l'abeille morte pour lui faire dégorger son miel dont elle se régale en léchant la langue du cadavre ? Sais-tu que le sphex pond son œuf dans le corps encore vivant de sa proie, dans un endroit précis au millimètre, rendu insensible par ses piqûres qui ont savamment paralysé sa victime ? Pourquoi paralysé seulement et non pas tué ? C'est que le sphex a besoin d'un soupçon de mort, c'est-à-dire l'immobilité, pour ne pas subir les attaques du grillon, mais qu'il a besoin en même temps d'un soupçon de vie pour que sa larve se nourrisse d'une chair parfaitement fraîche.

L'homme était d'un âge avancé mais avait une vivacité d'enfant. Les âmes qui ont soif du monde et de ses mystères ne se flétrissent jamais. Le chercheur se présenta comme le descendant direct de Jean-Henri Fabre qu'il décrivit comme le plus grand entomologiste de tous les temps. Il déplora que ce génie français soit tombé dans l'oubli dans sa propre patrie alors qu'il était encore admiré en Corée ou au Japon. Tout en inspectant l'écorce d'un tilleul centenaire, il condamna sans réserve l'ingratitude crasse des Français qui n'ont aucune conscience de l'ampleur de l'héritage que leur ont légué leurs ancêtres.

— Sais-tu pourquoi mon garçon, Dieu a fait les insectes si petits ? Non, tu ne sais pas ? Eh bien, je vais te le dire : c'est pour cacher aux yeux du monde leur mœurs atroces. Tu as entendu les exemples que je t'ai donné ? Transpose-les chez les hommes... imagine une seule seconde ! Une maman qui mange du crottin, commence à le digérer et le vomit sur toutes les parois du berceau de son enfant en guise d'allaitement. Un homme qui tue un autre homme, appuie sur son ventre et récupère le repas qu'il vient d'ingurgiter en léchant directement sur la langue du macchabée l'ignoble purée. Une future maman qui paralyse une femme, déchire son ventre avec ses ongles et accouche dans son corps pour que son bébé puisse se nourrir avec les entrailles de la pauvre victime encore consciente.

— Mon Dieu quelle horreur ! s'exclama Lucien avec dégoût.

— N'est-ce pas ? Quand j'entends qu'on convoque la Nature pour justifier des actes ou des pratiques réprouvés par la société des hommes, je me marre ! Si Dieu a fait les insectes si petits, c'est aussi pour une autre raison. Ouvriers minutieux et minuscules, ils sont le dernier maillon de cette grande chaîne du retraitement des déchets organiques. Leur intestin d'une longueur prodigieuse épuise jusqu'au dernier atome les résidus non utilisés par l'organisme de la vache ou du mouton, et métamorphose l'ordure en matière vivante. Autant d'insectes, autant d'outillages performants et ingénieux pour remuer, dépecer, façonner, fouiller et creuser. Je te mets au défi jeune homme de trouver une invention humaine qui n'existe pas déjà dans la Nature.

Sans comprendre tout ce qu'il disait et ce qu'il faisait exactement, Lucien suivit le savant dans ses observations. Le vieil homme lui parla avec une passion contagieuse du scarabée sacré, du sphex à ailes jaunes et du cerceris tuberculé. Le jeune Breton découvrit la vertigineuse étendue de son ignorance.

— Jean-Henri Fabre, mon maître et ancêtre, pensait à raison que connaître un insecte ce n'était pas connaître le nombre de ses pattes, la longueur de son abdomen ou la taille de son thorax. Connaître un insecte, c'est comprendre sa manière de vivre, ses mœurs et surtout ses instincts. Après les avoir scrupuleusement observés des milliers d'heures dans leur milieu naturel, après les avoir soumis à des milliers d'expériences, Fabre arriva à cette conclusion fondamentale : l'insecte est la manifestation dans le monde matériel la plus pure de l'instinct. Dis-moi ce que tu fais, dis-moi comment tu agis et je te dirai qui tu es.

— Puis-je vous poser une question ? murmura Lucien.

— Bien sûr mon jeune ami.

— Qu'est-ce que l'instinct ?

— Pour Fabre, c'est une faculté aveugle non modifiable par l'expérience. Pour le dire autrement, c'est un savoir-faire inscrit dans la biologie de l'animal. Savoir-faire qui est d'une efficacité redoutable quand il s'exerce sur son terrain, mais qui devient absolument ignare et impuissant dès qu'il s'en éloigne.

Au bord du chemin, à proximité de Tarascon, l'entomologiste avait établi sa base pour la nuit. Il avait monté une petite tente et installé un piège lumineux qui consistait en un grand drap blanc suspendu à une corde attachée entre deux arbres et éclairé par une lampe. Il partagea avec Lucien un rapide casse-croûte composé de saucisson et de sardines. Puis, il reprit ses méticuleuses observations et cette conversation à haute-voix avec lui-même qui le faisait passer pour fou aux yeux de la multitude hébétée.

Le lendemain matin, Lucien fut réveillé en chanson. Un groupe de marcheurs s'était positionné tout autour de la tente et entonnait à plein poumons : « Debout les gars, réveillez-vous ; Il va falloir en mettre un coup ; Debout les gars, réveillez-vous ; On va au bout du monde. Il nous arrive parfois, le soir ; Comme un petit goût de cafard ; Mais ce n'est qu'un peu de brouillard ; Que le soleil déchire ; Debout les gars, réveillez-vous ; Il va falloir en mettre un coup ; Debout les gars, réveillez-vous ; On va au bout du monde. » La joyeuse troupe fut prise d'un grand fou rire quand elle vit leur pauvre victime encore endormie pointer le bout de son nez. Avec le regard d'un chiot désorienté, Lucien chercha le chasseur d'insectes qui avait disparu. Les marcheurs se rendaient à Arles pour rejoindre la *Via Tolosana,* un chemin qui mène à Saint-Jacques de Compostelle. Ils venaient de Toulon et étaient tous dans la même équipe de rugby. Lucien partit avec eux.

Au bout d'une semaine, tout le monde l'appelait « mon père ». Dénudé de tout bien matériel, il partagea avec eux tout ce qu'il possédait : sa solide culture catholique, son bon sens breton, et les quelques francs qu'il avait gagnés sur le marché de La Salette. Durant les longues heures de marche, les gaillards l'encerclaient et picoraient son savoir avec l'avidité d'une portée de poussins affamés. Lucien s'étonna que des âmes aussi éloignées de l'Église soient en route pour un chemin de Compostelle. Il découvrit pourquoi un soir, au coin du feu, quand « Dédé » le benjamin du groupe fut pris de violentes convulsions. Son grand-frère se leva avec cette détermination pathétique de l'impuissance affectueuse. Il glissa entre sa tête et le sol une serviette pliée, et fit son possible pour contenir les mouvements violents. Une fois la crise passée, il déposa une couverture sur le corps de son frère, lui embrassa le front et regagna le cercle. Les cloches de la cathédrale Saint-Benoît de

Castres s'étaient tues depuis peu. Elles dispensaient dans l'espace un silence pétillant. Au travers de la fumée livide que recrachaient les flammes à l'agonie, le grand-frère s'adressa gravement à Lucien : « On ne sait pas ce qu'il a. C'est de pire en pire. On s'est dit que Dieu, lui, peut-être savait. » Il se leva et alla se coucher en pleurant.

Les joueurs de rugby partirent du Var en fête ; ils quittèrent le Tarn en procession. Pendant plusieurs jours, personne ne parla. Les nuques étaient brisées, les pas étaient lourds et les enjambées fébriles. Chacun, intérieurement, redoutait que la foudre invisible et aveugle vienne à nouveau frapper le petit André. Comme s'ils risquaient par leur conduite de perturber l'équilibre du monde, ils s'empêchaient de respirer trop fort et évitaient de faire des gestes trop brusques. Comme s'ils risquaient par leurs paroles de provoquer la colère du ciel, ils mordaient leurs lèvres et ravalaient leurs pensées. Malgré leurs superstitieuses précautions, la foudre frappa toujours au même endroit, de plus en plus souvent et plus fort à chaque fois. À partir de Toulouse, il fallut à tour de rôle prêter assistance au jeune André que les crises successives transformaient en infirme. Tournefeuille, Plaisance-du-Touch, La Salvetat-Saint-Gilles, Fontenilles, Bonrepos-sur-Aussonnelle, Saiguède, Saint-Thomas, Sainte-Foy-de-Peyrolières, autant de villages, autant de plumes de vie que l'âme du petit malade laissait sur son passage.

À l'approche d'Escanecrabe, les nuages jusqu'ici immobiles et blancs s'imbibèrent d'une encre violette qui éclipsa le soleil. Une nuit artificielle tomba brusquement sur la campagne. La faune et la flore prises de panique, s'agitaient et poussaient des petits cris. Indifférent à l'orage qui allait éclater, un vieux chevrier s'approcha du porche de l'église où des étrangers s'étaient réfugiés. Il tapa avec son bâton sur l'épaule de Lucien :

— Qu'qu'vous faites-là apeurés comme des œlhas ?

— Des wénias ?

— Des œlha… des brebis… bougre d'âne ! Tu viens pas d'ici toi !

— Pas tout à fait, effectivement. Je viens de Bretagne,

répondit Lucien en rougissant.

— J'aime pas les Bretons !

— Parce qu'on est pas Gascons ?

— Parfaitement, vous n'êtes point Gascons et point même Français ! Pour moi, vous êtes des Anglois !

— Des quoi ?

— Des Anglois, des Anglais.

— Et pourquoi ça ? demanda Lucien interloqué.

— Vous n'avez point de fromage, point de pain digne de ce nom et point de vin. Un homme qui boit du jus de pomme avec des bulles et qui mange que des crêpes pour moi n'est point Français, il est Anglais. Bon, qu'qu'vous faites contre mon église ?

— Votre église ? On s'est mis à l'abri de la pluie.

— Quelle pluie bon Dieu ?

— Celle qui va bientôt tomber, vous ne voyez pas les nuages ?

— Je m'en fiche bien des nuages. Il ne pleuvra point…

— Et qu'est-ce qui vous fait dire ça ?

— C'est ma barbe qui me le dit. Elle frise quand il va pleuvoir, et là, elle est toute lisse. Qu'est-ce qui lui arrive au p'tit ? Il s'est cassé la patte ?

— Non, il est malade, répondit Lucien en baissant la tête.

— Il est malade ? Faut l'amener chez Gigi. L'année dernière, il a réussi à soigner une de mes chèvres qui gigotait tout comme lui.

Gigi était un ancien parachutiste. Quand il partit en Lorraine pour l'armée, sa mère pleura beaucoup. Ses deux autres fils avaient déjà quitté la maison, l'un pour travailler à Bayonne, l'autre à Dax. Gilbert prit sa mère dans ses bras et fit la promesse qu'elle pouvait compter sur lui. Même s'il était à l'autre bout de l'hexagone, il serait le premier de ses fils à venir si besoin. La pauvre femme incrédule pleura de plus belle. Elle tenta en vain de faire opposition avec son corps frêle au départ de son dernier enfant qui n'était pas loin de faire le double de sa taille et le triple de son poids. Dix ans plus tard, à la base aérienne de Nancy, Gigi reçut un coup de fil avec de mauvaises nouvelles. Il en parla à un de ses amis pilotes. Deux heures plus tard, il se faisait parachuter au-dessus d'Escanecrabe. Quand il arriva au chevet de sa maman, elle lui caressa la joue, lui fit un de ses plus beaux sourires et juste avant de mourir, elle lui dit : « Je ne sais pas comment tu as fait mon petit Gigi, mais tu avais raison. C'est bien toi qui est arrivé le premier. » Gigi ne repartit jamais. Son parachute était encore déplié dans le jardin de sa maman.

Dans toute la région, on l'appelait le « rebouteux du bon Dieu ». Pendant sa petite carrière militaire, il s'était formé aux soins d'urgence et s'était découvert quelques « pouvoirs ». Il fit ses premières armes sur les animaux et devint très vite le vétérinaire attitré de la plupart des paysans du coin. Peu à peu, des femmes d'abord et des hommes ensuite, allèrent le consulter. Très vite, sa maison se transforma en dispensaire. Sous prétexte d'une douleur soudaine ou d'un mal ancien, les gens du coin rentraient chez lui comme dans un moulin. Des patients de longue date avaient pris en pitié ce pauvre homme otage des misères du monde et constituèrent une brigade à son service pour s'occuper de son ménage, de son linge, de sa cuisine, de son courrier et de son jardin.

Le grand frère de Dédé fut soulagé quand il constata que le « rebouteux du bon Dieu » avait les oreilles en choux-fleur caractéristiques des joueurs de rugby. Oubliant quelques instants la situation, il se dit en lui-même : « Vu la corpulence du bestiau, ça doit être un deuxième ligne. » Le jeune homme ne savait pas pourquoi il avait suivi sans réfléchir le chevrier ; il redoutait de se retrouver chez un charlatan, un psychopathe ou un sorcier.

C'est le désespoir et non l'inculture qui rend crédule. L'imbécile heureux n'a finalement que peu de religion quand l'intellectuel en souffrance, lui, est la proie favorite des sectes les plus farfelues.

Il regarda avec respect cet ours en peluche géant qui irradiait autour de lui un halo de tendresse. En le saluant, il fut impressionné par ses grosses mains et ses moustaches immenses. Moustaches qui étaient si grandes que quand Gigi faisait la sieste sur sa chaise à bascule, des oiseaux venaient parfois s'y poser. Le chevrier glissa quelques mots à l'oreille du « rebouteux du bon Dieu ». Gilbert hocha la tête. Il se frotta les yeux pour nettoyer la fatigue qui obstruait sa vision et s'approcha de Dédé. Il le souleva avec une facilité déconcertante, le prit dans ses bras et l'emmena dans son cabinet.

Trois heures plus tard, Dédé réapparut avec celui qu'il appelait en rigolant « oncle Jules » en référence à un des personnages les plus attachants des romans de Marcel Pagnol. Tout le monde avait le regard vissé sur les lèvres du « rebouteux du bon Dieu » qui allait annoncer la sentence : l'acquittement ou la peine de mort. Gigi s'approcha d'un petit bar pour se servir une liqueur de sa préparation. Il but le verre d'une seule traite et déclara à l'assemblée : « Les enfants, le petiot m'a dit que vous alliez à Lourdes ? Ça ne peut pas vous faire de mal. Vous êtes tous fatigués, je vais vous y emmener et vous dormirez ici ce soir. En ce qui concerne notre Dédé, il va s'en sortir. Mais pour ça, il va falloir me le laisser un petit bout de temps. » Lucien vit le désarroi dans le regard du grand frère. Il remit son habit symbolique de curé, posa sa main sur son épaule et le réconforta : « Va rassurer tes parents. Si Gilbert n'y voit pas d'inconvénient, je vais rester le temps qu'il faudra pour m'occuper de ton petit frère. On va bien le retaper ce pt'i gars. Quand on vous le rendra, il sera comme neuf ! »

C'est ainsi que Lucien pendant un mois devint l'assistant du « rebouteux du bon Dieu ». Il découvrit l'acupuncture, les plantes médicinales, l'anatomie, la diététique, l'équilibre des forces vitales et l'époustouflante variété des souffrances qui accablent les hommes. À chaque consultation, il restait assis dans un coin et prenait des notes. Un matin, Gilbert reçut un enfant qui avant même d'avoir pu être ausculté, mourut dans ses bras sous les yeux de ses parents. Lucien se contenta ce jour-là d'écrire cette seule phrase dans son carnet :

*Le péché originel est bien cher payé.*

Le dimanche 30 mars 1975, jour de Pâques, Gilbert et Lucien faisaient leurs adieux à André qui pleurait en serrant sur son visage mouillé les grosses mains de son « oncle Jules ». Lucien resta quelques jours aux côtés de celui qu'il considérait comme son mentor. Puis, à son grand regret, il dut partir.

Est-ce que c'était Gilbert qui avait guéri l'enfant de l'affreux mal qui le rongeait ? Est-ce que c'était un miracle de la Vierge Marie lors de leur pèlerinage nocturne à la Grotte de Massbielle ?

Lucien n'en savait rien.

Mais dorénavant, il était certain d'une seule chose.

Il voulait devenir médecin.

# L'ENQUÊTE

Lucien n'avait pas complètement perdu la foi. Il avait perdu confiance dans l'Église. Il doutait de la capacité de l'institution à avoir une véritable influence sur les âmes modernes. Il se défiait des hommes qui la constituaient et du pape en premier lieu. Son voyage à Rome lui avait appris que le plus haut dignitaire de l'Église lui-même avait divorcé avec les principes catholiques pour épouser les « valeurs » de la république. La fille aînée de l'Église venait d'autoriser les femmes à tuer leur enfant dans leur propre ventre et Paul VI, lui, pour seule réaction, trouvait ça « triste » et ne comptait rien faire.

Lucien ne reniait rien de sa vie de clerc, simplement, lors de sa descente au Vatican, il constata avec fracas l'insignifiance du prêtre face aux *combinazione* et aux intrigues des grands de ce monde. Pendant son pèlerinage forcé, il découvrit ce qu'il soupçonnait déjà : il n'était pas rassasié par la prière, il avait besoin d'action et… il aimait bien trop les femmes pour s'en priver. Lucien voulait continuer à lutter contre le Mal et à se battre pour la vie mais sans soutane, avec une blouse blanche et sur d'autres terrains : le corps à la place de l'âme, et la société civile à la place de la paroisse.

De tous les personnages qu'il avait croisés durant son périple, Vidar de Mortemine était celui qui lui avait fait la plus forte impression. Il était anachronique dans son costume comme dans sa prestance. Ses cheveux longs attachés au niveau du cou par une barrette en bronze ; sa lavallière à fleurs de Lys ; ses bottes à revers en cuir ; sa longue redingote rouge et son grand chapeau noir orné d'une plume de colombe. Sur n'importe qui d'autre à cette époque, un tel accoutrement aurait paru grotesque. Le Prince de Mortemine, lui, à l'instar d'une femme aux lignes parfaites, pouvait se permettre de tout porter : son charisme anoblissait n'importe quelle étoffe. Il avait le panache de d'Artagnan et la hauteur de vue de Richelieu. Plus qu'un homme, il était l'incarnation d'un projet pour le monde. Alors qu'il passait pour être un haut dignitaire ecclésiastique, personne ne s'offusquait de voir un pistolet accroché à sa ceinture, le Beretta Modèle 1934 de l'abbé Alméria. Son charisme était hypnotique. Quel que soit le lieu où il se rendait, Vidar donnait la sensation à l'assemblée toujours surprise, de déchirer le voile du présent et de jaillir du fond des âges. Les ongles du temps glissaient sur son visage de glace, visage illuminé par une vitalité hors norme. Une rumeur émanant de la cour d'Angleterre disait que le Prince Vidar de Mortemine était le comte de Saint-Germain, un célèbre alchimiste du dix-huitième siècle qui avait la réputation d'être immortel. Le grand-rabbin de Jérusalem le soupçonnait d'être un vampire qui buvait le sang des enfants. Le chef de cabinet de la Maison-blanche imaginait qu'il portait un masque de silicone ultra-perfectionné. Le Kremlin avaient découvert qu'il était propriétaire d'un important groupe pharmaceutique et supposaient l'invention d'un élixir de jouvence qu'il réservait à son usage exclusif.

Si toutes les élites politiques, économiques et religieuses du monde entier connaissaient de près ou de loin l'existence de ce mystérieux personnage, le nom de Vidar de Mortemine fut connu pour la première fois d'un plus large public en 1978, à l'occasion de la mort soudaine du pape. Successeur de Paul VI mort à 80 ans d'une crise cardiaque, Jean Paul Ier est mort lui aussi d'une crise cardiaque après seulement trente-trois jours de pontificat. Cette disparition brutale excita les imaginations qui avaient toute latitude pour spéculer sur les causes de ce décès puisque aucune autopsie ne fut effectuée sur la dépouille de celui qu'on surnommait *il Papa del sorriso*. Plusieurs hypothèses, plus ou moins étayées, furent avancées : l'empoisonnement par un cardinal menacé de destitution ; une opération de la *Propaganda Due,* une loge maçonnique dont était membres le responsable de la *Banco Ambrosiano* qui avait comme premier actionnaire la banque du Vatican ; la mafia ; et enfin, les services secrets. Quelle mafia ? Les services secrets de quel pays ? Pour quels motifs ? À vrai dire, peu importait. En tout temps et en tout lieu, la seule évocation de ces appellations sulfureuses suffit pour satisfaire les cervelles gavées d'ordinaire en manque de fantastique.

Domanovitch, un essayiste français controversé, fit pendant plusieurs semaines le tour des plateaux de télévision en Europe et aux États-Unis, pour exposer sa lecture personnelle des événements. Il affirma détenir la preuve que Vidar de Mortemine était la dernière personne à avoir visité les papes Paul VI et Jean-Paul Ier et qu'il les avait froidement assassinés. Heureux hasard, dans son dernier livre *Le Diable du Vatican*, il avait enquêté sur ce Prince qui, selon lui, n'avait pas la moindre ascendance noble et appartenait à une secte satanico-païenne qui voulait détruire l'Église de l'intérieur. Bien qu'ayant rencontré un certain succès populaire, sa théorie s'évapora avec lui quand de passage pour sa tournée à Edimbourg en Écosse, il entra dans la cathédrale Saint-Gilles à 16h16 le samedi 14 juillet 1979 pour ne jamais en ressortir. Habitué des coups d'éclat et friand de scandales, la disparition de celui qui prétendait que la famille Rothschild avait financé Adolf Hitler et que la NASA n'était qu'une succursale d'Hollywood, n'inquiéta pas grand monde. Domanovitch fut même accusé par ses concurrents d'avoir tout manigancé pour booster les ventes de son livre.

Malgré sa mauvaise réputation, c'était bien Domanovitch qui était le plus proche de la vérité. D'abord, bien que la plupart des informations qu'il avait sur lui étaient imprécises sinon inexactes, Domanovitch avait eu le mérite d'identifier Vidar de Mortemine comme un personnage influent. De plus, il était tout à fait exact que le Prince fut la dernière personne à avoir vu vivants les deux papes. Depuis l'entrevue houleuse du 18 janvier 1975 avec Paul VI, Vidar n'avait plus remis les pieds au Vatican. On crut même qu'il était mort. La seule nouvelle que ses relations reçurent de lui fut une lettre lapidaire et froide leur signalant sans la moindre explication, l'arrêt immédiat et définitif de tout financement. En Europe et aux États-Unis, depuis les années 60, pas une seule association catholique traditionaliste, pas un seul parti politique conservateur, pas un seul mouvement anti-avortement n'aurait pu voir le jour et agir sans le trésor de Don Vito que le jeune Battista Pensabene avait trouvé en Écosse. Vidar comptait sur le soutien de l'Église pour son grand projet de régénérescence. Paul VI et Jean-Paul Ier furent foudroyés d'une crise cardiaque en entendant les détails de ce qu'ils qualifièrent de « machination diabolique ». Tous deux moururent en pointant Vidar du doigt et en répétant avec effroi ce mot chargé de mystère : Ipogépolis.

Ipogépolis était le nom que Vidar avait donné à sa conjuration qui par l'éminence de son but, l'importance de ses moyens et la complexité de sa mise en œuvre, ne trouvait aucun égal dans l'Histoire des Royaumes, des Républiques et des Empires. L'Église n'allait pas être – comme Vidar l'avait d'abord imaginer – le vaisseau amiral de la Grande Croisade qu'il comptait lancer sur l'Europe. Elle n'allait pas être inutile pour autant. Son effondrement moral qu'il précipiterait si nécessaire en faisant élire un pape résolument moderniste ferait d'elle son allié objectif qui allait lui fournir sans le savoir une partie des troupes dont il avait besoin.

1979 : cela faisait bientôt trois ans que Lucien s'était installé à Paris. Pour payer ses études, il travaillait tous les soirs à Montparnasse dans une crêperie tenue par une vieille bigouden sans enfant qui entra un beau jour dans la restauration comme d'autres entrent dans les ordres. Gwenaëlle L'Helgouarc'h avait quitté très jeune Pont-l'Abbé, son village natal situé dans le sud du Finistère, pour fuir la misère et trouver de l'ouvrage dans la capitale. Sa forte corpulence dégageait cette puissance minérale que l'on ressent en face des mégalithes. Malgré sa sévérité et la rudesse de ses rares élans de douceur, Lucien s'était pris d'affection pour cette maîtresse femme qui portait sans broncher depuis tant d'années la Bretagne sur ses épaules. Il venait de commencer sa troisième année de médecine quand il apprit avec stupeur la mort soudaine du pape. Quelques mois plus tard, alors qu'il faisait la plonge chez Gwenaëlle, il entendit à la radio une émission qui parlait du *Diable du Vatican* de Domanovitch. Quand le nom de Vidar de Mortemine fut prononcé, il se figea et tendit avidement l'oreille. Le présentateur annonça le passage de l'essayiste à

Paris le 23 juin pour une conférence-dédicace prévue dans une librairie anarchiste de Ménilmontant.

Il était 20 heures, l'air dans le sous-sol de la librairie devenait irrespirable. Comme à son habitude, Domanovitch accusait un important retard. L'idée de se faire attendre excitait comme une femelle cet être repoussant à tous égards. Petit, velu, adipeux, ce pingouin crasseux répandait autour de lui une puanteur si violente qu'elle était comme la fumée du fumier, visible à l'œil nu. Il n'avait de Français que le vocabulaire encore que, sa gorge toujours glaireuse et sa mâchoire prognathe, souillaient à chaque syllabe cette langue précieuse et raffinée. Une grosse chevalière en or, une épaisse gourmette de platine et un lourd collier d'argent s'enfonçaient dans sa chair boucanée et huileuse qui bullait sous l'effet de la chaleur. Sa ruse d'usurier et son éloquence de marchand de tapis lui permettaient de séduire une clientèle hétéroclite toujours plus nombreuse et captive. Un soupçon de vérité, une cuillerée de vraisemblable et surtout une bonne rasade de Diable : c'était sa petite popote personnelle. La même recette dans chacun de ses bouquins. Et à chaque fois, ça marchait. Autour de Lucien, des athées fanatiques ravis d'apprendre que l'Église catholique était en passe d'être détruite, jouaient du coude avec de pieuses ménagères anxieuses pour la vie du nouveau pape Jean-Paul II. Dans le fond de la salle, d'authentiques adorateurs de Satan curieux d'en savoir plus sur ce sympathique Vidar, se mélangeaient sans le savoir à des sédévacantistes qui se présentaient comme les seuls catholiques authentiques. Pour eux, le Prince de Mortemine était le véritable successeur de Pierre qui à l'instar du masque de fer, était persécuté par la secte moderniste qui depuis Vatican II avait pris le contrôle du Saint-Siège avec le concours de la franc-maçonnerie.

Cela faisait bien une heure que Domanovitch avait commencé sa conférence. Distrait, Lucien avait décroché et se plaisait au fond de la pièce à balayer du regard l'assemblée. L'humidité de l'air, les volutes de tabac, les vapeurs de sueur et un rastaquouère qui baratinait avec entrain à la tribune : pendant quelques secondes, Lucien se crut dans une cave à

Bogota pendant une réunion clandestine du parti communiste colombien. À cette pensée, il rigola bruyamment. Dans la foule hypnotisée, une seule tête se retourna au son de ses rires. C'était Pierre Delmotte. Les deux jeunes hommes restèrent quelques secondes à se dévisager et furent pris au même instant d'un fou rire irrépressible. Un fou rire fondateur, mystique, gigantesque. Un fou rire qui est à l'amitié ce que le coup de foudre est à l'amour. Cela faisait deux ans que Pierre et Lucien étaient dans le même amphithéâtre. Ils s'étaient retrouvés plusieurs fois assis côte à côte mais jamais ils ne s’étaient adressés la parole. Pierre était grand et mince. Un bandana rouge en guise de serre-tête plaquait sur son crâne ses longs cheveux ondulés qui recouvraient la moitié de son dos. D'un naturel détendu, le visage ouvert par un large sourire persistant, il abordait les femmes et les hommes avec la même facilité, et pouvait démarrer une conversation sur n'importe quel sujet avec n'importe qui. De loin, Lucien jugeait vulgaire cette sociabilité facile et pensait qu'elle était immanquablement l'effet d'une nature inconsistante et insipide. Pierre, quant à lui, prenait la timidité de Lucien pour de la fatuité. Il se moquait allègrement en lui-même de cet étudiant plus âgé que les autres qui, avec ses yeux inhospitaliers, ne semblait avoir pour ses semblables que des condamnations sans appel.

Accoudés à la vitrine de la librairie, les deux perturbateurs hilares reprenaient doucement leurs esprits en évitant de trop croiser leur regard pour tempérer ce délicieux délire qui ensorcelait leurs muscles. Après avoir retrouvé leur souffle, les deux étudiants encore étrangers l'un pour l'autre quelques instants auparavant, commencèrent à discuter familièrement comme deux amis de toujours. Quand tous les participants de la conférence étaient passés devant eux en quittant la librairie, ils ne les avaient pas vus ; quand le libraire a descendu le lourd rideau métallique dans un vacarme grinçant, ils n’avaient rien entendu ; et quand les bataillons de lampadaires avaient pris le relais du soleil pour combattre la nuit, ils ne s'étaient aperçus ni de la manœuvre ni même de la diminution de la clarté.

Belleville, le Canal Saint-Martin, Barbès, Pigalle, Pierre et Lucien survolaient Paris sans un égard pour ses anciennes beautés et sans une attention pour ses nouveaux occupants. Depuis la place de Clichy, un jeune homme d'une vingtaine d'années les suivait. Il avait été intrigué par la teneur peu commune de leur discussion et par l'exubérance joyeuse de leur échange. Rue Pasquier, il entendit avec stupeur qu'ils parlaient de Vidar de Mortemine. Après avoir parlé de Dieu, des femmes et de l'avenir de la France, les deux amis avaient enfin évoqué les raisons de leur présence à la conférence de Domanovitch. Pierre expliqua doctement que ces réunions ésotériques étaient un terrain favorable à la drague étant fréquentées principalement par des femmes. Des femmes cérébrales en quête de sens qui supportaient difficilement la solitude et qui étaient toutes disposées à s'abandonner le temps d'une nuit à un homme jouissant d'un minimum d'intelligence et de culture. En somme, des hommes comme lui. Pour terminer, il ajouta comme si c'était un détail sans importance, que depuis sa lecture de l'essai de Thomas Kuhn *La structure des révolutions scientifiques*, il avait compris que la recherche de la vérité ne devait rejeter aucune théorie *a priori,* même et surtout si elle était à première vue ridicule. Ce genre de conférence était pour lui un bon exercice, une hygiène intellectuelle pour ne pas laisser son esprit s'encrasser. Domanovitch ne l'avait pas convaincu. Au-delà de sa dégaine de narcotrafiquant cubain, son aptitude à parler pour ne rien dire et sa façon de tourner sans cesse autour du pot pour qu'on lui achète son bouquin étaient suspectes. Comme n'importe quelle institution, il était évident que l'Église catholique avait succombé aux sirènes du progressisme et qu'elle allait comme toutes les religions progressivement mourir de vieillesse. La secte satanico-païenne et ce Prince de Mortemine était pour lui pures inventions romanesques, du *marketing* de vendeur de papier. Pierre était sûr de son jugement, c'est pourquoi il fut déconcerté quand son nouvel ami confirma l'existence de ce Prince. Il le fut encore davantage quand Lucien lui expliqua les circonstances rocambolesques de sa rencontre avec Vidar dans les allées du Vatican. Sceptique au début, refusant la petite honte d'une erreur d'appréciation, le récit que lui fit celui qu'il appelait désormais « père Lucien » eut raison de ses doutes.

Le temps de boire quelques lampées du gouleyant Mâcon Village qu'ils se partageaient depuis une heure, ils s’arrêtèrent devant la Chapelle expiatoire érigée à l'emplacement où Louis XVI fut enterré après avoir été guillotiné. Là, le jeune garçon qui les suivait les interpella avec cette joviale désinvolture dont font preuve les personnes éméchées : « Vous connaissez le Prince de Mortemine ? » Pour seule réponse, il reçut la bouteille de Mâcon. L’étranger but une belle gorgée et commença un long monologue que Lucien et Pierre prirent bien soin de ne jamais interrompre.

« Je vous ai entendu parler de ce Domanovitch et sa thèse concernant le Prince de Mortemine. Apparemment, un de vous deux l'a déjà croisé. Je ne l'ai personnellement jamais vu mais mon père m'en a parlé. Le 5 novembre 1975. Je m'en souviens très bien parce que c'était le jour de mon anniversaire. Le téléphone sonna vers 9h00. J'ai décroché. Quelqu'un a demandé à parler à Monsieur Jean Raspail. Après un bref échange, mon père est parti précipitamment pour ne revenir que le surlendemain. J'étais triste parce qu'il avait oublié que le soir-même, on fêtait en famille mes 18 ans. Mais je lui ai vite pardonné quand à son retour, il me raconta son incroyable aventure.

« Au téléphone, le majordome d'un prince écossais lui annonça que Monseigneur avait lu son dernier livre *Le Camp des Saints* et qu'il désirait le voir au plus vite. Une voiture qui l'attendait déjà en bas de chez lui, allait l'emmener au Bourget pour prendre un jet privé mis à sa disposition. Une fois arrivé en Écosse, un certain Rocaboy l'invita à s'installer à l'arrière d'une limousine. Les vitres étaient teintes en noire et une cloison opaque le séparait du conducteur. Impossible de voir l'extérieur. Très vite, mon père s'endormit comme s'il avait été drogué. Quand il se réveilla, il était assis à une grande table ronde. La salle ressemblait à une pièce de château mais sans fenêtre. Rocaboy était assis en face de lui. Il sirotait du rhum et jouait sur sa flûte une ballade irlandaise. Mon père reconnut *The Sprig of Thyme*.

« Vidar apparût et lui demanda s'il connaissait bien l'œuvre d'Antoine de Saint-Exupéry. Sans attendre sa réponse, il l'invita à lire un carnet écorné et tâché de sang qui était posé devant lui. Mon père fut bouleversé. C'étaient les derniers chapitres de *Citadelle,* livre connu pour être inachevé. Une fois sa lecture terminée, Vidar le pria de le suivre. Ils traversèrent un long couloir éclairé par des bougies qui desservait une immense pièce semblable à la grande Galerie du Louvre. Vidar emmena mon père au milieu d'un cercle composé de pupitres de verre. Sur les pupitres, il y avait des partitions. La *Cinquième Saison* de Vivaldi ; La *Onzième symphonie* de Beethoven ; Le *Vingt-cinquième Caprice* de Paganini ; Les *Gymnopédies IV, V, et VI* de Satie ; et la version intégrale du *Requiem* de Mozart.

« Mon père apprit que Rocaboy était marin, propriétaire d'un fier voilier le « Caracal ». Les deux hommes s'étaient rencontrés pendant la Seconde Guerre mondiale sur le port de Bagheria en Sicile. En mer tous les deux ce jour-là près de Marseille, ils avaient assisté au crash de l'avion de Saint-Exupéry et secouru l'écrivain de la noyade qui succomba malheureusement à ses blessures quelques jours plus tard. Avant de mourir, Saint-Exupéry leur avait confié la version achevée de *Citadelle*. Les deux amis s'étaient perdus de vue plusieurs années. Quand Rocaboy réapparut, il avoua à Vidar qu'il était un marin un peu particulier. Il était chasseur d'épaves. Il était devenu sourd à cause d'un accident de plongée et muet à cause d'un pirate jaloux qui lui avait arraché la langue. La prise la plus récente de Rocaboy était le trésor de Rommel. Trésor qui n'était pas une légende mais qui, en revanche, ne se trouvait pas du tout au large de Bastia. Ces activités l'avaient amené à connaître la plupart des collectionneurs privés et des marchands d'art de la planète. Vidar proposa à son ami de constituer une Arche de Noé pour sauver le plus possible d'œuvres de la publicité et du commerce. Il était prêt à dépenser pour cela tout son héritage. Que Claude Debussy serve à vendre des saucisses et qu'Édouard Detaille enrichisse des rastaquouères, ça le rendait physiquement malade. À bord du « Caracal », pendant plus de vingt ans, les deux compères ont navigué sur toutes les mers du globe et ils ont découvert un continent caché. Les œuvres exposées dans les musées, celles photographiées dans les volumes sur l'art et son histoire, bref, celles accessibles au grand public, ne sont en fait qu'une partie de la production des grands maîtres. Éparpillés aux quatre coins de la planète, dans les coffres des collectionneurs privés se trouvent l'autre partie. La première version de *L'étrange cas du Dr Jekyll et de M. Hyde* que Robert Louis Stevenson selon la légende aurait jetée au feu car sa femme l'aurait jugée trop folle, eh bien mon père l'a eue entre les mains. La toile *Léda et le Cygne* de Léonard de Vinci qui se serait volatilisée du château de Fontainebleau en 1692, mon père l'a vue de ses propres yeux. Des sculptures, des tableaux et des livres qu'on croyait détruits ou disparus, alimentent cette galerie fantastique mais pas seulement. La majeure partie de la collection de Vidar est composée d'œuvres absolument inédites comme *Paris en feu* de William Turner ; *Le château de Versailles en fleurs* de Claude Monet ; *La danseuse*, le premier roman de Louis-Ferdinand Céline ou encore, *Les carnets de guerre* de Charles Péguy.

« À table pour le repas du soir, le Prince parla de sa lecture du *Camp des Saints*. Un seul coup d'œil sur les courbes démographiques des pays du monde suffisait à prévoir la submersion migratoire à venir. Il apprit à mon père, ce qui s'est révélé exact par la suite, que le gouvernement Chirac préparait un décret autorisant le regroupement familial. La France allait être envahie comme dans son roman mais progressivement et légalement par toute l'Afrique. L'intérêt du livre n'était pas là. Selon lui, l'intuition géniale du *Camp des Saints* était d'avoir prophétisé la mort de la volonté en Europe. Vidar avoua à mon père que c'était la lecture de son livre qui le décida à poser les premières pierres de son grand projet.

« Quand mon père est rentré à la maison, il était exténué. Il m'a offert pour mon anniversaire un cadre photo qui protégeait un bout de papier sur lequel était écrit de la main de Victor Hugo quatre vers d'un poème inachevé intitulé *L'Amante religieuse* : « Sa mantille aux allures / De soyeux cheveux noirs /Auréole sa figure /Aux éclats d'ostensoir. » Ça partait bien non ?

« Quel était le grand projet du Prince de Mortemine ? Qu'est-ce que mon père a fait le deuxième jour de sa visite ? Impossible de lui arracher un seul mot. Quand mon père a sorti mon cadeau de sa mallette, une espèce de passeport est tombé par terre. Il se précipita pour le ramasser. J'ai seulement eu le temps de voir qu'il y avait écrit dessus *Ipogépolis*. Je lui ai demandé ce que ça voulait dire. Il m'a répondu que plus tard, peut-être, je comprendrai. Aujourd'hui encore, il ne veut rien me dire. Et si j'en crois son visage fermé à double tour... il n'est pas près de parler. »

## MARGAUX

Le jeune homme tendit la bouteille vide à Pierre, sécha ses lèvres dans sa manche et repartit en sifflotant. Les deux amis reprirent leur route en silence, méditant chacun de leur côté sur cette histoire. Ils traversèrent sans la voir la place de la Concorde. Plusieurs cars de policiers sécurisaient l'ambassade des États-Unis. L'Automobile Club de France se vidait de vieux hommes aux ventres si gros et si ronds qu'on eut dit qu'ils avaient mangé le monde. Rue de Rivoli, au niveau de la statue de Jeanne d'Arc, Pierre arrêta Lucien et lui dit :

— Excuse-moi pour tout à l'heure, je me suis un peu emporté sur l'Église catholique, je ne voulais surtout pas te blesser. Bien que tu ne sois plus prêtre, je suppose que t'y es encore attaché.

— Oui, disons que j'ai toujours une lueur de foi. Mais ne t'en fais pas, tu peux t'exprimer librement sans avoir peur de me blesser !

— L'Église n'est plus un sujet, c'est un combat d'arrière-garde.

— Tu penses ?

— Bien sûr. Je ne nie pas du tout le rôle de la croyance pour la cohésion de la société ou même pour l'équilibre psychologique de chacun. Je lisais récemment Flaubert qui raconte son voyage en Bretagne avec son ami Maxime Du Camp. Un soir, ils décident d'aller dans l'église d'un village. Pourquoi ? Tout simplement parce qu'il n'y avait rien d'autre à faire. L'Église était centrale parce qu'elle était la seule animation dans le désert morne des campagnes. Aujourd'hui, il y a le cinéma, la radio, la télévision, des parcs d'attraction et le stade de foot pour soigner l'ennui des brebis. Il n'y a plus que les mystiques, les estropiés et les nostalgiques pour assister aux offices. C'est fini. On ne reviendra plus jamais en arrière. Ce qui nous attend au tournant du siècle ce sont les nanotechnologies, les hommes génétiquement modifiés, les ordinateurs quantiques, les robots humanoïdes, les puces électroniques dans le cerveau et la rencontre avec les petits hommes verts. Sûrement pas le retour des curés dans les écoles et de la messe en latin. N'en déplaise aux conservateurs.

— Les extraterrestres ? Pierre, t'es sérieux ?

— Des centaines de milliards de galaxies qui contiennent des centaines de milliards de soleils et tu vas me dire qu'on est seul dans l'univers ? J'y crois pas. Enfin bref, l'avenir nous le dira. T'en as pensé quoi de ce gars ?

— Le fils de Jean Raspail ?

— Oui, si c'est bien ce qu'il est. Tu connais toi cet écrivain père Lucien ?

— Oui j'ai lu quelques-uns de ses bouquins dont *Le Camp des Saints* justement. Je te le passerai. Ça n'augure rien de bon pour l'avenir.

— Tu crois que c'était vraiment son fils ?

— Je ne vois pas pourquoi il nous aurait menti. Raspail est

un grand écrivain mais si tu veux faire de l'esbroufe devant des inconnus, il vaut mieux te faire passer pour le fils de Mick Jagger.

— C'est certain, répondit Pierre en riant. Mais enfin, il se pointe en disant à peine bonjour, il nous déballe toute son histoire et il part sans dire au revoir... et le coup du poème écrit de la main de Victor Hugo en cadeau d'anniversaire... je trouve ça un peu gros tout de même.

— Pierre, il est jeune... et comme la plupart des gens, il n'a pas résisté à la tentation de faire son intéressant. Combien de secrets ont été trahis à cause de ce petit plaisir narcissique de passer pour celui qui sait. Et puis, comme tu as pu le constater, il n'était pas tout à fait sobre.

— Si ce qu'il dit est vrai, notre Prince de Mortemine ne serait qu'un vulgaire collectionneur d'art. C'est un peu décevant. Mais ça confirme que l'autre Domanovitch qui voit le Diable partout est un escroc. En tout cas, si ces œuvres inédites existent vraiment, je serais curieux de les découvrir, particulièrement le premier bouquin de Céline.

— Oui moi aussi, reprit Lucien, et je paierais cher voir *Paris en flamme* de Turner. En tout cas, Vidar n'est ni un assassin, ni un satanico-je-sais-pas-quoi. Pour moi, c'est évident depuis le début. J'ai vu cet homme, j'ai vu ses yeux. Il n'avait pas l'allure de l'amateur de brocante si tu vois ce que je veux dire. Si je te montre un portrait de Charlemagne et que je te dis que le bonhomme passe ses journées à collectionner des boîtes de camembert, tu me dirais quoi ?

— Que quelque chose ne colle pas, répondit Pierre en souriant.

— Avec Vidar, c'est pareil. Quelque chose ne colle pas.

Après avoir bu un dernier verre dans un petit troquet à côté de la Place des Vosges, Lucien raccompagna Pierre chez lui. Il habitait entre Bastille et le cimetière du père Lachaise, rue de la Roquette. Les deux amis restèrent encore une bon moment sur le palier à discuter. Les sujets de conversations, les anecdotes et les plaisanteries s'enchaînaient sans répit. Malgré l'heure tardive, ils n'arrivaient pas à se quitter.

Sur le trajet du retour, Lucien fit un petit crochet pour aller voir de ses yeux le centre Pompidou. Inauguré en 1977, « Beaubourg » et son esthétique « audacieuse » continuaient de faire polémique. Le « geste fort » de l'architecte avait consisté à mettre les entrailles du bâtiment sur les façades. Lucien trouva le lieu étrange. Il avait la sensation de voir une femme qui aurait tricoté ses veines pour s'en faire une robe. Sur la place, assis par terre en cercle, des jeunes bourgeois déguisés en Bon Sauvage grattaient des cordes de guitare et fumaient de l'herbe.

Au niveau de la rue Quincampoix, un loubard basané qui semblait en vouloir à la Terre entière d'être né Algérien, colla son front boursouflé de haine sur celui de Lucien. Il exigea de l'argent et sans attendre une réponse, il lui asséna un violent coup de tête. Lucien perdit connaissance, ses papiers et son argent. Un agent de police qui était non loin de là, releva Lucien et l'emmena dans sa voiture pour tenter de rattraper son agresseur. La traque fut de courte durée, le blédard ayant eu l'idée géniale de courir comme un dératé en plein milieu du boulevard Sébastopol. Pendant l'arrestation, Lucien remarqua qu'il n'était pas seul dans la voiture.

C'était une fille.

Il tourna par petits coups sa tête dans sa direction pour voir si elle était jolie. C'était une petite brune manifestement bien faite. Il n'avait pas réussi à voir sa tête. Tant pis. Le policier entra dans la voiture et lui rendit ses papiers et son argent. Lucien approcha sa main de la portière pour s'extraire du véhicule et rentrer enfin chez lui, quand une voix fluette et douce lui demanda s'il allait porter plainte. Il se retourna et vit le visage de la fille sortir de la nuit. Elle avait les yeux de Minerve, la peau marmoréenne et le nez grec. Le cœur ébloui, Lucien resta figé devant ce miroir de chair et de sang qui reflétait la beauté du monde. En réponse, il bégaya qu'il était fatigué… qu'il devait rentrer… mais il changea rapidement d'avis quand il comprit qu'en portant plainte, il allait pouvoir passer du temps avec cette envoûtante créature.

2h00 du matin dans la salle d'attente du commissariat du

quatrième arrondissement : il n'y avait qu'elle, il n'y avait que lui. Lui, nerveux, surveillait du coin de l'œil la porte craignant la moindre intrusion qui aurait gâché ce moment de grâce. Elle, les jambes pliées et la tête appuyée sur ses genoux, lui apprenait qu'ils s'étaient fait agresser par le même individu, et que c'était elle qui avait appelé la police. Il n'y avait qu'elle, il n'y avait que lui. Leur idylle naissante changeait la salle d'attente en alcôve apprêtée pour une nuit sans fin. Lui, anxieux, redoutait l'arrivée du jour. Il répondait aux questions de la belle inconnue avec cette précaution inquiète des enfants qui soufflent sur une bulle de savon. Elle, l'air indifférent, emmêlait ses cheveux autour de son index et parlait d'elle, les yeux levés au ciel. Elle adorait les chats et les chansons de Georges Brassens. Il n'y avait qu'elle, il n'y avait que lui. Leurs corps étaient encore un peu distants, mais leurs cœurs, eux, s'amusaient déjà ensemble. Elle, troublée par cette ivresse nouvelle, regrettait que ce joli garçon soit assis si loin d'elle. Lui, bouleversé, la dévisageait. Il faisait rouler ses yeux sur ses seins, ce qui provoqua chez elle un inexplicable frisson entre ses cuisses. Ils se mirent en même temps à rougir quand ils surprirent leurs imaginations en train de faire l'amour contre le mur. Il n'y avait qu'elle, il n'y avait que lui. Elle, tremblant de fatigue, accentua volontairement ses secousses. Lui, empêtré dans sa timidité, trouva là une raison valable de se rapprocher d'elle. Il se leva et au moment de s'asseoir, elle se leva aussi. Leurs bouches étaient à portée de baisers et leurs corps électrisés, sans être en contact physique, s'effleuraient pourtant dans une subtile étreinte. Il n'y avait qu'elle, il n'y avait que lui. Elle, doucement, avança son menton, inclina légèrement sa tête et commença lentement à fermer ses paupières. Lui, instinctivement, fit de même quand soudain quatre filles furieuses surgirent dans la salle d'attente et s'interposèrent entre elle et lui. Armées de leurs corps sans forme et de leurs voix pénibles, elles arrachèrent brutalement ce « sale mec » des bras de leur copine Margaux.

Derrière ces apparences d'amies qui voulaient protéger, se cachaient en réalité des fanatiques qui embrigadaient. Ces lesbiennes en furie n'aimaient pas les hommes et traquaient les filles blessées par la vie pour qu'elles se convertissent à leur aversion maladive. Un fonctionnaire de police entra pour prendre la plainte de Margaux qui quitta la pièce sans un regard pour celui qu'elle s'apprêtait pourtant à embrasser. Ivre de colère, Lucien quitta à la hâte le commissariat et déambula dans Paris comme un taureau blessé.

## LA VOYANTE DES CATACOMBES

Lucien et Pierre avaient passé leur examen de fin d'année avec succès. Ils allaient pouvoir entrer en deuxième cycle. Lucien continua pendant l'été à travailler le soir chez Gwenaëlle. Il aimait regarder cette femme à poigne tenir son établissement. Quel que soit son âge, son rang ou sa profession, elle s'adressait toujours à son interlocuteur avec une franche familiarité qui heurtait parfois la sensibilité des citadins policés à l'excès. Avant d'ouvrir sa crêperie, elle avait travaillé quinze ans dans les beaux quartiers comme nourrice chez plusieurs grosses familles. Elle avait participé au bon déroulement de la reproduction de la classe bourgeoise sans avoir pu elle-même procréer. Alors chez elle, pour les petits c'était gratuit. C'était la règle d'or. Sa crêperie lui permettait de reconstituer artificiellement la Bretagne qu'elle avait quittée. Sur les murs, elle avait accroché des tableaux du port de Concarneau et des objets évoquant la mer comme une barre à roue, une bouée et un filet de pêche.

La décoration intérieure est l'ancêtre de la réalité augmentée.

Lucien avait pris du galon. Gwenaëlle lui avait appris à faire les galettes et l'avait autorisé à servir les clients. Parfois même, elle le laissait tenir seul la cuisine quand elle s'absentait pour aller Dieu sait où. La première fois, cette marque de confiance avait ému Lucien aux larmes. La petite crêperie était devenue au fil des années une véritable institution dans le quartier et même au-delà. Le temps d'une bolée de cidre, d'une galette de sarrasin et d'un far aux pruneaux, les Bretons de la capitale venaient respirer l'air du large et ressusciter leurs souvenirs.

Sans ses oasis de province, Paris est un supplice.

Pierre, quant à lui, était de corvée dans l'épicerie de son père comme à chaque période de vacances. Bien que ce commerce se voulait généraliste, la présence importante de produits italiens trahissait l'origine du propriétaire. Huile d'olive, vinaigre balsamique, Grappa, Limoncello, gressins, pâtes, minestrone et polenta, monopolisaient les rayons. Pierre n'avait toujours pas compris pourquoi sa famille avait émigré en France. À chaque fois qu'il posait la question à son grand-père Matteo, il lui racontait toujours la même histoire sans queue ni tête qui n'expliquait rien : tous ses camarades de l'armée le surnommaient « *Del Siluro* », la torpille en français, parce qu'il battait tout le monde à la natation bien qu'il n'avait jamais appris à nager. Il était devenu un véritable phénomène en Italie mais à la fin de la guerre, à cause d'une histoire de couleur de chemise, il avait dû partir. Pierre aimait de tout cœur ses parents qui étaient des gens simples, honnêtes et travailleurs, mais dès qu'il le pouvait, il fuyait la promiscuité de leur appartement, la banalité de leurs préoccupations et la trivialité de leurs discussions.

Pendant ces mois de juillet et d'août, les deux amis se virent pratiquement tous les jours. Ils parlèrent rapidement du contenu de leurs examens, de leurs professeurs, des autres étudiants et des matières qu'ils affectionnaient plus ou moins. Lucien parla plus en détail de sa rencontre avec Margaux et de son errance dans les bas-fonds de Paris jusqu'au petit matin. Pierre ne put s'empêcher de sourire. Il traita son ami de « sentimental » et s'étonna qu'à l'approche de la trentaine, on puisse encore être tourmenté par une femme. Pierre n'avait connu la passion amoureuse qu'une seule fois de sa vie à 17 ans. Avec une étonnante assurance, il affirmait qu'on ne l'y prendrait plus. À l'instar de l'alcool et de la drogue, cet amour des romantiques était, selon lui, un véritable poison pour le jugement, l'esprit et la conscience. Lucien lui expliqua qu'il n'était pas possible de tout calculer et qu'il y avait une certaine volupté à se laisser aller et à perdre le contrôle de soi. « C'est la jouissance des esclaves et des masochistes que tu me décris-là » lui répondit philosophiquement son ami. Malgré son jeune âge, Pierre avait une vision de l'amour très réfléchie et raisonnable. Seuls les faibles et les malades pouvaient prendre du plaisir à cette perte de contrôle. Une femme étant aussi une mère, elle devait faire l'objet d'un choix le plus lucide possible dans l'intérêt des enfants à venir. Choix qui devait prendre en compte sa stabilité psychologique, ses qualités humaines, sa santé et même pourquoi pas, sa situation financière.

Après avoir vivement conseillé à Lucien d'oublier pour de bon Margaux et de ne surtout pas essayer de retrouver « cette traînée », il l'invita au cinéma pour voir *Apocalypse Now*, histoire de lui changer les idées. Bien qu'insensible au septième art, Lucien accepta avec plaisir. Plus encore que le film lui-même, il apprécia la discussion captivante qui suivit. Grand cinéphile, Pierre proposa à son ami une remise à niveau accélérée pour combler ses lacunes. Ils passèrent les deux premières semaines de juillet dans un petit cinéma spécialisé dans les grands classiques situé juste à côté de l'entrée de la Sorbonne, dans le quartier latin. Au programme : *M le Maudit* de Fritz Lang ; *Les lumières de la ville* de Chaplin ; *Ludwig* de Luchino Visconti ; *Le voleur de bicyclette* de Vittorio De Sica ; *L'enfant sauvage* de François Truffaut ; *Aguirre* de Werner Herzog ; *Les sentiers de la gloire* de Stanley Kubrick ; et *L'Évangile selon saint Matthieu* de Pier Paolo Pasolini.

Après chaque projection, ces deux jeunes prétendants à la beauté et à la vérité allaient au Jardin du Luxembourg. Ils parcouraient les allées du parc d'un pas si solennel qu'on aurait pu les prendre pour des moines. Pendant leurs déambulations, ils échangeaient leurs sentiments sur le film qu'ils venaient de voir. D'un point de vue esthétique, ils étaient d'accord sur l'essentiel : les meilleures scènes, les moments de grâce, le jeu des comédiens, la poésie d'un dialogue, le génie d'une intrigue, la profondeur d'un scénario. Ils découvrirent qu'ils aimaient profondément tous les deux la pudeur, la nature sauvage, et l'architecture classique. Sur la beauté des actrices en revanche, leur avis divergeait. Lucien n'était charmé que par les brunes ténébreuses aux formes prononcées. Une taille fine et des hanches un peu larges étaient pour lui le marqueur suprême de la féminité. Pierre, lui, n'était pas sensible à un style particulier. Une petite rousse rondelette ou une grande blonde décharnée pouvaient tout à fait obtenir ses faveurs. Il suffisait qu'il repère une qualité physique, telle qu'une belle chevelure ou une poitrine généreuse, pour qu'une fille commune devienne mignonne à ses yeux. Bien plus tatillon, Lucien ne remarquait au premier abord chez une femme que ses imperfections qui captaient toute son attention et rendaient son jugement exagérément sévère.

Ces nombreux débats avaient permis par contraste de faire prendre conscience à chacun de leurs différentes dispositions à l'égard du monde, de la société et des hommes. Sans grande surprise, père Lucien attribuait à tous les hommes la même dignité et pâtissait sincèrement sans discrimination des misères qui pouvaient les accabler. Pour Pierre, seuls les héros, les inventeurs, les artistes et les meneurs étaient dignes d'intérêt. La société n'était qu'une lutte perpétuelle où la pitié n'avait pas sa place. Beaucoup de personnes étaient à l'origine de leur propre malheur et la véritable compassion était bien trop rare dans le cœur des hommes pour la gaspiller avec le premier venu.

Pour Lucien, la vie était un absolu, elle n'avait pas d'autre but qu'elle-même. Aimer sa femme, ses enfants et Dieu ; éprouver des joies et des peines ; participer selon ses talents à la bonne marche de la cité : voilà pourquoi l'homme était sur Terre. Pierre ne savait pas si la vie avait un but. Il n'aimait pas ce mot qui était trop métaphysique pour lui. Une simple observation permettait en revanche de connaître sa direction. Plus la vie avance, plus elle se complexifie et plus elle s'étend. Il en va de même pour l'humanité qui se complexifie grâce à la connaissance et s'étend par la conquête. La science et la guerre étaient selon Pierre les deux raisons d'être de l'humanité.

Les leçons de rattrapage se terminèrent avec *L'épouvantail*, un des premiers films d'Al Pacino où il donnait la réplique à Gene Hackman dans une très belle histoire d'amitié. Pour fêter ça, ils décidèrent de faire la tournée des bars rue Mouffetard. À la tombée de la nuit, après avoir marché au hasard une bonne demi-heure, ils arrivèrent place Denfert-Rochereau. À côté de l'entrée des Catacombes, Pierre fut attiré par une vieille caravane aménagée en cabinet de voyance. Une petite lanterne était fixée au-dessus de l'entrée et un marchepied était installé pour faciliter l'accès. À gauche de la porte, un panneau peint à la main crachait des couleurs exotiques :

*Madame Ranah*
*Voyante Médium*
*Passé Présent Avenir*
*Spécialiste sur Photo et Écriture*
*Reçoit tous les jours sauf le dimanche*

À droite, un autre panneau deux fois plus grand :

*Chiromancie, Tarologie*
*Le doute fait souffrir*
*La certitude tranquillise l'esprit*
*Espèces uniquement*

À son sourire d'enfant et ses yeux pétillants, Lucien comprit immédiatement l'intention de son ami :

— N'y pense même pas !

— Allez père Lucien, arrête de faire ton timide !

— C'est des conneries ces trucs-là…

— On s'en fout ! On va se marrer, allez viens !

Pierre frappa énergiquement à la porte. Aucune réaction. Il colla son oreille sur la caravane et frappa de nouveau. Lucien, la joue rouge de honte et la tête recroquevillée dans sa poitrine, profitait de cette absence de réponse pour reculer à pas de tortue. Soudain, la caravane bougea et une ombre ouvrit :

— Vous avez de la chance, je n'ai pas de rendez-vous.

— Vous nous attendiez de toute façon, répondit Pierre en

ricanant.

— C'est pourquoi ?

— Ah ça, c'est à vous de nous le dire très chère Madame !

— Bon, je vois que j'ai à faire à deux petits rigolos. Dehors, vous avez le droit de vous payer ma tête, c'est pas très original mais j'ai l'habitude… en revanche je vous préviens, si vous décidez d'entrer, vous êtes chez moi. Et chez moi, les règles élémentaires de politesse s'appliquent.

Les deux amis avalèrent leur fou rire et entrèrent dans la caravane. À la lueur d'une première bougie, l'ombre se transforma en silhouette. Assise derrière une petite table ronde, à la lueur cette fois-ci d'un chandelier à trois branches, la silhouette se changea en robe léopard. L'étroitesse et l'obscurité du lieu faisaient penser à un confessionnal. La moquette épaisse, les coussins en velours rose et les parois capitonnées, évoquaient la maison close. Étrange mélange des genres même si à bien y regarder, chez le prêtre comme chez la prostituée, on y va pour se soulager.

Madame Ranah leur demanda ce qu'ils voulaient savoir. Pierre lui répondit qu'ils aimeraient, si possible, connaître leur avenir, savoir par exemple quels hommes ils seraient dans vingt ans. La voyante inclina par deux fois son menton vers le sol. Après un long moment de silence, elle ouvrit grand la paume de ses mains, mit ses bras le long de son corps et les secoua comme pour faire tomber des bracelets invisibles. Elle bascula sa tête en arrière, planta ses yeux fermés dans le plafond et resta figée dans cette position quelques minutes. Elle prit une profonde inspiration, expira lentement et enchâssa sa boule de cristal entre ses dix doigts. Elle avait, même pour une femme, des ongles anormalement longs, ongles taillés en pointe et recouverts d'un vernis multicolore à paillette.

La médium s'adressa d'abord à Pierre : « Tu donneras naissance à des milliers d'enfants qui n'auront ni père ni mère. » Sans lever les yeux de sa boule de cristal, elle s'adressa ensuite à Lucien : « Et toi… toi… tu n'auras qu'un seul enfant. Ce sera un garçon. Il grandira dans le ventre de la Terre. Un beau jour, il soulèvera la surface avec… pour… oh mon

Dieu ! » La diseuse de bonne aventure renversa la table. La boule de cristal se brisa en mille morceaux et son jeu de Tarot s'éparpilla par terre. Chose étrange que Lucien fit remarquer à Pierre : toutes les cartes étaient tombées du même côté. Madame Ranah était toujours assise, plus rien ne la séparait de ses deux jeunes clients qui la regardaient avec hébétude s'épouvanter toute seule. La vieille femme plaqua avec force ses deux poings contre ses oreilles et se contorsionna comme une possédée. Elle se leva brusquement, pointa du doigt la porte et cria d'une voix inhumaine : « Dehors vite ! Sortez immédiatement ! Dehors ! » Les deux amis étaient vissés à leur tabouret. Ils n'osaient pas bouger de peur d'attiser encore plus sa fureur. Elle s'approcha d'eux, les poussa en arrière et continua ses cris : « J'ai dit dehors ! Sortez immédiatement de chez moi ! Allez, foutez-moi le camp d'ici ! » Pierre et Lucien déguerpirent et coururent dans les rues de Paris jusqu'à épuisement.

Assis sur le banc d'un Abribus dans le quartier du Petit-Monrouge, les deux fugitifs attendaient de reprendre une respiration normale pour pouvoir parler :

— Bon ben ça fait toujours 100 balles d'économisés, commença Pierre en éclatant de rire

— T'es con j'te jure, lui répondit Lucien, qui malgré la frayeur ne put s'empêcher de rire avec lui.

— J'arrive pas à croire à ce qu'il vient de nous arriver. En tout cas, la vieille chèvre, elle m'a fait dessaouler d'un coup.

— Franchement Pierre, quelle idée aussi d'aller la voir.

— Normalement quand tu vas chez une voyante, tu payes pour entendre des choses simples et agréables à l'oreille du genre, tu seras riche, tu trouveras l'amour et tu auras des beaux enfants.

— Si tu l'écoutes, ça des enfants tu vas en avoir et pas qu'un… qu'est-ce qu'elle a dit déjà… ah oui, que tu donneras naissance à des milliers d'enfants qui n'auront ni père ni mère.

— Incompréhensible… la nana c'est pas une voyante, c'est un oracle. Tu dois lui lâcher 100 boules et c'est encore à toi d'interpréter ce qu'elle te raconte. Toi père Lucien, ton fils va grandir dans le ventre de la Terre et il va soulever la surface ! Pour faire quoi ? On en sait rien ! Mais apparement il va foutre un sacré beau bordel vu la trouille qu’elle a eue la vieille manouche !

— Moi aussi j'ai eu peur. Pas de ce qu'elle nous a dit, mais de sa réaction. C'était violent et ça avait l'air sincère.

— Ce sont des saltimbanques ces gens-là Lucien, des amuseurs de foule échappés du cirque !

— Tu penses que c'était du cinéma ? Alors pourquoi elle ne nous a pas fait payer ?

— Parce qu'elle s'est payée autrement.

— C'est-à-dire ?

— Elle s'est payé notre tête père Lucien ! J'y suis allé comme un bourrin au début, ça lui a pas plu. Elle avait un peu de temps, alors elle a décidé de nous foutre les jetons pour nous donner une petite leçon.

— Eh ben, c’est réussi !

La rentrée approchait à grands pas. L'épisode avec la voyante avait rapproché un peu plus les deux amis. Malgré ses chaleurs parfois étouffantes, le mois d'août était le meilleur moment pour apprécier Paris pour la simple et bonne raison que c'était le moment de l'année où il y avait le moins de Parisiens. Lucien et Pierre avaient l'impression d'être après l'exode qui suivit la débâcle de 1940. La présence de l'armée allemande en moins mais avec des cohortes de touristes asiatiques et des régiments d'Africains en plus. Si l'environnement a une influence sur le développement d'une espèce alors on peut à bon droit affirmer que le Parisien est une race à part. Pour Pierre, dont l'humour était principalement basé sur l'exagération, il y avait autant de différences entre un Parisien et un provincial qu'entre un pigeon des villes et un pigeon des champs. Il résumait sa pensée comme ceci : « Le Parisien est à l'image de son pigeon. Il est malingre, il a le teint blême et il vit dans les poubelles. Bref, le Parisien est imbuvable comme son pigeon est imbouffable. »

Quand on a un peu d'esprit et des références communes, se

moquer des autres entre amis est l'activité la plus savoureuse de la vie.

Grâce à un bouquiniste des quais de Seine, ils avaient découvert les livres de René Barjavel : *Ravage*, *Le Grand secret*, *La Nuit des temps*. Pour Pierre, il était incontestablement l'inventeur des romans modernes de science-fiction, c'était le digne héritier de Jules Verne. Pour Lucien, l'intrigue futuriste n'était qu'un prétexte pour sublimer des histoires d'amour et propulser Roméo et Juliette dans les étoiles. Dans un autre registre, grâce au père de Pierre cette fois-ci, ils se mirent à lire San-Antonio. Ils adoraient le génie graveleux et la virtuosité vulgaire de Frédéric Dard à qui ils devaient de nombreux éclats de rire.

Le dernier jour des vacances, alors qu'ils flânaient vers Pigalle, il se mit à pleuvoir des cordes. Trempés jusqu'aux os, ils se réfugièrent dans la mairie du neuvième arrondissement où se jouait un concert. Pendant plus d'une heure, ils restèrent debout au fond de la salle, sans bouger d'un cil. Jamais une musique ne les avait autant transportés. Il s'agissait des Concertos pour flûte à bec de Vivaldi. Un morceau les bouleversa particulièrement : le *largo du Concerto en Do Majeur.* À la sortie, encore envoûtés par sa musique, Pierre et Lucien défendirent dans une longue plaidoirie le compositeur italien qui, selon eux, malgré la postérité indéniable de son nom, était encore largement sous-estimé. Ses *Quatre Saisons* sublimes, monumentales, inhumaines, avaient éclipsé le reste de son œuvre. C'était pour eux la seule explication. Ils se donnèrent pour mission de dénicher tous les vinyles de Vivaldi afin d'écouter l'intégralité de la production de ce génie qui arrivait à faire entendre à l'homme, les sifflotement de Dieu.

Sur le chemin du retour, les deux amis discutaient de l'année à venir quand soudain Lucien s'arrêta net :

— Qu'est-ce qu'il t'arrive père Lucien ? demanda Pierre inquiet.

— Pierre, La *Cinquième Saison* dont nous avait parlé le fils de Raspail, tu crois qu'elle existe vraiment ?

— Je ne sais pas Lucien, mais je l'espère de tout mon cœur !

# LE FLAIR DE JASPER BALBUZAR

Laissons nos deux amis à leurs longues et difficiles études. Nous les retrouverons d'ici peu avec quelques années de plus. Nous sommes un matin d'hiver en 1989. Jasper Balbuzard, le directeur du renseignement intérieur, est accoudé au comptoir d'un petit bistrot rue de Miromesnil, dans le huitième arrondissement de Paris. Quelques flocons étaient tombés pendant le lever du jour mais très vite, comme si elle répugnait à couvrir la crasse de la capitale de sa grâce, la neige s'était rapidement changée en gadoue. Comme à son habitude, Jasper buvait un sirop d'orgeat glacé et fumait une longue cigarette fine et mentholée. Mal rasé, le corps rachitique et la silhouette déformée par une hygiène de vie négligée, rien ne pouvait indiquer à première vue que ce vieux garçon antipathique et routinier était en fait un haut fonctionnaire de police. D'ailleurs, les meilleurs clients du troquet jusqu'au patron lui-même l'ignoraient. Nerveusement, il passait sa main dans ses cheveux noirs et gras, et grattait par saccades jusqu'au sang son crâne mangé par l'eczéma. Les épaulettes de sa veste grise étaient parsemées de pellicules et sa chemise qui lui servait souvent de pyjama était imbibée d'une odeur indescriptible que nul parfum ne pouvait masquer.

Jasper Balbuzard était né peu après la Seconde Guerre mondiale. Son père, un ardent militant communiste, était parti travailler dès le début du conflit dans une usine de Rhénanie pour soutenir l'effort de guerre allemand. Comme beaucoup de ses camarades à l'époque, il avait tout de suite saisi que dans *Nationalsozialismus*, il y avait *sozialismus*. Sans le renversement d'alliance consécutive à l'invasion surprise de l'Union soviétique par Hitler, ce brillant ouvrier aurait probablement fini officier SS. La vie en a voulu autrement et fit de lui un petit cadre syndicaliste de province méprisé par sa hiérarchie à cause de son passé sulfureux. La politique c'est comme le tiercé, il faut avoir du nez pour choisir le bon cheval.

Sans l'avoir vécue dans sa chair, Jasper avait hérité de cette profonde blessure. Depuis tout petit, il sentait dans son ventre un besoin brûlant d'ascension sociale et de considération. Besoin qui était le guide ultime du moindre de ses choix et du moindre de ses actes. Déjà en poste sous Giscard d'Estaing, François Mitterrand n'avait pas jugé utile de le remplacer. D'un point de vue intellectuel, Jasper jouissait d'appliquer un règlement, quel qu'il soit. D'un point de vue plus psychologique, il trouvait son bonheur en satisfaisant la volonté des plus puissants. Jasper Balbuzard était un merveilleux instrument pour les rouages de n'importe quel régime politique et ça, Mitterrand, le socialiste francisqué, l'avait compris tout de suite.

Le patron du bar lui proposa quelques œufs durs qu'il repoussa avec dégoût. Comme les Anglo-saxons, Jasper ne mangeait que pour s'alimenter. Le bruit des mâchoires humaines en train de mastiquer lui était intolérable. Il tenait pour le spectacle le plus répugnant du monde, la béatitude bovine qui sortait des yeux de ses semblables devant une assiette de steak-frites. L'horloge au mur indiquait 11h00. Jasper trépignait. Il détestait attendre. Il avait rendez-vous avec le ministre de l'Intérieur à midi. Il commanda un autre sirop d'orgeat glacé et alluma une autre cigarette. Pour passer le temps, il prit le journal du jour qu'un jeune binoclard venait d'abandonner sur un coin de table. « Allez, on va s'amuser un peu » se dit-il en lui-même. Un bon mot de Coluche lui revint en mémoire et crispa les muscles gauches de sa bouche qui dessinèrent un demi rictus sur sa face de cire : « La seule chose exacte dans un journal, c'est la date. » À la pensée qu'un jour viendra où la date elle-même sera un mensonge, les muscles droits de sa bouche se mirent en action pour compléter sa grimace. Coluche, il l'avait un peu connu. Jasper l'avait surveillé pendant les présidentielles de 81 et il avait assisté à son accident de moto. Aux première loges. D'expérience, Balbuzard n'avait jamais rencontré un journaliste qui était autre chose qu'un porte-parole du gouvernement. Il avait bien croisé quelques rares insensés qui faisaient honnêtement un travail d'investigation. Ils vivaient tous dans la peur et la misère.

12h30, il entra enfin dans le bureau de Pierre Joxe.

— Mon cher Balbuzard, comment allez-vous ?

— Parfaitement bien. Et vous-même monsieur le Ministre ?

— Fatigué. Je viens de recevoir coup sur coup Jean Kahn le nouveau président du CRIF et Tedjini Haddam, le nouveau recteur de la grande mosquée de Paris.

— J'imagine que l'un a voulu vous alerter sur la montée du racisme et l'autre, attirer votre attention sur le manque de salle de prière pour les musulmans.

— Dans les grandes lignes, c'est à peu près ça.

— Plus de mosquées d'un côté et moins d'antisémitisme de l'autre, c'est la quadrature du cercle.

— Que voulez-vous dire par là Balbuzard ?

— Rien du tout monsieur le Ministre.

— Bon... dites-moi ce qui vous amène et surtout, soyez bref, j'ai faim.

— J'ai quelques affaires qui me tracassent et je voulais voir avec vous s'il y a lieu de s'y intéresser plus avant.

— Je vous écoute.

— Tout d'abord, l'affaire de ces mystérieuses disparitions dont je vous ai déjà parlé.

— Oui et je vous avais répondu quoi ? Il y a environ 10 000 disparitions en France chaque année. Je ne vois pas en quoi vos disparitions seraient plus mystérieuses que les autres et nécessiteraient une attention spéciale de la part de l'État. Passez au sujet suivant je vous prie.

— Je me permets d'insister monsieur le Ministre. Depuis plusieurs mois, nous avons à faire à des profils un peu particuliers.

— Que voulez-vous dire ?

— Les situations familiales sont différentes, certains sont mariés, beaucoup sont célibataires, surtout chez les femmes. Les professions aussi, il y a de tout, des infirmières, des professeurs d'université, des électriciens, des ingénieurs...

— J'ai du mal à saisir ce qui relie ces différentes personnes...

— J'y arrive. Bien qu'elles étaient parfaitement intégrées et que pour la plupart elles excellaient dans leur domaine, toutes par leurs goûts, leurs lectures, leurs loisirs et leurs engagements manifestaient une défiance voire une hostilité à l'égard du système.

— Le système politique vous voulez dire ?

— Oui, mais pas seulement. La société de consommation, la culture de masse, la pollution, la mondialisation, la décadence des mœurs et l'immigration.

— Sachez mon cher Jasper que ma propre grand-mère a eu peur quand, pour la première fois, elle a vu un avion dans le ciel. Savez-vous qu'au début du siècle beaucoup de bourgeois étaient hostiles à l'arrivée du téléphone parce qu'ils ne voulaient pas être sonnés comme de vulgaires domestiques ?

— Où voulez-vous en venir monsieur le Ministre ?

— Où je veux en venir ? À l'heure où nous parlons, des milliers d'avions volent dans le ciel et ma pauvre grand-mère est morte avec sa peur. À l'heure où nous parlons, non seulement tous les bourgeois du monde utilisent un téléphone mais ils l'aiment tellement qu'ils en ont un maintenant dans leur voiture. Un jour viendra où ils supplieront même pour qu'on leur en greffe un dans la cervelle. Le Progrès marche et piétine les timorés de tout poil. Personne ne peut l'arrêter. Toutes les époques ont eu leur lot de réfractaires et de nostalgiques. Rien de nouveau sous le soleil mon cher. La République n'a pas besoin de réactionnaires arriérés ni d'utopistes hippies.

— Ce qui est troublant, c'est le mode opératoire de la disparition. La plupart du temps, ils ne laissent pas la moindre trace derrière eux. Chez eux ou sur leur lieu de travail, tout est effacé. Les voisins, les amis, les collègues qu'on a pu interroger disent tous la même chose : « Il s'est volatilisé. A croire qu'il n'a jamais existé. » Selon mes informations, la majorité d'entre eux partent pour l'Écosse. Une fois là-bas, plus de son, plus d'image. La police locale n'enquête pas et s'obstine sans raison valable à refuser toute collaboration avec les services français.

— Résumons-nous mon cher Balbuzard : vous m'annoncez que tous les babas-cool, les beatniks et les pétainistes de France s'exilent d'eux-mêmes dans les *Highlands*, et vous voudriez que je m'en inquiète ? Allez... ça suffit. Si vous le permettez, je vais me faire monter à déjeuner.

— Je vous en prie.

— Vous voulez quelque chose ?

— Non, seulement de l'eau, merci monsieur le Ministre.

Tout le sang de Jasper Balbuzard s'était subitement accumulé dans son cerveau. Une sueur visqueuse perlait sur ses tempes fouettées par son pouls et ruisselait dans les cratères qu'une violente acné avait laissé sur ses joues. L'insolence avec laquelle le ministre de l'Intérieur lui avait répondu l'avait fait douter de lui-même et de la pertinence de ses considérations. Effectivement, présentée de la sorte, l'affaire semblait ridicule. Il en était pourtant tout autrement dans son esprit. Il attendait son eau avec impatience. Les muqueuses de sa bouche étaient si sèches qu'elles paralysaient sa langue dans une espèce de camisole de plâtre. Fort heureusement, son interlocuteur reçut un coup de fil qui dura le temps que son déjeuner arrive. Pierre Joxe but une gorgée d'un grand cru de Chablis et accrocha une serviette en guise de bavoir à son cou.

— Malgré les apparences monsieur le directeur du renseignement intérieur, je vous écoute. Poursuivez.

— L'ancien secrétaire d'État à la Culture, l'actuel Président du conseil général de Vendée, Philippe de Villiers, a racheté en 1977 le domaine d'un château en ruine en Vendée dans le but d'y construire un parc à thème.

— Oui, j'en ai vaguement entendu parler, répondit le Ministre en ricanant. Je me souviens de ce triste personnage. Alors qu'il était sous-préfet, il a démissionné en 81 à la suite de notre victoire. Grâce à lui, les fachos auront leur Foire du Trône ! C'est bien ! Qu'est-ce que vous voulez que ça me fasse ? Personnellement, je n'arrive pas à comprendre qu'au vingtième siècle, il y ait encore des noms à particule. Ça me dépasse. Passez-moi cette expression un peu triviale, mais la Révolution n'a pas bien tiré la chasse. Les aristocrates à la lanterne, c'est bien ce que disait la chanson non ?

— Je ne sais pas monsieur le Ministre. Je ne chante pas.

— Tiens donc ? Pour un poulet, c'est étonnant !

Après un lourd silence, Pierre Joxe leva la tête de son homard bleu façon Thermidor, fixa quelques secondes les yeux interloqués de Jasper et partit dans un fou rire gras. Il se rinça abondamment la gorge avec une grande rasade de vin. Il reposa bruyamment le verre dont les bords dégoulinaient de sauce. Tout en essayant vainement de rire à son tour, Jasper avait du mal à dissimuler sa gêne et reprit son exposé :

— Je vous disais donc, monsieur le Ministre, que selon les informations dont je dispose, le chantier de ce parc à thème est suspect.

— Vous voulez parler de son financement j'imagine ?

— Non, nous n'avons pas encore enquêté là-dessus. Je parle de sa construction. Le matériel utilisé semble disproportionné et la présence de gros engins de forage et d'excavation est difficilement explicable.

— Qu'est-ce que vous soupçonnez ?

— Rien de précis à ce stade monsieur le Ministre.

— Peut-être que le ci-devant vicomte de Villiers creuse des caves pour se lancer dans la culture du champignon de Paris ! Allez savoir ! Bon, trêve de plaisanteries, ni vous ni moi sommes chef de chantier. Laissez tomber le décompte des pelleteuses. En revanche, vous pouvez vous pencher sur les financements de ce projet. Au moindre doute, nous nous ferons un plaisir de faire fermer ce machin.

— C'est bien noté monsieur le Ministre.

— Balbuzard, avez-vous vu la *Soupe aux choux* avec Carmet et de Funès ?

— Oui, pourquoi ?

— À la fin du film, les deux paysans qui refusent les changements de la société partent pour une autre planète avec leur maison et leur petit lopin de boue accrochés à une soucoupe volante. L'image est forte. Bientôt, il n'y aura plus le moindre petit espace pour ces gens qui refusent le Progrès. Bientôt, une toute petite chose comme le Puy du Fou ne sera même pas concevable. Les temps sont proches où la Terre elle-même expulsera ses singes superstitieux comme un organisme expulse ses cellules mortes. Autre chose monsieur le directeur du renseignement intérieur ?

— Oui.

— Bon, le temps que je finisse mon dessert. Après je devrai malheureusement vous quitter.

— Nous soupçonnons plusieurs médecins d'être les complices d'un trafic de fœtus.

— Développez Jasper.

— Il semblerait que dans plusieurs hôpitaux, certains enfants avortés aient été subtilisés.

— Subtilisés ?

— Oui monsieur le Ministre. Au lieu d'être incinérés avec les autres déchets hospitaliers, ils sortent intacts, si j'ose dire, de l'hôpital via des protagonistes extérieurs. Si j'en crois mes informateurs, l'idée est de maintenir l'avorton en vie organique le plus longtemps possible.

— Mais bon sang, dans quel but ? demanda Pierre Joxe en tapant son poing sur la table.

— C'est justement ce qu'on ignore. Plusieurs pistes peuvent être envisagées. Des cas isolés d'extravagants qui les conservent chez eux comme des pièces de collections anatomiques. Les avortons peuvent aussi alimenter différentes sectes pour leurs sacrifices rituels. Ils peuvent aussi être vendus à des entreprises pharmaceutiques pour la recherche. Enfin, il est envisageable que des catholiques intégristes les enlèvent pour pouvoir les faire baptiser en urgence et leur offrir une sépulture.

— Eh bien dites-moi, c'est le baroud d'honneur des vieux cathos en ce moment. Deux attentats en octobre de l'année dernière contre la projection du film de Martin Scorsese et voilà maintenant qu'ils se mettent à voler des avortons.

— On ne sait pas encore si c'est eux monsieur le Ministre.

— Si c'est eux, faites-moi cesser ça au plus vite et coffrez les tous. Sinon, fermez les yeux, on a des choses plus importantes à gérer. Si vous avez encore quelque chose à me dire, accompagnez-moi, je dois aller en face pour une réunion avec le Président.

— Très bien, je vous suis. Pour finir, je voulais vous parler d'un personnage pour le moins nébuleux.

— Ah oui, qui ça ?

Pierre Joxe s'arrêtait tous les dix mètres pour répondre au salut d'un subordonné et subir ses léchouilles. Comme il le craignait, Jasper Balbuzard perdait progressivement l'attention du Ministre.

— Un certain Vidar de Mortemine.

— Vidar de Mortemine ? Décidément, encore une particule. C'est son vrai nom ?

— Je ne pense pas. En tout cas, je ne trouve rien sur les trente premières années de sa vie. Je vous la fais courte : c'est un homme d'environ 60 ans, il possède une immense fortune dont on ignore l'origine. Il a longtemps été proche des plus hautes instances de l'Église et jusqu'à la fin des années 70, il était le principal mécène des groupes, congrégations, partis, fondations et associations réactionnaires. Or, depuis le début des années 80, il a opéré un revirement si soudain et si important qu'il pose question. D'abord, il semble avoir coupé les ponts avec son ancien milieu et leur a coupé les vivres. Ensuite, même s'il est très difficile de le tracer parce qu'il passe par beaucoup de sociétés écrans et de fondations, il se focaliserait dorénavant dans deux domaines principaux. La technologie médicale de pointe aux États-Unis et en Chine, et le lobbying via des associations qui militent pour la prolongation du délai légal de l'IVG, pour l'accueil des étrangers et contre le racisme. Enfin, selon certaines sources concordantes, il préparerait en sous-main l'élection d'un pape ultra-moderniste avec au programme le mariage des prêtres, l'acceptation de l'homosexualité et la justification de l'avortement.

— Cet homme me plaît. Il est sorti du bourbier de l'extrême droite composé de consanguins, d'homosexuels inassumés et de ratés haineux. Pour une fois qu'il y en a un qui ouvre les yeux, vous n'allez tout de même pas nous le persécuter ? Balbuzard, laissez donc cet homme tranquille, on a d'autres chats à fouetter.

— Mais vous ne pensez-pas que…

— Ce que je pense, c'est que vous essayez de vous persuader que l'extrême droite aurait une capacité de nuisance et des velléités de coup d'État. Je vous rassure, elle n'en a ni la volonté et encore moins les moyens. Ce sont des crétins incapables d'entreprendre quoique ce soit. Des ignares et des ringards qui s'entredévorent sans que nous n'ayons à intervenir pour les détruire. Voilà l'actualité de cette sale race politique en voie d'extinction. Le duc d'Enghien et George Cadoudal sont morts depuis longtemps, février 34 était une petite bousculade et le Maréchal Pétain a été élu par une assemblée de gauche, c'est dire ! Quant aux grognements populistes, vous n'êtes pas sans savoir Balbuzard que notre créature, l'ogre Le Pen, est là pour les gérer. Ce n'est tout de même pas à vous que je vais apprendre que la menace fasciste, c'est du théâtre pour asseoir notre pouvoir ? Enfin Balbuzard… rassurez-moi…

— Personnellement monsieur le Ministre, je vous répète que je trouve ce virage à 180 degrés plus que suspect et…

Pierre Joxe n'écoutait plus du tout le pauvre Jasper qui parlait dans le vide. Ils étaient arrivés devant la porte du bureau du Président de la République. Le Ministre de l'Intérieur salua chaleureusement Jacques Attali qui attendaient-là, et d'un petit geste méprisant de la main, il ordonna à Balbuzard de partir.

Après leurs études, les deux amis s'étaient un peu perdus de vue. Pierre s'était orienté vers la recherche. Après avoir soutenu brillamment sa thèse sur les possibilités de perfectionnement des incubateurs pour la prise en charge des très grands prématurés, il postula sur un site de recrutement international, n'ayant réussi à trouver aucun travail en France en lien avec ses compétences. Deux jours après, il reçut un coup de téléphone du responsable d'une start-up basée à Shenzhen en Chine qui concevait des couveuses ultra-perfectionnées. Déménagement pris en charge, logement de fonction, prime mirobolante et salaire en dollar à 5 chiffres : Pierre accepta immédiatement. La semaine suivante, il était dans l'avion pour l'empire du Milieu. Un an jour pour jour après son installation, il rencontra dans un bar tenu par un Marseillais, Li-Wei, une élégante chinoise. C'était une jeune professeur de Français passionnée par la culture européenne. Il en fit sa femme et la mère de ses quatre enfants.

Une seule fois, Pierre aperçut en coup de vent celui que ses collègues appelaient en murmurant le « *Big Boss* ». Personne ne connaissait son nom. Les employés avaient peu d'informations sur lui et ils s'en contentaient. L'unique chose qui comptait, c'était le cahier des charges extrêmement précis, à savoir : sans aucune contrainte légale et avec un budget illimité, arriver à concevoir en 5 ans un incubateur capable d'accueillir des prématurés de 8 à 14 semaines avec un taux de survie supérieur à cinq pour cent. Pierre travailla pendant ces cinq années avec une équipe de petits génies aux dents longues comme lui. En 1988, la centaine de cerveaux au service de ce projet fou livrèrent à leur discret commanditaire le « *Revival One* ». « *Revival Two* », « *Revival Three* », « *Revival Four* » : chaque nouveau modèle de la couveuse ressemblait davantage à un exo-utérus régi par une I.A. qu'à un incubateur classique en plexiglas. La start-up ferma en 2002 à la livraison du « *Revival Eleven* ».

Li-Wei insistait depuis le premier jour de leur mariage pour déménager en France. Elle rêvait depuis toute petite d'habiter en Bourgogne. Malheureusement, aucun travail n'attendait Pierre Delmotte dans son pays natal qui sombrait chaque jour un peu plus dans un obscurantisme égalitariste et une xénomanie bouffonne qui faisaient fuir les talents et attiraient les fonds de latrines des tribus les plus arriérées du globe. Ce n'est que dix ans plus tard, après avoir suffisamment investi et épargné, que Pierre céda aux vœux de son épouse et aussi, il faut le dire, à cette petite voix intérieure qui obsède parfois les expatriés. Même si le programme des « *Revival* » n'était pas complètement achevé, il avait largement fait sa part et avait assez d'argent pour finir sa vie comme un rentier.

Le couple déménagea en juillet 1994 à Beaune, une magnifique petite île flottante sur un océan de Grands Crus. Pierre fit découvrir à sa femme la haute gastronomie française dans les plus grands restaurants. Il s'acheta une Mercedes décapotable et une Harley-Davidson pour partir en virée. Les gorges de l'Ardèche, la Côte d'Azur, le marché de Noël de Strasbourg, Saint-Malo, le Mont Saint-Michel, les châteaux de la Loire, les marais salants de Vendée, le Puy du Fou, les Cévennes, les champs de lavande de Provence, la cité médiévale de Carcassonne : Li-Wei n'en croyait pas ses yeux et vivait à chaque fois un véritable conte de fée. Pierre quant à lui, regardait son pays d'un autre œil. Il le trouvait plus sale que dans ses souvenirs, malfamé et partiellement défiguré. D'un point de vue matériel, il était comblé, bien plus qu'il n'aurait pu l'imaginer quand il vivait dans le petit appartement de la rue de la Roquette avec ses parents. Il ne s'interdisait aucune dépense et succombait au moindre de ses caprices. Malgré cette abondance de biens, il ressentait un manque au fond de lui qu'il avait du mal à identifier. Pierre ne comprenait plus sa patrie. Depuis le Concorde en 1976 et le TGV en 1981, la France n'avait plus eu de grand projet. Le scientifique qu'il était, n'arrivait pas bien à saisir en quoi la construction sur la terre des Lumières de nouveaux édifices religieux comme des mosquées, constituait un apport ou une richesse. En France, il avait la sensation d'être le passager d'un wagon détaché du train de l'Histoire et du Progrès. Un wagon qui n'avançait plus que par inertie et qui était si lent qu'il était attaqué par des hordes de pillards attardés. Son compte en banque fructifiait tout seul mais son âme dépérissait d'ennui. Elle avait besoin de la houle du large et du vertige des sommets. Elle avait besoin de se confronter à l'univers pour en dévoiler ses secrets. Ses enfants se plaisaient à Beaune, sa femme semblait heureuse, mais Pierre, lui, était ailleurs et ne pensait qu'à repartir. Il rêvait de grands travaux, d'autoroutes à très grandes vitesses, de train à sustentation magnétique et de conquête spatiale.

Quant à Lucien, il avait fini cahin-caha gynécologue à l’hôpital Necker-Enfants malades dans le quinzième arrondissement de Paris. Les dents de la routine avaient amenuisé sa passion pour la médecine. Il était de ceux qui ont besoin d'un maître pour avancer. Il avait vivement espéré que le « rebouteux du bon Dieu » fût cette personne-là mais malheureusement, Gilbert était loin. Ses patients accaparaient tous son temps et il avait déjà sur place quelques informels disciples.

Plus Lucien avançait en âge et plus les mystères de l'existence torturaient son âme et lui faisaient vivre un véritable supplice. Quand il regardait le monde, il n'arrivait pas à comprendre pourquoi autant de beauté avait été enrobée dans une couche aussi épaisse de surdité et de silence.

Il avait peur de la vie.

L'idée de la mort, comme une ponctuation macabre, cadençait la moindre de ses aspirations et de ses pensées. Il sentait pourtant dans ses tripes un immense appétit, mais un appétit sans objet qui se liquéfiait en pourrissant et se transformait en combustible pour le vice. L’idée de faire un choix, de prendre une initiative ou de rencontrer une nouvelle personne le paralysait. Seul l’alcool qui le tuait pourtant à petit feu, le sortait sporadiquement de son infirmité. Rencontrer Pierre lui avait fait le plus grand bien. Sans le jalouser, ce sentiment étant l'apanage des âmes vides et vulgaires, il l'enviait. Il enviait sa bonne humeur toujours égale, son aisance en société et sa capacité d'adaptation. Il enviait ces certitudes sur lesquelles il s'appuyait pour avancer. Il enviait sa passion pour le cinéma et la science. Il enviait sa fortune, non pas financière, mais entendue comme cette heureuse adéquation entre ses compétences et les besoins du temps.

Depuis la nuit au commissariat, Margaux était toujours dans un coin de sa tête. Il avait mis longtemps à s'en désintoxiquer. Pour divertir et tromper son cœur, il se mit à lire de la poésie. Il écrivit même durant un mois d'insomnie et de fièvre une centaine de poèmes pour elle. L'ensemble était lourd et niais, mis à part quelques fulgurances telles que : « Avouez ! Chère madame que mes tumultes / Sont le fruit de vos avances inconsidérées » ; « En gare de Loin de toi » ; « Ma bouche enamourée comme une rose sangsue » ; « Comme l'enfant qui fait d'un tas de sable un château / J'ai pris son corps informe comme l'un des plus beaux » ; « J'ai l'impression terrible que mes larmes / Sont le lubrifiant de ses futures pénétrations ». Un seul poème fut épargné de la destruction par le feu que Lucien opéra quelques temps après leur rédaction : « Des boutons de prose / Éclosent en coulant / Sur mes ecchymoses / D'un rose éclatant / Mon âme prend la pose / D'un fidèle priant / Drogué sans sa dose / Plie son corps hurlant / Bouquet de névrose / Valse avec le vent / Soliflore sans rose / Rempli de chiendent / Cœur qui se nécrose / Bat seul sans allant / Invisible sclérose / Sans fauteuil roulant / J'ai besoin d'une pause / D'un sommeil charmant / Avant que je n'ose / Arrêter le temps. »

Partiellement sevré, Lucien ne pouvait pas s'empêcher de scruter les environs à la recherche de Margaux quand il sortait dans la rue. Dès qu'il voyait de dos une petite brune, son cœur battait à grand coup et faisait vibrer toutes les particules de son corps. Alors, il la suivait, parfois pendant des heures, le temps qu'elle se retourne et que le vent de sa volte-face éteigne la flamme de son risible espoir. Souvent, une bière à la main, il retournait en pèlerinage sur le parvis du centre Pompidou et devant le commissariat du quatrième. Malgré leur laideur, ces lieux étaient pour lui devenus sacrés.

Le 8 juin 1987, le jour où il reçut son diplôme, Gwenaëlle

mourut d'épuisement dans sa cuisine, au pied de sa crêpière. Elle fut enterrée au cimetière de Montparnasse en présence d'un grand nombre de ses clients et de ses voisins. Lucien fut surpris par la tristesse qui l'envahit. Il ignorait qu'il tenait autant à cette femme et puis, elle faisait partie de ces forces de la nature dont on oublie parfois qu'elles aussi sont mortelles. Il redoubla de tristesse quand il apprit que la vieille bretonne lui avait légué dans son testament l'appartement qu'elle lui louait au-dessus de son restaurant.

Après quelques années d'exercice, son regard sur le beau sexe avait passablement changé. Il avait moins de mystère pour lui. À force d'ausculter ces corps avec la froide neutralité de l'instrument, ses yeux étaient devenus moins réceptifs à leur magie. Le sérieux docteur Korrigan déteignait sur le sensible Lucien. Un matin, sa secrétaire l'appela pour lui signaler qu'une personne voulait le voir. Elle n'avait pas rendez-vous, c'était personnel. La porte s'ouvrit. Lucien resta sans voix.

C'était Margaux.

Elle referma délicatement la porte derrière elle. Après un long silence, Lucien lui dit : « Ça fait des années que je te cherche. » À quoi Margaux répondit : « Et moi, ça fait onze ans que je t'attends. » Une heure plus tard, les deux amants étaient tous les deux déshabillés à la hâte dans un canapé convertible ouvert qui remplissait toute la surface de la soupente misérable où habitait Margaux. Tels deux fauves enamourés, ils s'enfermèrent une semaine dans cette cage où leurs corps s'expliquèrent quand leurs âmes juchées sur une solive, les regardaient de haut et se taisaient. Le studio de Margaux était si petit qu'elle demandait à Lucien de sortir quand elle devait se rendre dans un renfoncement où étaient ses toilettes. Ils restèrent huit jours nus à dormir, à fumer, à boire, et à faire l'amour jusqu'à l'agonie.

Margaux avait la peau très blanche et beaucoup de grains de beauté. Entre deux orgasmes, Lucien s'amusait avec un crayon de maquillage à relier ces points qu'il comparait à des étoiles pour dessiner des constellations. Il trouva Cassiopée dans le creux de sa hanche gauche, la Petite Ourse dans un coin de son cou et le Scorpion au milieu de son ventre. Mis à part son beau-père qui l'avait violée quand elle était petite et qui l'avait dégoûtée des « mecs » comme elle disait, Lucien était le premier homme qui avait pu l'approcher, la caresser et domestiquer son corps et ses désirs. Elle avait besoin de la douceur du puceau et de l'assurance de l'homme mûr pour pouvoir s'abandonner et laisser libre cours à ce plaisir inconnu dont la puissance l'effrayait. Lucien possédait toutes ces qualités. C'est ce qui expliquait cette irrésistible attirance charnelle qu'elle avait pour lui.

Lucien, quant à lui, n'avait eu avant elle que des relations sexuelles dégradantes. Son désir gonflé par la testostérone et sa pudeur abolie par l'alcool, il s'abandonnait quelques nuits aux bras d'informes femelles qui n'avaient aucune qualité pour elle sinon celle d'accepter de coucher le premier soir. Le lendemain de ses débauches, chaque pénétration devenait un coup de poignard dans sa conscience et la sueur des étreintes dégoulinait dans son âme comme une écœurante crasse. Avec Margaux, le sexe n'était pas sale. Il était la continuité naturelle du câlin où toutes les parties du corps agissaient de concert pour faire palpiter plus profondément la chair.

Le dernier jour, le plaisir épuisé fit place aux divergences d'idées, de goûts et de visées. Après des disputes interminables, des paroles blessantes et des gestes violents, Lucien claqua la porte et rentra chez lui dans une fureur noire. Margaux n'entendait pas poursuivre sérieusement leur relation. Elle n'était pas certaine de sa sexualité. Elle trouvait le mariage ringard et elle ne voulait pas d'enfant. Malgré ces aveux, comme le chien retourne à son vomi, Lucien continua à frapper à sa porte. La première fois, après des larmes et des insultes, ils avaient refait brutalement l'amour. Végétarienne, elle l'avait traité de connard parce qu'il mangeait de la viande. En réponse, il l'avait traitée de tarée parce qu'avec ses problèmes aux yeux, elle allait finir par devenir aveugle si elle continuait ses conneries. Les fois suivantes, il n'y eut que des piques et des pleurs. Enfin, Margaux n'ouvrit plus la porte.

Durant plusieurs semaines, Lucien fit plusieurs pathétiques

tentatives pour la recroiser, sans succès.

Tant mieux pour lui, tant mieux pour elle.

Si Lucien l'avait surprise sur l'esplanade de Beaubourg en train d'embrasser une de ces filles horribles qu'il avait vues au commissariat, il l'aurait tabassée.

Tant mieux pour lui, tant mieux pour elle.

Si Lucien avait appris à l'occasion d'une dispute qu'elle avait avorté dans son dos de son enfant de trois mois, il l'aurait étranglée.

Lucien avait perdu le goût de tout. La nourriture l'écœurait et il se soûlait de plus en plus souvent. Se lever, prendre une douche, s'habiller, descendre la poubelle, se brosser les dents, répondre au téléphone : la moindre broutille était une épreuve insurmontable.

Il en avait marre de respirer.

L'image que lui renvoyait son miroir lui faisait honte. Tant qu'il y a de la honte, il y a encore de la vie. Alors, pour ne pas sombrer complètement, il se concentra sur son travail et décida d'aller plus souvent à l'Église.

1996 : après la messe de Noël, Lucien fut surpris de voir sur le parvis de Saint-Nicolas-du-Chardonnet un confrère qui ne faisait pas mystère de ses positions en faveur de l'avortement. Poussé dans le dos par la curiosité, il l'interpella :

— Docteur Dénikine, vous ici ? Vous vous êtes perdu ?

— Joyeux Noël Docteur Korrigan.

— Joyeux Noël également.

— Je perçois une pointe de sarcasme dans votre voix Docteur Korrigan.

— Ce n'est ni le lieu ni le moment de polémiquer, mais vous n'êtes pas sans savoir cher Docteur Dénikine que l'avortement est condamné par la morale catholique.

— Oui et par le serment d'Hippocrate aussi cher confrère, ce qui n'empêche pas les médecins de le pratiquer.

— Par le serment d'Hippocrate ? Je n'en ai pas le souvenir, répondit Lucien intrigué.

— Je ne parle pas du texte édulcoré sur lequel vous avez

prêté serment comme moi, mais de la version originale où il est écrit en toutes lettres, je cite : « Je ne remettrai à aucune femme un pessaire abortif ».

— Vous m'apprenez quelque chose.

— Nous sommes à l'ère des grandes falsifications et des bouleversements. Tout change de nos jours cher Docteur Korrigan. L'école change, la République change, la France change et même l'Église change. Il faut savoir s'adapter. Je suis attendu par ma petite famille, je dois vous laisser. Mais je serais ravi qu'on se revoit pour poursuivre cette conversation. Voici ma carte. À bientôt j'espère !

Plusieurs mois après cette rencontre, Lucien remarqua un phénomène étrange : dans son cercle de connaissance et au sein de l'hôpital Necker, certains médecins qui jusqu'ici invoquaient la clause de conscience, s'étaient mis du jour au lendemain à faire des IVG. Il tenta de les interroger pour comprendre ce revirement brutal qui, chose plus étrange encore, n'avait pas changé leurs habitudes religieuses. Malgré son insistance, il n'obtint rien de personne, sauf d'un de ses collègues. Lassé de ses questions incessantes, ce dernier lui avait dit « vois ça avec cette personne » en lui glissant un papier dans la poche. C'était la carte de visite du Docteur Dénikine. Il ne l'avait pas fait jusque-là, Lucien se décida enfin à l'appeler. S'en suivirent plusieurs rendez-vous espacés de plusieurs semaines où les deux hommes échangèrent longuement sur la médecine, la religion et la politique. En revanche, sur la question qui l'intéressait en premier lieu à savoir, pourquoi des médecins catholiques s'étaient mis subitement à pratiquer des avortements, Dénikine resta muet comme une tombe. Un mois après leur dernière entrevue, Lucien trouva ce billet dans sa boîte aux lettres :

*Crypte de la chapelle de la Sainte-Croix*
*Capitale des Gaules*
*06/09, 23h00*

Le 6 septembre 1997, Lucien arriva à Lyon à 22h30. Il gara sa voiture sur le quai Victor Augagneur. Il longea la rive gauche du Rhône et s'engouffra sur le cours Lafayette qui recrachait un air moite. Arrivé au croisement avec la rue de Créqui, il regarda autour de lui. Il attendit 23h00 et s'approcha de la chapelle. L'édifice était bordé par un jardin clôturé. Il ouvrit la petite porte rouillée et grinçante qui en assurait l'accès. Le bruit métallique que la ville entière devait avoir entendu, parcourut toute sa colonne vertébrale et le fit tressaillir. Il entra dans la chapelle. Elle était vide et éclairée par quelques cierges placés devant une immense plaque commémorative sur laquelle étaient gravés les noms, prénoms, âges et professions, des victimes de la Terreur jacobine qui massacra en 1793 plus de 2000 personnes pendant le siège de la ville. Lucien parcourut avec émotion cette liste qui ne comportait aucun nom à particule. La moyenne d'âge était très basse. Il y avait autant d'hommes que de femmes et tous étaient ouvriers ou artisans.

Une voix grave résonna dans la chapelle. Il se retourna et ne vit personne. La voix lui priait de descendre à la crypte. Il s'exécuta. Au fond de la pièce souterraine se dressait un autel entièrement réalisé avec des ossements devant lequel un homme priait debout. Sur lui seul, une pâle lumière tombait. La dizaine de personnes assises sur les bancs était plongée dans l'obscurité. L'homme devant l'autel resta de dos et commença à parler : « Merci à tous d'être venus. Je vais aller droit au but. Si vous êtes ici, c'est que vous pensez que l'avortement est un crime et donc, vous refusez de le pratiquer. Mais si vous êtes de sincères catholiques, vous n'êtes pas sans savoir que le but ultime de notre séjour ici-bas est de sauver son âme et celle de son prochain pour accéder à la vie éternelle. Refusez d'avorter cher confrère, un autre le fera à votre place. En revanche, si vous décidez d'avorter, vous pouvez faire ce que les autres ne feront pas, à savoir : ouvrir les portes du Paradis à l'âme d'un petit être et sauver son corps des flammes du four crématoire. Si ces petits êtres sont des enfants à part entière – ce que nous savons tous ici – alors ils doivent absolument être baptisés avant leur mort et avoir une sépulture. Ceux que cette proposition scandalise, levez-vous et partez immédiatement. » Personne dans la crypte ne bougea. L'homme reprit : « Votre tâche consistera essentiellement à nous prévenir du moment de l'avortement et à expulser dans les meilleures conditions possibles le pauvre enfant. Des coursiers – que nous appelons entre nous des Anges – munis d'un équipement adéquat et déguisés en professionnels de la collecte médicale viendront chercher l'enfant pour l'emmener en urgence à un prêtre. Une fois baptisés, ils seront enterrés en secret. Voilà messieurs, j'en ai terminé. Pour les détails, on vous contactera. Vous pouvez vous retirer.»

Lucien avait besoin de marcher. Au lieu de retourner directement à sa voiture, il continua sur la rue de Créqui. Au bout d'un quart d'heure, il tomba sur la Porte des Enfants du Rhône, l'entrée principale du parc de la Tête d'Or. Il traversa le pont Winston Churchill et arpenta les ruelles de la Croix-Rousse. Il essaya de réfléchir à ce qu'il avait entendu dans la crypte mais son cerveau était pris dans la mélasse. Il marchait en plein milieu de la route et faillit plusieurs fois se faire percuter. Avant de rentrer à Paris, il décida de repasser par la chapelle. De loin, il vit qu'une grande berline aux vitres fumées était stationnée devant le portillon. Les phares étaient allumés et le moteur tournait. Le conducteur devait attendre quelqu'un. Soudain, une ombre glissa sur le perron de la chapelle. Lucien traversa la rue. La voiture recula sur lui. Il se jeta par terre pour l'éviter. Le temps qu'il se relève, la voiture était déjà partie. Au sol, il croisa furtivement les yeux de l'ombre pendant qu'elle ouvrait la portière. Ce regard plongeant, ces cheveux longs, cette lavallière à fleurs de Lys, il les avait déjà vu. Vingt-cinq ans auparavant. C'était cette ombre qui lui avait écrasé la joue avec ses bottes de cuir sur la dalle du Vatican.

Cette ombre, c'était le Prince de Mortemine.

De retour à Paris, Lucien reprit difficilement sa routine. Il n'arrivait plus à se concentrer et dormait mal. Il redoutait le coup de fil qui devait lui donner plus de précisions. Dans la crypte, il ne s'était pas levé et il n'était pas parti. Cela voulait dire qu'il ne refusait pas *a priori* de faire partie de l'intrigue. Mais ça ne voulait pas dire non plus qu'il acceptait franchement la mission. Lucien détestait ces ambiances grotesques de sociétés secrètes avec leurs petits gestes ambigus, leurs mots de passe enfantins, leurs sous-entendus pénibles, leur jargon débile, leurs déguisements ridicules et leurs rites malsains. Au moins, la réunion à Lyon lui avait épargné les pires éléments de cette panoplie clownesque que revêtissent les sectes les plus douteuses. Il avait beau retourner le problème dans tous les sens, il n'arrivait pas à savoir si cette proposition d'un pragmatisme inouï était profondément perverse ou parfaitement morale.

Se salir les mains, avorter, mais offrir une sépulture à des petits êtres et sauver leur âme par le baptême, ou rester les mains propre, ne pas avorter, et laisser des enfants se faire brûler comme des déchets ménagers et les priver du Paradis ?

Abominable dilemme.

Lucien était perdu.

S'il n'avait pas vu le Prince de Mortemine à la sortie de la chapelle, il aurait certainement refusé de participer à ce projet dément. Mais une force le poussait inexorablement vers ce mystérieux personnage.

Alors il doutait.

L'idée d'arracher un nourrisson du ventre de sa mère le révulsait, il ne savait même pas s'il en serait physiquement capable. Mais sa décision était prise. Un beau matin, il reçut le fameux coup de fil.

Quelques jours plus tard, père Lucien se mit à faire des avortements. Dans l'espoir de le rencontrer un jour, dans l'espoir de comprendre pourquoi, Vidar de Mortemine le fascinait tant.

31 décembre 1999. Lucien approchait de la cinquantaine et Pierre venait d'avoir 39 ans. Pierre invita son vieil ami à venir passer le réveillon chez lui, en Bourgogne. Il lui présenta sa femme Li-Wei et ses enfants, sauf Marius son ainé, qui était enfermé dans sa chambre. Ils s'installèrent dans le grand salon pour prendre l'apéritif. Alors qu'auparavant, ils pouvaient parler de tout et savourer ce délice de se comprendre sans s'expliquer, en ce début de soirée, le silence était pesant. Heureusement, un vinyle d'Antonio Vivaldi tournait sur une vieille platine pour tapisser le vide. Chacun cherchait laborieusement un sujet de conversation. Le premier verre d'alcool huila un peu les rouages rouillés de leur complicité passée. Ils évoquèrent d'abord leurs souvenirs. Et puis, ils parlèrent de leur vie depuis qu'ils s'étaient perdus de vue. Pierre surtout. Lucien, lui, avait bien du mal à extraire de sa vie des éléments positifs pour alimenter la discussion. Le malheur rend muettes les âmes pudiques.

Au moment de passer à table, Marius apparut enfin. On l'installa à côté de Lucien. Sur le ton d'une tendre plainte, Li-Wei dressa le portrait de son fils : « Marius est solitaire et toujours dans les nuages. Si ça ne tenait qu'à lui, il resterait enfermé dans sa chambre toute la journée. Pour lui, le collège est une formalité désagréable comme une séance chez le dentiste. Depuis qu'il a dix ans, il dévore tout ce qui touche de près ou de loin à la science-fiction. Quand je lui demande de ranger sa chambre, il me répond : « La vérité est ailleurs » ; quand je l'appelle pour venir manger, j'entends à travers sa porte : « Nous ne sommes pas seuls » ; et quand je lui dis de faire ses devoirs, il me dit : « *I want to believe* ». Ça devient vraiment compliqué de communiquer avec lui. Il est intelligent mais il n'est pas sur la même planète que nous. Tout a commencé avec Jules Verne et son *Voyage au centre de la Terre*. Depuis, le petit est persuadé que la Terre est creuse et que des géant vivent en dessous de nous. Du jour où son père lui a installé Internet, alors là, on l'a quasiment plus vu. »

Les paroles de sa mère glissaient sur Marius qui interpella sans ambages Lucien :

— T'as déjà vu des OVNI ?

— Non, toujours pas. J'allais te dire que j'aimerais bien en voir mais en fait, je ne suis pas tout à fait sûr.

— Tu crois pas aux extraterrestres ? Papa, lui, il y croit.

— Oui, je sais Marius.

— Jean-Pierre Petit lui, il en a vu. Il s'est même fait enlever et étudier par les Ummites.

Pierre expliqua à son ami que Jean-Pierre Petit était l'un des pères de la Magnétohydrodynamique (MHD) et que les fonctionnaires du consensus scientifique le faisaient passer pour un cinglé. Pierre poursuivit :

— Les Russes eux, extraterrestres ou pas, c'étaient pas leur problème. Ils ont utilisé ses découvertes pour développer des armes défensives et offensives d'une efficacité terrifiante. En balistique, ils ont maintenant trente ans d'avance sur nous. Ils peuvent propulser n'importe quel projectile dans n'importe quel milieu à des vitesses hallucinantes. Vois-tu Lucien, la France est une terre toujours fertile en génie mais la bureaucratie communiste déteste ceux qui osent, ceux qui cassent les codes, bref, ceux qui inventent. Malgré son prix Nobel, Luc Montagnier a été interdit de diriger un laboratoire de recherche parce qu'il était, tiens-toi bien, trop vieux ! Trop contents, les ricains et les chinois lui ont ouvert grand les bras.

— Oui, j'en avais entendu parler répondit Lucien.

— S'il y avait que lui, reprit Pierre. Jacques Benveniste est le découvreur de la *Platelet Activation Factor.* C'est une molécule qui intervient pour stimuler la production de plaquettes qui permettent la cicatrisation. C'est pas rien comme CV déjà. Ses recherches sur la réaction du sang face au venin d'abeille l'ont conduit à remettre en cause le paradigme actuel de la chimie en affirmant que l'eau était capable de transmettre et de stocker une certaine quantité d'information. Il a fini sa vie dans un préfabriqué minable à faire ses recherches à ses frais. Il est mort, épuisé par les coups bas, les intimidations et les persécutions. C'est pas fini. Je pourrais passer toute la soirée à te faire la liste. Michel Bounias, un grand spécialiste des rayonnements d'origine nucléaire sur les végétaux. Dans le cadre du GEPAN (Groupe d'études des phénomènes aérospatiaux non identifiés) piloté par le CNES (Centre national d'études spatiales), il avait accepté d'étudier un échantillon de plantes prélevé dans un champ où un OVNI s'était posé selon un témoin. Michel Bounias a refusé d'abjurer ses recherches qui concluaient à une perturbation des pigments causée par un puissant rayonnement. Malgré lui, ses conclusions crédibilisaient la thèse de l'OVNI. Ruiné, humilié, moqué, il a fini par se suicider.

Pierre s'arrêta un instant pour boire son verre de vin cul sec. Marius en profita et reprit de plus bel son interrogatoire :

— Y'a un gars, Jacques Grimault, il dit que les pyramides sont sur tous les continents, sous tous les océans et même sur la lune. D'après lui, elles ne sont pas des tombeaux mais des générateurs d'énergie construits par des civilisations technologiquement très avancées qui ont disparu suite à un déluge. Il dit même que les pyramides de Gizeh en Égypte sont les aiguilles d'une horloge cosmique qu'une de ces anciennes civilisations a bâtie pour nous avertir que les grands cataclysmes se produisent quand la Terre change d'étoile polaire à cause de la précession des équinoxes.

— J'ai pas tout compris, répondit Lucien. Je suis pas aussi calé que toi en astronomie mon cher Marius. J'ai lu un livre sur la théorie des anciens astronautes, ça ressemble un peu à ce que tu dis. Je sais pas quoi en penser, en tout cas, c'est plus poétique que la théorie de l'évolution.

— Lucien, continua Marius, tu crois qu'on a vraiment marché sur la lune ? Y'en a qui disent que c'est pas vrai, que les Américains passent leur temps à mentir. D'autres prétendent même qu'un dôme composé d'eau entoure la Terre et qu'il est impossible de le traverser.

— Ah ça, que les Américains mentent sans cesse, c'est pas impossible. Après, est-ce qu'ils ont vraiment marché sur la lune ? Je te propose qu'on fasse comme dans le roman de Jules

Verne que tu dois connaître. On se met dans une capsule, on trouve un gros canon et on va vérifier ça ensemble.

Toute la tablée rigola de bon cœur sauf Marius qui prenait tous ces sujets très au sérieux. Li-Wei apporta le plateau de fruits de mer et Pierre ouvrit une bouteille de Corton-Charlemagne. Le temps d'un regard furtif, Lucien aperçut toute la complicité qui unissait les deux époux. Ils s'aimaient d'un amour sûr et tranquille.

C'était beau.

Après avoir dévoré une bonne vingtaine d'huîtres, l'adolescent enchaîna :

— J'ai lu sur des sites qu'il y a des gens qui se construisent des abris de survie parce qu'ils ont peur du passage à l'an 2000.

— Ah oui ? Et pourquoi ont-ils peur ? demanda Lucien.

— À cause du calendrier Maya qui prévoit la fin du monde et à cause du bug informatique qui va renvoyer tous les ordinateurs à la date du 1er Janvier 1900. Ça va provoquer des pannes de courant généralisées. Les avions vont tous se crasher, les communications vont se couper et les usines vont s'arrêter.

— Tu devrais poser cette question à ton père, il est plus calé que moi là-dessus. Quoiqu'il en soit, tu auras ta réponse très vite. Dans deux heures, on verra bien si l'eau des fleuves se change en sang et s'il se met à pleuvoir des grenouilles.

Pierre esquissa un sourire. Il ouvrit la bouche pour répondre à Lucien mais Marius n'avait pas terminé son interrogatoire :

— Il paraît qu'il y a les ruines d'une autre Rome sous le Sahara. Et l'Atlantide, tu crois qu'elle a existé Lucien ?

— Pour le Sahara, je ne sais pas. Mais pour l'Atlantide, c'est possible. Platon lui y croyait en tout cas.

— Et le Titanic ? Tu crois vraiment à la thèse de l'iceberg ? Y'en a même qui disent qu'il n'a pas vraiment coulé… et la Terre, tu penses pas qu'elle serait plate en fait ? Apparemment la NASA trafiquerait les photos pour nous faire croire qu'elle est ronde. Et la zone 51 dans le désert du Nevada, tu crois qu'elle existe ?

Marius, imperturbable et passionné, mitrailla un Lucien amusé et taquin jusqu'à la fin du repas. De l'assassinat de Kennedy par la CIA à la mort de Lady Diana commanditée par la famille royale, du sida inventé par les Américains pour tuer les Africains à la thèse selon laquelle Corneille aurait écrit les pièces de Molière, tout y passa.

Après le dessert, pendant que Pierre faisait un peu de vaisselle et que Li-Wei couchait les plus jeunes enfants, Lucien monta à l'étage voir Marius. Il était en train de consulter des blogs spécialisés dans les sociétés secrètes, le paranormal et l'occultisme. Marius montra à Lucien un article sur les découvertes qu'un passionné de patrimoine religieux avait faits. L'homme disait avoir vu dans des centaines de cimetières de France, des stèles tombales étranges. Les années de naissance et de mort étaient en chiffres romains. Les années de naissances étaient toutes les mêmes MMXXXIII (2033). Les années de mort étaient toutes antérieures à la naissance et allaient de MCMXC (1990) à MCMXCIX (1999). Chose encore plus troublante, après plusieurs mois de recherche, l'homme découvrit que les noms inscrits sur les stèles avaient tous un point commun. C'était le patronyme d'une victime civile des massacres de Vendée. L'homme affirmait également qu'il avait retrouvé ce chiffre MMXXXIII (2033) dans toutes les églises qu'il avait étudiées. Il était gravé près des horloges que l'on trouve au plafond et que personne ne voit parce qu'il faut lever la tête. L'homme prétendait que ces stèles étaient en fait des portes secrètes qui donnaient accès à des souterrains. Il assurait avoir surpris des morts-vivants « flamboyants » sortir de terre à l'endroit de ces stèles. Quant au chiffre 2033, pour lui, cela correspondait évidemment à une date. Et pas n'importe laquelle, puisque c'était deux millénaires après la mort du Christ. Elle devait donc annoncer soit une révolution dans l'Église, soit le retour de Jésus, soit la fin du monde.

Marius était en train de faire défiler les pages d'un site web complotiste quand tout à coup, l'adolescent tressauta sur sa chaise et sortit de sa cyber-hypnose. Lucien avait tapé son poing sur la table en lui demandant assez sèchement de revenir en arrière. C'était bien ce qu'il avait vu : il était question du Prince de Mortemine. Lucien appela Pierre. Voici ce que le site disait :

*De tout temps, la guerre a été souterraine. Les pires crimes et sévices contre l'humanité sont commis sous terre. Il existe d'immenses réseaux de grottes dans le monde entier. Les DUMBS (*Deep Underground Military Bases*) sont équipés de laboratoires où l'on fabrique des monstres hybrides en mélangeant l'ADN humain et de l'ADN animal. Tous les jours, des hommes et des femmes sont kidnappés pour servir de cobayes à ces expériences. Des milliers d'enfants victimes de trafic par l'État profond sont détenus dans ces bases militaires secrètes souterraines. Ils sont violés, torturés et exécutés.*

*Sous couvert de promouvoir la démocratie, l'*Open Society *(la fondation du milliardaire américain George Soros) travaille à la destruction des nations, de leur mode de vie, de leur frontière et de leur culture pour imposer la gouvernance globale à des êtres isolés, mélangés, sans racine et sans patrie. La superclasse mondiale a un projet clair de dépopulation des pauvres et spécifiquement ceux des pays riches. Le premier commandement écrit sur les* Georgia Guidestones *prescrit de « maintenir l'humanité en dessous de 500 millions d'individus en perpétuel équilibre ». Dans la vision des élites, la populace est bien trop nombreuse en proportion des ressources naturelles qui ne font que s'amenuiser. La généralisation de la robotique et l'avènement de l'intelligence artificielle vont rendre dans un avenir très proche des millions de travailleurs manuels comme intellectuels parfaitement inutiles. La nouvelle élite ne compte pas réouvrir des camps d'extermination pour accomplir sa basse besogne. Ses méthodes sont plus douces et discrètes : les chemtrails, les additifs alimentaires et les vaccins (voir à ce sujet notre article sur la fondation Bill et Melinda Gates).*

*Pour que cette révolution démographique se passe au mieux, les élites doivent s'assurer de l'obéissance la plus stricte des populations par un contrôle toujours plus serré de leurs faits, gestes, pensées et arrière-pensées.*

*La société libérale et démocratique doit donc basculer progressivement vers l'abolition de la propriété privée, vers une dépendance intégrale à l'État et vers un régime de surveillance et de délation généralisé, c'est-à-dire : vers le communisme intégral et mondial. Cette atroce Révolution se fera sous couvert d'humanité, de santé et d'écologie.*

*Pour opérer au mieux cette transition politique, Klaus Schwab (Forum économique mondial) est à la manœuvre. Sa mission principale est de faire disparaître la classe moyenne. Les petites et moyennes entreprises doivent être coulées ; les petites et moyennes exploitations agricoles éliminées ; et les professions libérales persécutées.*

*Les enfants à venir de la plèbe ne doivent plus avoir aucune attache pour être parfaitement docile. C'est pourquoi, il est nécessaire d'abolir définitivement la filiation. Ces nouveaux esclaves doivent être génétiquement modifiés et devront naître dorénavant dans des ventres artificiels. Ça, c'est la mission du Prince de Mortemine. Depuis plus de vingt ans, ce magnat de l'industrie pharmaceutique arrose sans compter toutes les associations en faveur de l'avortement, du mariage homosexuel, de la procréation médicalement assistée et de la gestation pour autrui. Il investit aussi lourdement dans de nombreuses start-up basées en Chine, start-up spécialisées dans la mise au point d'exo-utérus contrôlés par l'intelligence artificielle et la création d'embryon à l'ADN compatible avec la « nouvelle société ».*

À la lecture du dernier paragraphe, Pierre eut une sueur froide. Lucien s'en aperçut :

— Ça va mon vieux ?

— Oui oui très bien, répondit Pierre le ventre noué. Dis-moi mon petit Marius, est-ce qu'il y a les photos de toutes ces charmantes personnes sur le site ?

— Oui Papa, tiens regarde. Voilà Soros, Bill Gates, Klaus Schwab et enfin, Mortemine.

— Lucien, toi qui l'a déjà vu, confirme-moi que ce gars-là est bien Vidar de Mortemine.

— Oui l'ami. Pas de doute, c'est bien lui.

— Putain de merde ! Viens Lucien, on va faire un petit tour. Marius, fais-moi le plaisir d'éteindre cet ordinateur et d'aller te coucher. Allez, bonne nuit mon fils.

Une lune immense et rousse transperçait le brouillard. Un délicat parfum de sarments brûlés planait sur la campagne gelée. Des chiens qui se souvenaient qu'un jour ils avaient été loups, hurlaient sans motif à la gueule étoilée du ciel qui s'en moquait. Pierre, le dos voûté, avançait en traînant des pieds. Il fumait une cigarette. N'ayant pas le courage de commencer la discussion, il attendait que Lucien l'interroge.

— Qu'est-ce qui ne va pas l'ami ?

— T'es bien sûr que c'était Vidar de Mortemine sur la photo ? Le même Vidar que tu as croisé au Vatican, le Vidar dont parlait l'autre goret là…

— Domanovitch ?

— Oui voilà, Domanovitch… le même Vidar dont nous avait parlé le fils de Jean Raspail ?

— En tout cas, c'est bien celui que j'ai croisé au Vatican et c'est bien celui que j'ai revu il y a quelques temps.

— Comment ça, tu l'as recroisé ? Dans quelles circonstances ?

Pierre, bien content de reculer de quelques minutes le moment où il allait devoir se confier, questionna son ami pour en savoir plus. Lucien parla d'abord de ses différents engagements religieux et associatifs. Il enchaîna avec les médecins catholiques qui pratiquaient des avortements et lui fit part de ses profondes discussions avec le Docteur Dénikine. Lucien s'attarda longuement sur la réunion dans la crypte à Lyon et sur sa rencontre furtive avec Vidar. Enfin, il lui parla avec émotion des avortements qu'il faisait pour que les enfants puissent être baptisés et enterrés en chrétiens.

— Père Lucien toujours en mission !

— Oui, si on veut…

— Ça peut paraître tordu ton histoire mais d'un point de vue strictement éthique et théologique, ça se tient.

— C'est ce que j'ai pensé, répondit Lucien en frissonnant.

— Je ne sais pas si tu offres à leur âme le Paradis père Lucien. Ce qui est certain par contre, c'est que tu évites à leur corps de finir à la poubelle.

— …

— Tu ne penses pas ? insista Pierre.

— Si si, répondit Lucien happé par ses pensées. Bon et toi l'ami ? Pourquoi tu as paniqué en lisant l'article ? Hein ? Pierre, dis-moi… je t'ai rarement vu réagir comme ça.

— J'ai pas paniqué… enfin pas vraiment… mais ça fait bizarre de trouver un morceau de sa vie dans ce genre de site complotiste.

— Comment ça ?

— Putain, j'te jure, avec ce que tu viens de me dire en plus, j'y comprends plus rien. Lucien, tu sais qu'après ma thèse, je suis parti en Chine ?

— Oui, mais j'ai jamais su ce que tu faisais exactement là-bas.

— J'ai été recruté par une société spécialisée dans la conception d'incubateurs dernier cri. Comme tu le sais, le taux de survie des enfants nés avant 6 mois est quasiment nul et même si ce taux augmente si l'enfant a 24, 25 ou 26 semaines, le nombre d'enfants qui sortent des couveuses avec une pathologie grave est important. Le but affiché de l'entreprise était de sortir en 5 ans un incubateur capable d'accueillir des prématurés de 8 à 14 semaines avec un taux de survie supérieur à cinq pour cent.

— 8 à 14 semaines ? C'est du délire !

— Je te jure que sur le moment j'ai pas tilté… L'excitation d'être là-bas, l'exaltation intellectuelle… je sais pas, en tout cas pour moi, c'était plus un horizon d'amélioration qu'un projet concret et sérieux. Et pourtant, le nez dans mes calculs, les semaines sont passées à toute vitesse et en 1988 on sortait « *Revival One* ». Quand je suis parti pour faire plaisir à ma femme qui rêvait depuis toute petite de venir vivre en France, on en était à « *Revival Eight* ».

— À quoi ça peut bien ressembler tes « *Revival* » ?

— En gros, à une poche en plastique « biobag » comme

disent les Américains, immergée dans une espèce d'aquarium relié par des tuyaux et des fils à des ordinateurs et à des machines.

— Mon Dieu !

— Et devine qui est-ce que j'ai croisé un jour en coup de vent dans les couloirs du laboratoire.

— Vidar de Mortemine ?

— Tout juste. Je crains que l'article que nous a montré mon gamin ne dise la vérité.

— C'est pas possible. Tu l'as lu comme moi, qu'est-ce qui peut bien être vrai dans tout ce fatras ?

— Je sais bien. Et pourtant… répondit Pierre bousculé.

— Il faut absolument qu'on trouve qui est derrière ce site. Il aura peut-être plus d'éléments.

— C'est dans mes cordes père Lucien. Je m'en charge et je te tiendrai au courant. J'aimerais bien savoir à quoi servent vraiment les machines que j'ai conçues.

— Et moi, s'exclama Lucien en tremblant, j'aimerais bien savoir où finissent vraiment les bébés que je confie à cette société secrète prétendument catholique.

Après avoir bu quelques verres de Chartreuse et refait le monde à la va vite, les deux amis allèrent se coucher en titubant. Lucien tourna en rond pendant une demi-heure dans la chambre d'ami. Il n'avait pas sommeil. L'alcool avait dilué son angoisse mais elle était toujours-là. Il suffoquait. Si le site complotiste disait vrai, à quelle ignoble machination avait-il participé ? Le simple fait d'y penser l'épouvantait.

Il aurait bien voulu prier mais il n'osa pas se tourner vers Dieu.

Alors, il continua à boire. Il prit la bouteille de Chartreuse avec lui et sortit. Lucien passa devant le cimetière de Beaune. Il escalada le mur pour voir s'il y avait une de ces étranges stèles dont parlait l'article qu'il avait lu avec Marius. Après quelques minutes d'inspection infructueuse, il se dirigea vers la sortie. Le bruit d'un hibou qui s'agitait dans un arbre attira son attention sur une allée qu'il n'avait pas vue. Après quelques pas, il aperçut une stèle prise dans un buisson. Lucien écarta les branches et alluma son briquet. Il tomba à la renverse en lisant sur la pierre :

*CHEVALLEREAU*

*MMXXXIII – MCMXCIV*

## DOMANOVITCH PÈRE ET FILS

Quinze jours après le réveillon du nouvel an, Pierre passa un coup de fil à Lucien. Grâce à quelques sommaires investigations informatiques, il avait trouvé l'adresse de l’ordinateur qui alimentait le site complotiste. L'auteur des articles habitait selon toute vraisemblance à Tréhorenteuc, un petit village situé en lisière de la forêt de Brocéliande. Les deux amis tombèrent d'accord pour s'y rendre au plus vite.

Le lendemain, Pierre partit à l'aube et arriva devant l'ancienne crêperie de Gwenaëlle qui avait été remplacée par un Kebab. Il fut surpris de constater que son ami habitait toujours dans son petit appartement d'étudiant. Son cœur se serra en repensant à tous les bons moments qu'il avait passés ici avec Lucien : les soirées à veiller en compagnie de la vieille Bretonne qui contait les grands épisodes de sa vie avec la verve des bardes d'autrefois ; le vieux pêcheur malouin qui ne voulait jamais partir et qui finissait par sortir sous les jurons de la patronne en chantant *Kenavo* ; les nuits à s'enivrer paisiblement en parlant de l'amour, de la mort, des femmes, de Dieu et de la France ; et les marches interminables où chacun faisait exprès de se perdre dans Paris pour repousser toujours un peu plus le terme de leurs flâneries.

Un bruit de portière sortit Pierre de sa rêverie. Certes, père Lucien était plus âgé que lui et approchait de la cinquantaine, mais il trouvait son ami prématurément usé. Son dos était voûté et il avait les yeux d'un vieillard. Pierre démarra et prit en direction de la porte d'Orléans. Cela faisait près de vingt ans qu'il n'avait pas mis les pieds dans la Capitale. Il fut choqué par la saleté de la ville. Des conteneurs débordaient et des ordures jonchaient les trottoirs. Comme les ulcères d'une peste noire, des tags rongeaient la peau de la ville. Beaucoup de devantures étaient délabrées, des poubelles brûlées étaient encore fumantes et le mobilier urbain était cassé et souillé. Ce spectacle d'individus aliénés évoluant sans vomir dans cette ambiance de désolation ressemblait à un film de zombie joué par des punks à chien en Afrique.

Ils longèrent le cimetière Montparnasse. Lucien parla de l'enterrement de Gwenaëlle et du dernier geste qu'elle avait fait pour lui. Il versa quelques larmes qui rebondirent sur le visage de Pierre. La voiture tourna sur l'avenue du Maine. Au niveau de la station Alésia, Lucien colla soudainement la paume de sa main sur la vitre :

— Pierre ! Regarde là-bas, ça ne te dit rien ?

— Quoi ?

— L'Abribus.

— Ah oui… c'est là qu'on s'était assis après avoir été foutu à la porte de la voyante.

— Pierre ! Maintenant que j'y repense, elle avait peut-être vu juste !

— Qui ça père Lucien ?

— Ben la voyante. Tu ne te souviens pas de ses prédictions ?

— Non, pas du tout, répondit Pierre en toute sincérité.

— Moi, je m'en souviens très bien. Cette histoire m'avait marqué.

— Alors, elle avait dit quoi madame Soleil ? demanda Pierre sarcastique.

— Elle avait dit que mon fils allait grandir dans le ventre de la Terre et qu'un beau jour, il allait soulever la surface.

— Tiens, c'est original ça pour une fois ! Et qu'est-ce qu'il se passe une fois que bébé Lucien « soulève » la surface ?

— J'en sais rien. C'est à ce moment-là qu'elle est partie en vrille et qu'elle nous a jetés.

— Tu vois bien que ça n'a aucun sens. Tu n'as pas de fils, n'est-ce pas père Lucien ?

— Pas à ma connaissance, répondit Lucien en baissant la tête.

— Bon alors, fais moi plaisir, oublie ces élucubrations de gitan.

Après un long silence, Lucien reprit avec un ton malicieux :

— Par contre, pour toi, la vieille peau ne s'était pas trompée.

— Comment ça ? Qu'est-ce que tu racontes ? demanda Pierre agacé.

— Elle avait dit que tu allais donner naissance à des milliers d'enfants sans père ni mère. À l'époque, c'était nébuleux, mais après ce que tu m'as dit l'autre soir concernant tes activités en Chine, tout s'éclaire ! Pas vrai mon vieux ?

— Mouais, répondit Pierre en faisant la moue.

Pendant tout le trajet, Pierre se gratta nerveusement les courts poils de sa barbe naissante. Pour éviter le sujet de la voyante, il reparla longuement du changement de visage de Paris. Il embraya ensuite sur la victoire de l'équipe de France de Football, le décès de Stanley Kubrick et l'affaire Monica Lewinsky. À 15 heures, ils traversèrent le village de Paimpont, la capitale de Brocéliande. Une nappe de brouillard recouvrait l'étang et enlaçait l'abbaye de son étreinte volatile. Le ciel gris n'était plus qu'un infini nuage. La légende raconte que l'abbaye fut fondée au 7ième siècle par Judicaël, roi de la Domnonée armoricaine. L'Histoire nous apprend que la mère du général de Gaulle, Jeanne Maillot, venait souvent y prier.

Sur la route de Ploërmel, des chênes semblables à des chiens mouillés, agitaient leur feuillage pour arroser les touristes de passage. La luminosité était si faible que Pierre alluma ses phares. L'homme qu'ils cherchaient habitait à l'écart du bourg de Tréhorenteuc dans une longère rongée par des siècles de pluie. Lucien regarda la boîte aux lettres. Il fit signe à son ami d'approcher et lui demanda :

— Tu le crois ?

— Quoi donc père Lucien ?

— Le nom sur la boîte aux lettres. Domanovitch, ça te dit rien ?

— Ben ça alors… c'est à sa conférence à Paris qu'on s'est rencontré. D'ailleurs, on a plus trop entendu parler de lui après.

— Il a disparu en Écosse… soit-disant.

— Si c'est bien lui derrière le site, il doit plus être tout jeune.

Devant la maison, des récupérateurs de pluie faits avec des bidons en plastique débordaient. Des vieilles litières de chat baignaient dans la boue et des chiffons sales habillaient un étendoir cassé. Pierre frappa à la porte. La maison cria : « Qu'est-ce que c'est ? » Pierre recommença. La porte s'entrouvrit et la tête d'un homme mal léché d'une quarantaine d'années dépassa : « C'est pour quoi ? » Lucien prit les devants et ne sachant quoi dire d'autre, il alla droit au but : « C'est au sujet de Vidar de Mortemine ». La porte se referma brutalement mais buta sur le pied de Pierre qui pénétra de force à l'intérieur. L'individu effrayé demanda s'ils étaient « ses hommes », à quoi Lucien répondit qu'ils n'étaient « les hommes » de personne.

Dans un coin du salon, sous la lumière anémiée d'un abat-jour en velours moutarde, gisait sur une chaise roulante ce qu'il restait de Domanovitch. Le vieillard translucide avait cet aspect spectral des monstruosités de la nature conservées dans des bocaux de formol. Il avait la tête inclinée et sa bouche bavait une mousse gluante sur son épaule. Du liquide lacrymal sortait de son orbite gauche et du mucus séché obstruait ses narines. Des habits élimés empêchaient cette grosse limace de se répandre sur le sol. Ses petits yeux vitreux ressemblaient au judas des chambres à gaz. Son visage émacié avait dû visiter l'Enfer et s'étaient figés depuis.

L'atmosphère viciée charriait des odeurs lourdes qui obligeaient Pierre et Lucien à respirer à l'économie. Furtivement, ils parcoururent avec attention la pièce du regard. Au plafond, des dizaine de rubans tue-mouche s'étaient changés en charniers suspendus. Par terre, des boules de poils de chat, des miettes grasses et des moutons de poussière recouvraient une vieille moquette. Des piles de livres étaient posées un peu partout. Parmi eux : *Papes et antipapes, les lourds secrets du Vatican ; Histoire des Illuminati de Bavière* ; *Les mystères de l'île de Pâques* ; *La kabbale et la mystique juive* ; *Les mensonges de l'archéologie* ; *Quand le show-business pactisent avec le Diable* ; Grand *Dictionnaire de la Franc-maçonnerie* ; *Rothschild, Hitler et le sionisme* ; *Les réseaux pédophiles et les élites* ; *Le projet MK-ULTRA ; Adrénochrome et crimes rituels ; Avortements, messes noires et sacrifices pour Satan* ; *Le projet Blue Beam pour les nuls*.

Pierre brisa la glace et commença à amadouer celui qui de toute évidence était le fils de Domanovitch :

— Nous avons assisté à la conférence qu'avait donnée monsieur votre père à Paris à l'occasion de la sortie de son livre *Le Diable du Vatican*. C'est d'ailleurs là-bas que mon ami et moi nous nous sommes rencontrés. C'était où déjà Lucien ?

— Dans une librairie anarchiste de Ménilmontant.

— Oui voilà. C'était plein et je me rappelle qu'il y avait beaucoup de monde avec des profils très différents.

— Bon messieurs, coupa le fils Domanovitch qui dissimulait mal son agacement, je ne sais pas ce que vous me voulez. Je ne sais même pas comment vous êtes arrivés jusqu'ici.

— Nous sommes heureux, reprit Pierre avec diplomatie, que votre père soit toujours en vie. Il a disparu du jour au lendemain et tout le monde le disait mort.

— C'était le 14 juillet 1979 à Edimbourg… et non mon père n'était pas mort et non, mon père n'a pas disparu. Mon père s'est fait enlever. Par qui ? C'est ce que j'aimerais bien savoir.

— Mais, dites-moi, comment a-t-il fait pour s'en sortir, il s'est échappé ? demanda Lucien.

— Ça m'étonnerait. Vingt ans après sa disparition en Écosse, je l'ai retrouvé un matin devant ma porte dans cet état-là.

Plus en confiance et manifestement bien-aise de pouvoir sortir de sa claustration en parlant avec d'autres êtres humains, le vieux garçon leur proposa une tisane. Les deux amis acceptèrent sans réfléchir. Dès lors, le fils Domanovitch se confia facilement et répondit même à des questions qui ne lui furent pas posées.

Il n'avait pas appelé la police le jour où il avait trouvé son père devant chez lui parce qu'à partir d'un certain grade, tous les gendarmes et tous les policiers sont francs-maçons et donc aux ordres de l'élite mondialiste que son père incriminait dans ses livres.

Son père n'avait plus toute sa tête, il en convenait. Il ne savait pas lui-même quoi penser du contenu de ces quelques courts délires que le pauvre homme avait eus avant de sombrer dans le plus parfait mutisme. Le récit de sa disparition était décousu. Son père mélangeait les grands sujets sur lesquels il avait enquêté durant sa longue carrière de journaliste et d'essayiste :

— Mon père me parla d'abord d'extraterrestres et des prélèvements qu'ils ont fait sur lui pour étudier notre espèce. Il m'affirma qu'il y avait autant de civilisations extraterrestres qu'il y a d'hommes différents. Il me parla du petit jardin de ville de la chanson de Jacques Dutronc et me dit que notre planète et l'Humanité étaient pour l'Univers, ce que ce petit jardin était pour Paris. Certains extraterrestres voulaient raser la Terre pour en faire une base spatiale en béton. D'autres voulaient garder ce « zoo » pour pouvoir continuer à le visiter avec leurs marmots. Ensuite, il me parla des Juifs et du Mossad qui aurait comme la CIA, dans le monde entier, des fourgons banalisés avec à l'intérieur une salle de torture pour châtier les résistants au nouvel ordre mondial. À la toute fin de son histoire, mon père ne faisait même plus de phrases. Il répétait inlassablement des mots difficilement audibles comme « Derinkuyu » ; « Vidar » ; « Baalbek » ; « Duncansby Head » ; « Ipogépolis » ; « Dogū » et « Teotihuacan ».

Lucien tilta sur « Ipogépolis ». Il avait déjà entendu ce nom quelque part. Après leur avoir resservi de la tisane, le fils Domanovitch demanda aux deux amis ce qu'il pouvait faire pour eux. Sans trop entrer dans les détails, Pierre lui expliqua qu'ils avaient consulté son site sur Internet et qu'ils étaient à la recherche de plus amples informations sur le Prince de Mortemine :

— Celui que vous appelez Vidar de Mortemine ou le Prince

de Mortemine, reprit avec gourmandise le fils Domanovitch, s'appelle en réalité Battista Pensabene. Comme tous les cosmopolites, il habite un peu partout mais sa résidence principale se trouve au nord de l'Écosse. Mon père pensait avoir trouvé l'endroit exact mais il ne découvrit qu'un château en ruine. L'origine de son immense fortune viendrait, toujours selon mon père, d'un trafic international d'œuvre d'art réalisé avec la complicité de son ami Rocaboy, un ancien membre de l'armée républicaine irlandaise et figure discrète mais éminente du grand banditisme. Après avoir tenté de convertir définitivement l'Eglise au modernisme, Vidar assassina coup sur coup les papes Paul VI et Jean Paul Ier dans l'espoir d'être élu à leur place, ce qui n'a pas pu se faire pour des raisons que j'ignore encore. Après, mon père a été enlevé et ce n'est que depuis son retour il y a une dizaine d'années que j'ai recommencé à m'intéresser à ce prince. Les premières informations que j'ai pu obtenir sont de première main puisqu'elles viennent de Jasper Balbuzard.

— Jasper Balbuzard, le ministre de l'Intérieur ? questionna Lucien sceptique.

— Oui, tout à fait. À l'époque où je l'ai rencontré, il n'était pas encore ministre, il était, si j'ose dire, seulement le directeur du renseignement intérieur. C'est lui qui est venu me trouver. Il enquêtait sur plusieurs affaires, comme des disparitions en série, des vols de fœtus et le financement du Puy du Fou. Il était persuadé que Mortemine était derrière tout ça. Il ne s'est pas trop étendu, il n'était pas là pour donner des informations mais plutôt pour en obtenir. Balbuzard savait que mon père avait été le premier à s'intéresser sérieusement au personnage. Je ne savais rien de plus que ce qu'il y avait dans les livres de mon père, de toute façon, je ne lui aurais rien dit. Jasper a été « *Young Global Leader* » et il est membre éminent du « *Paris Shanghai Club* ». C'est un pur produit de l'oligarchie mondialiste. Un traître absolu qui vend nos industries de pointe aux Allemands, nos forêts aux chinois et notre eau potable aux arabes pour financer le Grand Remplacement. C'est au cours de cette discussion que j'ai su que Vidar de Mortemine investissait massivement dans la recherche médicale en Chine. J'avais mon premier filon. Pour le reste, je ne sais pas si Balbuzard a continué son enquête, maintenant qu'il est ministre, il doit sûrement avoir d'autres chats à fouetter. De toute façon, je pense qu'il faisait fausse route avec le Puy du Fou. La clef, c'est la Chine et les laboratoires de Mortemine. La Chine, le transhumanisme, le nouvel ordre mondial et la guerre secrète contre les peuples. Vous me prenez pour un timbré, hein ?

— Non, non, pas du tout, répondirent Pierre et Lucien.

— C'est pas grave, j'ai l'habitude, ne vous en faites pas. Si vous pensez que je délire, prenez cinq minutes pour écouter Jacques Attali. Il écrit des livres aussi, mais qui prend le temps de lire aujourd'hui ? Personne. Pas même ceux qui me prennent pour un fou. J'aime cet homme parce qu'au moins, il est franc, il annonce la couleur : un gouvernement et une monnaie mondiale de gré ou de force ; l'abolition de l'argent liquide ; des milliers d'hyper-bourgeois qui jouiront de tout et pourront génétiquement s'améliorer ; des milliards de prolétaires qui iront de ville en ville chercher un travail de misère pour survivre. Vous dites ça aux gens, ils vous traitent de complotiste. Les complots, ça posent aucun problème quand tu parles de l'Empire romain mais bizarrement, ça devient un gros mot quand tu parles du monde d'aujourd'hui. Complotiste, pas complotiste, c'est même pas le problème en vérité. La vraie question que tout citoyen doit se poser est : « Est-ce que nos élites actuelles et leurs domestiques, à savoir les hommes politiques, me veulent du bien ? » Moi, j'ai ma réponse. Renseignez-vous sur l'affaire dit du « pain maudit » par exemple. En 1950, la CIA a pris un village français entier pour cobaye et a pulvérisé par voie aérienne du LSD sur toute la population pour le tester comme arme de guerre. Résultat, des dizaines de morts, cinquante personnes internées en psychiatrie et des centaines d'intoxiqués. Sachez messieurs que nous ne sommes que des rats de laboratoires pour ces gens-là.

# LE MANOIR HANTÉ

Après avoir vu le Tombeau du Géant, l'Hotié de Viviane, le jardin aux Moines et le Siège de Merlin, les deux amis exténués, se mirent à la recherche d’un hôtel pour dormir et si possible, manger un morceau. La nuit tombait en petites perles noires sur les cimes de la forêt de Brocéliande. Le vent s'engouffrait dans la chevelure des arbres et arrachait leur odeur comme un foulard glissant sur le cou parfumé d'une femme. Sur les hauteurs de Paimpont, Pierre arrêta la voiture devant le Manoir du Tertre. Cette vieille bâtisse du XVII siècle avait l'allure d'une grande maison bourgeoise abandonnée. Elle était prise comme une proie dans une immense toile de lierre que le temps avait tissée sur toutes les façades. Le Manoir était difficilement perceptible tant il faisait corps avec la nature et la nuit.

N'étant ni particulièrement peureux, ni spécialement superstitieux, les deux amis pénétrèrent d'un bon pas dans ce décor grandeur nature pour les faits divers sanglants et les films d'épouvante. Ils descendirent un petit escalier délabré qui donnait sur une terrasse. De grands blasons phosphorescents étaient incrustés au sol. Plusieurs symboles représentaient la Vierge Marie, la Royauté, la Bretagne et la Chevalerie. Pierre poussa la porte. À gauche, des chats endormis était allongée sur le comptoir d'une cuisine américaine. Appuyée sur un vieux poste de radio, une petite pancarte indiquait : « Si vous ne trouvez personne à votre arrivée, appelez Grégoire aussi fort que nécessaire ». Lucien appela une première fois en direction de la salle à manger qui était devant eux. Aucune réponse. Pierre réessaya un peu plus fort, sans succès. Les deux amis mirent leurs mains en porte-voix et lancèrent un tonitruant : « Grégoooooiiiiiiire ! » Sous les toits, un léger frémissement ondula le silence. Un claquement de porte se fit entendre, suivi de plusieurs bruits de pas qui écrasaient les marches craquantes d'un vieil escalier de bois. Éclairé dans son dos par un feu de cheminée aux proportions médiévales, Grégoire apparut tel une icône byzantine dans la profonde embrasure qui séparait la salle à manger du salon. Il avança lentement, les mains jointes, le regard perçant, et demanda ce qu'il pouvait faire pour ces messieurs. En cette saison, le Manoir était vide, il n'y avait donc aucun problème pour dormir. Pour dîner en revanche, la maison ne faisait pas table d'hôte, mais le maître des lieux se proposa gentiment de leur préparer un petit quelque chose.

Pour patienter, Grégoire les invita à se servir gratuitement et à discrétion dans le bar du salon puis à s’asseoir près de la cheminée. Pierre prit un bon verre de rhum, Lucien opta pour un grand verre de whisky. Tout en sirotant, ils déambulèrent dans la pièce, lentement et sans bruit comme s'ils étaient dans l'enceinte d'un musée. Au centre, un magnifique escalier bicentenaire menait aux étages. Les barreaux de la rampe étaient torsadés. Des triskèles et des hermines étaient sculptés sur les contremarches. Derrière les portes vitrées d'une grande bibliothèque, Lucien entrevit des ouvrages concernant les prophéties de Marie-Julie Jahenny, les secrets de La Salette et ceux de Fátima. En allant s'asseoir, Pierre trébucha sur une tronçonneuse. Un grand Manoir vide en pleine forêt, un maître d’hôtel fantasque et une tronçonneuse rouillée : tout y était. Les deux amis furent pris d’un gigantesque fou rire. Le même fou rire qu’ils avaient eu dans la librairie anarchiste vingt ans plus tôt. Il y a toujours un petit quelque chose dans les grandes amitiés qui ne meurt jamais.

Près du feu, leur deuxième verre entamé à la main, Pierre et Lucien devisèrent au sujet de la visite qu'ils venaient de faire chez Domanovitch père et fils :

— Je sais pas ce qui lui est arrivé au vieux mais il a sacrément morflé, commença Pierre avec un large sourire aux lèvres.

— S'il n'y avait pas eu les odeurs, on aurait pu croire qu'il était empaillé. Il a pas bougé d'un cil le vieux. Il m'a fait penser à ces cascades de cire qu'on voit au pied des cierges.

— Et puis l'endroit, fallait avoir le cœur bien accroché. Un vrai cabinet de curiosité. Qu'est-ce qu’il en a pensé père Lucien ?

— Qu’est-ce que j’ai pensé de quoi ? Des dragons en plastique ? Des sorcières accrochées au plafond ? De la collection de lutins en bois ou de la vitrine pleine de fées, d'elfes et de farfadets ?

— Non, répondit Pierre en pouffant dans son verre, qu'est-ce que tu as pensé de la conversation, pas de la déco.

Chauffés par l'alcool, les deux amis parlaient dans ce salon vide aussi fort que s'ils étaient dans un pub anglais un soir de match. Grégoire qui préparait dans la cuisine un ragoût de sanglier à la bière, pouvait suivre la discussion.

— J'ai pas l'impression qu'on ait appris quelque chose de nouveau, dit Lucien un œil fermé et le nez plongé dans son verre. Le fils Domanovitch n’a fait que rabâcher ce qu’il a écrit sur son site.

— J'ai personnellement bien aimé sa théorie sur les extraterrestres, je suis pas loin de penser comme lui. J'ai bien aimé aussi le passage sur le projet HAARP et la manipulation du climat comme arme de guerre, ça pour le coup, c'est pas impossible. En Chine, j'ai rencontré un ingénieur finlandais qui m'a confié avoir bossé dessus.

— Ne me dis pas que tu crois toujours aux petits hommes verts mon cher Pierre ? Je comprends mieux maintenant les penchants conspirationnistes de ton fils Marius.

— Vu l'infinie étendue de l'univers, on peut pas être seuls, c’est mathématique.

— À moins que la Terre soit un miracle. Les conditions si particulières qui ont amené la vie ici-bas ne sont peut-être reproductibles nulle part ailleurs. La science elle-même l'admet de plus en plus. Des milliards d'hommes mais un seul Léonard de Vinci. Des milliards d’étoiles mais un seul soleil.

— Certes, ils sont peu en proportion mais il y a eu d'autres génies quand même. Blaise Pascal par exemple.

— Et Vivaldi, ajouta Lucien avec un regard ému et complice.

— Et Vivaldi, évidemment. Mais c'est pas complètement faux ce que tu dis. Longtemps on a pensé que la Terre était au centre de tout, qu'il n'y avait qu'elle et que l’extraordinaire était qu'il y ait d'autres mondes. Maintenant que l'on sait que ces autres mondes potentiels existent, l'extraordinaire serait que nous soyons bel et bien seuls dans l'Univers. En tout cas, je suis d'accord avec toi père Lucien, on n'a pas appris grand-chose de plus, si ce n'est le vrai nom de Mortemine et l'origine de sa fortune. D'ailleurs, ça m'a rappelé ce que nous avait dit le fils de Jean Raspail.

— Oui, même si c'était pas tout à fait la même histoire. Lui, il disait que Vidar s'était constitué un musée fantastique grâce à sa fortune, pas qu'il avait fait fortune grâce au trafic. J'ai croisé deux fois Vidar. Je ne peux pas t'expliquer pourquoi, mais j'ai vraiment du mal à croire qu'il soit l'ogre cosmopolite que le fils Domanovitch décrit.

— Je ne sais pas. En tout cas, ça m'a l'air d'être un sacré loustic ce Vidar ! Ou devrais-je dire, ce Battista !

— Parmi les derniers mots prononcés par le père Domanovitch, il y avait « Ipogépolis ». « Ipogépolis », je savais que j'avais déjà entendu ça quelque part. Maintenant que tu me parles du fils de Raspail, je m'en souviens. Il nous avait confié avoir lu « Ipogépolis » sur une sorte de passeport que son père avait fait tomber devant lui. Je me demande bien ce que ça peut être.

Grégoire s'était ouvert une bouteille de Solutré-Pouilly et sirotait paisiblement son verre en regardant son ragoût mijoter. Jusqu'ici, il écoutait la conversation de ses deux hôtes d'une oreille distraite, mais quand il entendit « Mortemine », « Vidar » et surtout « Ipogépolis », sa colonne vertébrale se raidit et tous ses sens se mirent en alerte.

— Dans « Ipogépolis », reprit Pierre, on entend *hypogé* et *polis*. *Polis* en grec ça veut dire la cité, la ville. *Hypogé*, toujours en grec, ça veut dire souterrain. En français, le nom désigne une construction souterraine parfois destinée à recevoir des sépultures. Comme adjectif, il renvoie à un animal ou un végétal qui se développe au-dessous de la surface.

— Si je comprends bien, Ipogépolis désignerait soit une ville souterraine, soit la ville de ceux qui grandissent sous terre.

— Affirmatif père Lucien. Mais tout ça ne nous avance pas

beaucoup plus.

Grégoire les pria de passer au salon pour se mettre à table. N'ayant pas encore dîné lui-même, il se joignit à eux. En attendant que son sanglier finisse de confire dans son jus, il servit à ses convives le reste de sa bouteille de Solutré-Pouilly et leur proposa quelques tranches de chorizo et de saucisson au poivre. Grégoire était habillé comme un bûcheron canadien : chemise épaisse à carreaux rouges et noirs, jeans, ceinturon militaire en cuir et chaussures de travail. Plus que de simples vêtements, c'était son autre peau. De petite taille, les jambes effilées et les épaules étroites, on l'aurait volontiers pris de dos pour un adolescent chétif.

Grégoire commença par parler de l'histoire du Manoir du Tertre. Le lieu avait sa petite renommée car il était hanté. Des gens du monde entier venaient passer une nuit en espérant croiser des fantômes. Le Manoir avait appartenu à Geneviève Zaepffel, une grande prêtresse et médium bretonne qui commença à faire parler d'elle dans les années 30 en créant le Centre spiritualiste de Paris. Devant plus de 3000 personnes, elle faisait des grandes messes spirites ayant pour thèmes : les expériences de clairvoyance, l'activité des morts, Nostradamus, le rayonnement de l'âme, le corps fluidique, l'action des astres ou encore, la Bretagne Mystique. Geneviève Zaepffel eut sa première vision à l'âge de 7 ans. En 1939, la médium envoya à Édouard Daladier un télégramme pour qu'il ne déclare pas la guerre à l'Allemagne, guerre perdue d'avance selon elle. Geneviève était persuadée qu'Hitler était un surhomme et qu'il serait le fondateur des États-Unis d'Europe. En 1940, elle déclara à qui voulait l'entendre qu'elle était la missionnaire envoyée par Dieu pour sauver la France. En 1941, la grande prêtresse tenta sans succès de rencontrer Pétain pour le supplier d'accentuer la collaboration avec Hitler avant qu'il ne soit trop tard. Sans succès. Furieuse, la grande médium accusa le Maréchal d'être entouré de Juifs, de Franc-Maçons et de Jésuites. Depuis la mort de cette dame haute en couleur en 1971, le Manoir était réputé pour être hanté.

Lucien et Pierre qui en avaient déjà beaucoup entendu ce

jour-là, ne savaient pas comment réagir à cette histoire. En un seul regard, ils s'étaient dit sans prononcer un seul mot : « Eh ben dit donc, pour une extra-lucide, on peut pas dire qu'elle ait eu beaucoup de pif la vieille cinglée ! » Les deux amis décidèrent sans se concerter de se retenir d'exploser de rire pour ne pas offenser leur hôte qui semblait avoir de l'affection pour cette Geneviève. Pierre demanda à Grégoire :

— Nous allons donc dormir dans un Manoir hanté ! Mais hanté par qui Grégoire ?

— Eh bien, par le fantôme de Geneviève. Vous avez vu la grande peinture sur le palier du premier étage ?

— Oui, rapidement, répondirent Pierre et Lucien.

— C'est elle, avec sa grande cape blanche et sa chevelure grise en auréole. Il paraît que la peinture commence par s'animer et qu'ensuite le fantôme sort de la toile et se balade dans les chambres. Il y a même plusieurs chaînes de télévision étrangères qui sont venues faire des reportages pour tenter de capter le phénomène. Allez voir sur Internet, il y a des extraits d'une émission faite par des chasseurs de fantômes japonais.

Pierre et Lucien étaient charmés par l'ambiance. Au-dessus de leur tête, un lustre en fer forgé supportait une vingtaine d'ampoules en forme de bougie et enflammait la forêt de poutres porteuses qui poussait au plafond. La table de ferme était immense. Les chaises étaient tapissées et cloutées. Au sol, les dalles de pierre irradiaient un flux délicat et constant de chaleur accumulée. Les grandes fenêtres aux multiples carreaux projetaient sur les hauts murs de la pièce une partie du grand ballet des ombres qui se jouait dehors dans la nuit.

Grégoire Zamiatine apporta le ragoût de sanglier qu'il servit avec quelques belles pommes de terre cuites à la vapeur. Il ouvrit une bouteille de Villié-Morgon pour accompagner le tout. Il était pressé de savoir comment ces deux individus pouvaient connaître Vidar de Mortemine et surtout, comment ils avaient pu entendre parler d'une chose aussi secrète qu'Ipogépolis. Grégoire remplissait régulièrement leurs verres pour délier leurs langues. Pour les amuser, il leur parla des excentriques, des farfelus et des illuminés que le Manoir recevait à longueur d'année comme le druide autoproclamé ; la vieille fille persuadée d'être la réincarnation d'une déesse viking ; le couple de franc-maçons homosexuels en quête de sensations extrêmes ; le chasseur de fées à l'épuisette ; le photographe de lutins bleus ; le nudiste qui fait l'amour aux champignons ; et enfin, l'enseignante à la retraite qui s'identifie comme « loup » et qui se met à quatre pattes en hurlant dès qu'elle voit la lune.

Ensuite, pour les mettre en confiance, il parla longuement de lui. Lucien et Pierre passaient un excellent moment dans cet endroit hors du monde et hors du temps. Le plat était délicieux et les vins étaient frais et légers. Les échanges avec cet homme érudit étaient simples et naturels. Manifestement, Grégoire avait eu plusieurs vies. Bien qu'il n'ait pas mis les mots sur les choses, les deux amis comprirent au fil des anecdotes que leur hôte avait œuvré dans le milieu de la banque et dans certains services parallèles de l'armée française et du renseignement. Un temps, Grégoire fut affecté à la protection rapprochée des personnalités. Ce qu'il avait vu dépassait tout ce que le quidam pouvait imaginer. La France était administrée par des toxicomanes qui mangeaient dans la main du Diable. Des toxicomanes avec une psychologie de serpent, une sexualité de singe et une religion de rat. Le seul homme de pouvoir que Grégoire Zamiatine avait approché et qu'il n'accablait pas d'injure, c'était Vidar de Mortemine.

— Vous connaissez le Prince de Mortemine ? demanda Lucien les yeux écarquillés.

— À l'époque où il était directeur général des renseignements, Jasper Balbuzard m'avait demandé de faire une petite enquête sur lui. Je ne vous cache pas messieurs que je suis très étonné que vous, vous le connaissiez. C'est un personnage discret, insaisissable et inconnu du grand public.

Parfaitement éméchés, les deux amis ne prirent pas les mêmes précautions qu'avec le fils Domanovitch. Ils racontèrent tout à Grégoire. Lucien commença par sa première rencontre avec Mortemine dans les couloirs du Vatican. Pierre enchaîna avec la fabrication des couveuses en Chine. Ensuite, les deux amis parlèrent pêle-mêle de leur rencontre avec le fils de Jean Raspail, des prophéties de la voyante de la place Denfert-Rochereau, de la conversation avec le fils Domanovitch, des stèles tombales portant la date de 2033, des avortements et de la réunion secrète à Lyon. Grégoire intervenait le moins possible. Il écouta attentivement les confessions de ces deux hommes apparemment déterminés à aller jusqu'au bout de leurs investigations. À la fin du repas, Pierre essaya maladroitement d'obtenir quelques informations de lui, sans succès. Grégoire Zamiatine resta muet comme une tombe.

Vers minuit, les deux amis montèrent se coucher. Malgré le mur épais qui séparait leur chambre, Lucien pouvait entendre les ronflements de Pierre. Les minutes défilaient, Pierre ronflait toujours mais Lucien, lui, n'arrivait pas à trouver le sommeil. Aux alentours de trois heures du matin, Lucien entendit des bruits qui venaient du jardin. Il s'approcha doucement de la fenêtre et vit dans les herbes hautes Grégoire, une lampe torche à la main, qui poursuivait des enfants déguisés en fantômes. Non sans mal, Grégoire arriva enfin à les faire rentrer. Lucien sortit de sa chambre, traversa le couloir et s'allongea sur le palier. A travers les barreaux du vieil escalier, il vit toute la petite troupe s'engouffrer dans une trappe cachée par le grand tapis du salon. Grégoire leur murmura quelque chose. Lucien tendit l'oreille et entendit ces quelques mots : « Mes enfants, vous savez très bien qu'il vous est formellement interdit de venir à la surface. Soyez sages. Votre heure viendra. Bientôt le jour et la nuit seront à vous. Tout à vous. Rien qu'à vous. Allez, bonne nuit mes petits. »

Le lendemain matin, au moment de partir, Grégoire s'approcha de la voiture de Pierre. L'homme n'était plus le même. Il avait perdu sa bonhommie de la veille. Le visage rigide, il s'adressa à eux avec un calme effrayant : « Tout ce que je peux affirmer, c'est que le Prince de Mortemine n'est pas l'homme que ce Domanovitch décrit. Il est bien différent et au fond, il est bien plus redoutable. Je comprends les motivations qui vous poussent à poursuivre vos recherches. Pierre, tu te demandes à quoi peut bien servir la fabuleuse machine sur laquelle tu as travaillé pendant dix ans en Chine. Et toi Lucien, tu voudrais bien savoir ce que deviennent vraiment les enfants que tu avortes à contrecœur. C'est bien légitime. Mais si j'avais un conseil à vous donner, reprenez dès maintenant le cours normal de votre vie et oubliez toutes ces histoires. Ça vaut mieux pour vous. Adieu messieurs et faites attention sur la route. »

# LA RECONQUÊTE

# LA DISPARITION DE PIERRE

Pierre et Lucien avaient plusieurs fois discuté de leur escapade à Brocéliande et tout particulièrement de leur passage au Manoir. Un mois après, ils ne savaient toujours pas quoi penser de ce Grégoire. Impossible de savoir si son impassibilité était celle du sage ou celle du bourreau. Bien que sympathique et cultivé, l'homme n'était peut-être qu'un mythomane. Son amitié avec l'interprète de Vladimir Poutine, ses voyages aux quatre coins du monde, ses multiples métiers et ses anecdotes concernant tout le gratin de la politique, tout cela n'était peut-être qu'une fable qui, bien racontée à des esprits affaiblis par l'alcool, pouvait facilement prendre l'apparence de la vérité. Sa poignée de main sèche et ses dernières paroles glacées leur donnaient encore la chair de poule. Sérieux ou non, son avertissement aux allures de menaces fit son effet. Pendant plusieurs semaines, il n'était plus question pour les deux amis d'enquête. Le nom « Mortemine » et le mot « Ipogépolis » ne furent même pas prononcés. De toute façon, Pierre et Lucien n'avaient pas le moindre filon à explorer. Ils n'avaient plus aucune piste.

Le temps passa et sans se concerter, chacun essaya de trouver des éléments nouveaux. Pierre appela ses anciens collègues de Shenzhen qui avaient travaillé avec lui sur les « *Revival* ». Beaucoup de numéros de téléphone n'étaient plus attribués. La seule personne qu'il réussit à avoir au bout du fil lui raccrocha au nez. De son côté, Lucien essaya de reprendre attache avec le Docteur Dénikine. Ce dernier lui assura avec gravité n'être qu'un simple exécutant et lui conseilla sur le même ton que Grégoire, de poursuivre sa mission sans faire de vague. Lucien avait peur. Alors la conscience en sang, il continua ces avortements qui lui faisaient horreur. C'était grâce au Prince de Mortemine que Lucien et Pierre étaient tombés en amitié dans la librairie anarchiste. C'était encore grâce au Prince de Mortemine que leurs liens s'étaient resserrés alors qu'ils avaient été si longtemps distendus. Pas de Prince, pas de

Pierre. Plus de Prince, plus de Pierre.

Voilà déjà deux ans qu'ils avaient été en Bretagne et depuis, les deux amis ne s'étaient pas revus. Quelques appels par-ci par-là, notamment le soir des attentats du 11 septembre. Pierre apprit à Lucien que les bureaux new-yorkais de Vidar étaient situés aux derniers étages de la tour numéro 2 du *World Trade Center.* Les deux amis ne purent s'empêcher de trouver ça étrange.

Lucien n'en pouvait plus de tourner en rond. Le doute le rendait fou. À chaque fois qu'il avait pu, il avait suivi l'« Ange » qui venait après l'opération récupérer le fœtus. À chaque fois, comme par enchantement, les « Anges » s'envolaient dans les escaliers de l'hôpital. Grâce à eux, il voulait remonter la piste pour savoir enfin ce que devenaient ses pauvres enfants. Hormis la peur des représailles, c'était pour ça qu'il avait continué les avortements qu'il le rendait physiquement malade. Fatigué de courir après des fantômes, Lucien passa un matin à Lariboisière pour voir Dénikine et l'obliger à parler. Selon sa secrétaire, il avait disparu. Volatilisé. Du jour au lendemain, plus personne n'eut de nouvelles du Docteur. Il était injoignable. Il n'y avait plus aucune trace de lui ni à son bureau, ni à son domicile. À croire qu'il n'avait jamais existé. La tête basse, Lucien marchait en direction de la sortie. Tout à coup, son épaule percuta celle d'un homme. C'était un « Ange ». L' « Ange » accéléra le pas, prit un escalier de service et avala les marches trois par trois. Lucien le suivit tant bien que mal. Il arriva tout essoufflé sur le toit où un hélicoptère attendait, prêt à partir. L'« Ange » s'engouffra dans la cabine.

L'engin décolla.

Pendant la fermeture de la portière, Lucien s'était cramponné au train d'atterrissage après avoir chuté. À cheval sur un patin, il enleva sa ceinture et s'attacha le poignet droit au marchepied. La tour Eiffel sur la gauche, l'arc de Triomphe sur la droite, le pilote avait mis le cap sur le sud-ouest. Intérieurement, Lucien se traita d'imbécile, d'irresponsable, de suicidaire et de fou. Pourtant, une petite partie de lui-même était fière de sa décision et se grisait au contact du danger.

Un reliquat de chevalerie errait dans son sang.

Lucien ferma les yeux pour oublier le vide. Il se mit en boule comme un hérisson apeuré et se mit à crier :

Ne pas tomber !
Ne pas tomber !
Ne pas tomber !
Ne pas tomber !
Ne pas tomber !
Ne pas tomber !
Ne pas tomber !
Ne pas tomber !
Ne pas tomber !
Ne pas tomber !
Ne pas tomber !
Ne pas tomber !
Ne pas tomber !
Ne pas tomber !
Ne pas tomber !
Ne pas tomber !
Ne pas tomber !
Ne pas tomber !
Ne pas tomber !
Ne pas tomber !
Ne pas tomber !
Ne pas tomber !
Ne pas tomber !

Au bout d'une heure, l'hélicoptère amorça une descente. Lucien était frigorifié. Avant de s'évanouir, il ouvrit avec ses dernières forces une paupière et aperçut en-dessous de lui ce qui devait être un parc d'attractions ou un parc à thème.

Quand Lucien reprit connaissance, il était dans son lit. Il n'avait pas la moindre idée de l'heure qu'il était. Son poignet droit avait été bandé à la hâte, il lui faisait horriblement mal. Comment avait-il atterri chez lui ? Qui lui avait prodigué les premiers soins ? Il n'en avait pas la moindre idée. Il se servit un grand verre de whisky pour faire passer la douleur et il alluma la télévision. Il tomba sur une rétrospective de l'année 2002 : la mise en place de la monnaie unique qui allait assurer la puissance, la prospérité et le plein emploi à tous les peuples d'Europe ; les 21 morts de la synagogue de la Ghriba, à Djerba en Tunisie, tués dans un attentat suicide revendiqué par le groupe Al-Quaïda d'Oussama Ben Laden ; la réélection du démocrate Chirac contre le fasciste Le Pen ; la quatrième victoire de Lance Armstrong sur le tour de France. Lucien éteignit son téléviseur, il avait eu les informations qu'il cherchait : 22H30, vendredi 20 décembre. Son amnésie n'avait pas duré si longtemps. C'était le matin même qu'il était allé à Lariboisière pour débusquer Dénikine. Tout son corps frissonnait et sa peau brûlait. Il tenait à peine debout. Il se resservit un grand verre de whisky, le but d'une seule traite et retourna dans son lit.

Les jours suivants, Lucien tenta à plusieurs reprises de joindre Pierre. Il tombait à chaque fois sur son répondeur. Il essaya sur le portable de Li-Wei sans plus de succès. Lucien ne tenait plus en place et ce silence l'inquiétait. Il prit sa voiture et partit pour Beaune. Arrivé devant la maison de son ami, il vit les deux voitures garées dans la cour, ce qui apaisa un instant ses craintes. Le moteur de la voiture de Pierre tournait. La portière passager et le coffre étaient ouverts. « Ils doivent s'apprêter à partir » se dit-il à lui-même sans trop y croire. Il s'avança jusqu'à la porte d'entrée et sonna. Il entendit de la musique à l'intérieur. Elle devait couvrir le bruit de la sonnette.

Il entra.

Un chat qui déboulait à toute vitesse pour sortir le fit sursauter. Une odeur de cramé sortait de la cuisine. Comme dans toutes les autres pièces, les lumières étaient allumées. Un gâteau au chocolat calciné fumait dans le four. Le lave-vaisselle était en train de tourner. De la farine était parsemée sur le plan de travail. Le pas de plus en plus lourd, Lucien entra dans le salon. Son cœur battait fort dans sa gorge. Des paquets cadeaux encore intacts étaient posés sous un grand sapin. Sur la table basse près du canapé, deux coupes de champagne à moitié vides étaient posées à côté d'un petit plateau d'amuse-gueules entamé. Lucien frissonna en repensant au glaçant « reprenez le cours normal de votre vie » de Grégoire et à l'inquiétant « sans faire de vague » du Docteur Dénikine. Seul dans cette maison qui avait tout de la scène de crime, il s'imagina le pire. Il inspecta les lieux de fond en comble mais ne releva aucune trace de sang ni aucun signe d'affrontement. Dans les chambres, les tiroirs entrouverts, les vêtements encore chauds et les lits défaits, trahissaient des présences humaines brutalement disparues. Ne sachant quoi faire d'autre, Lucien biberonna du whisky dans sa voiture et surveilla la maison de Pierre toute la nuit.

## LE TERRIBLE AVEU

Lucien s'était endormi la bouteille à la main. Au lever du jour, rien n'avait bougé. Fouetté par la panique, il démarra en trombe. Il prit la direction opposée à Paris et roula sans s'arrêter. Chalon-sur-Saône, Tournus, Mâcon, les dernières villes de Bourgogne défilaient aussi vite que des stations de métro. À l'approche de Lyon, les images de la réunion secrète dans la crypte ressurgirent. Par superstition, il refusa de traverser la ville et bifurqua sur Clermont-Ferrand. Il s'arrêta au niveau d'Issoire le temps de faire le plein et repartit en catastrophe comme s'il était poursuivi.

Peut-être l'était-il d'ailleurs ?

Cette idée compressa sa poitrine. Il écrasa la pédale de l'accélérateur. À mesure que la fatigue l'envahissait, la nuit s'épaississait et se collait à son pare-brise. Lucien passa sa première nuit de fugitif dans les Cévennes, à l'orée d'une petite clairière entourée de châtaigniers. Réveillé en sursaut par les bois d'un grand cerf qui tapaient contre sa vitre, il partit ébloui par les premiers rayons de l'aurore en direction de Toulouse. Complètement désemparé, il avait besoin de voir un visage ami. Il décida alors d'aller à Escanecrabe pour rendre visite à

Gilbert.

Une fois sur place, Lucien fut contraint de se garer à deux cent mètres de la maison. Une centaine de malades obstruaient la rue et attendaient d'être reçus par le « rebouteux du bon Dieu ». Il remonta la file d'attente à pied et vit passer sous ses yeux tout ce que la Terre compte d'infirmité, d'affection, de difformité, d'infection et de cécité. Il entra sans frapper dans le cabinet.

Personne.

La salle avait été complètement vidée. Lucien fit un petit tour dans la maison. Tout ce qui appartenait à Gigi avait disparu. Il alla voir le jardin. Même le parachute qui n'avait pas bougé depuis que Gigi avait atterri pour voir sa mère mourante n'était plus là. Lucien demanda à une vieille femme où était le « rebouteux du bon Dieu ». Elle n'en savait rien. Elle l'attendait là depuis six heures du matin. Elle se mit à pleurer. Dénikine, toute la famille de Pierre, et maintenant Gilbert. Ça ne pouvait pas être une coïncidence. Quelqu'un faisait le ménage autour de lui.

Et le prochain sur la liste, c'était lui.

Évidemment.

Lucien ne maîtrisait plus ses sens ni ses pensées. Sa peur avait rongé la muselière de son imagination enragée qui, toute gueule ouverte, bavait et aboyait dans son crâne. Il se sentait épié et traqué. Il ne voyait pas d'autre issue que la fuite perpétuelle. Il en était persuadé, s'il retournait chez lui, il serait enlevé, torturé et assassiné.

Alors, Lucien ne rentra pas.

Pendant plusieurs mois, il roula au hasard, un œil fixé sur la route et l'autre vissé sur le rétroviseur. Comme pour donner un cadre à ce chaos, il prit la résolution de visiter le cimetière et l'église de chaque ville qu'il allait traverser pour vérifier par lui-même cette étrange histoire de stèle et d'inscription au plafond qu'il avait lu sur Internet dans la chambre du petit Marius. Bayonne, Pau, Toulouse, Grisolles, Montauban, Castelsarrasin, Nègrepelisse, Albi, Castres, La Salvetat-sur-Agout, Narbonne, Bézier, Nîmes, Avignon, Carpentras, Montélimar, Valence,

Grenoble, Chambéry, Mâcon, Dijon, Besançon, Vesoul, Belfort, Mulhouse, Colmar, Nancy, Metz, Verdun, Reims, Soissons, Compiègne, Amiens, Arras, Lens, Dunkerque, Berck, Dieppe, Rouen, Etretat, Honfleur, Lisieux, Cabourg. Dans tous les cimetières principaux de ces communes, à quelques exceptions près, il trouva une de ces stèles avec toujours la même année de naissance : MMXXXIII (2033). Les années de décès allaient maintenant jusqu'à 2003. Lucien trouva également sur le plafond de chaque église MMXXXIII gravé près des horloges.

Dans une rue commerçante de Caen, une silhouette au loin attira son attention. Avec la main droite, une femme tirait un grand landau de taffetas et de ferrailles. Avec la main gauche, elle sécurisait son parcours avec une fine canne blanche. Autour d'elle, comme des petits garçons d'honneur, une dizaine de chats jouaient avec sa longue robe noire et trouée. Ainsi que le font les mamans avec leur nouveau-né, grâce à une longue écharpe, elle avait plaqué sur sa poitrine une poupée en plastique qu'elle bécotait toute la journée. À son approche, Lucien suivit les autres piétons qui s'écartaient pour laisser passer la pauvre aveugle. Quand il arriva à son niveau, il reçut un coup de canne dans les tibias. Par réflexe, il s'excusa. Dès que la miséreuse femme entendit sa voix, elle s'approcha de lui avec les mains en l'air pour trouver son visage. Elle lui demanda : « Lucien c'est toi ? Oui c'est toi Lucien ! » Malgré sa paranoïa, malgré sa peur et malgré son dégoût, Lucien resta immobile et laissa ces mains boudinées aux ongles jaunâtres s'approcher de lui et le toucher. Ses bras tremblaient et d'une voix gémissante elle suppliait : « Dis-moi que c'est bien toi Lucien ! Dis-moi que c'est toi ! » Lucien fit d'abord un inutile « oui » de la tête et répondit : « C'est moi Margaux. »

Margaux s'effondra à ses pieds. Elle s'agrippa de toutes ses forces à ses mollets et cria en pleurant : « Pardon Lucien ! Je te demande pardon. Je n'aurais jamais dû. Pardon Lucien ! Je te demande pardon ! » Lucien leva les yeux au ciel comme pour s'assurer que le Créateur là-haut ne loupait pas une seule miette du drame de sa Création. Il posa le bout de ses doigts dans sa chevelure dégarnie et grisâtre et lui dit :

— Lève-toi Margaux, c'est une vieille histoire maintenant. Faut pas te mettre dans des états pareils. Regarde comme tu es faible.

— Pardon, Lucien… pardon.

— Arrête de pleurer. On était très attiré l'un par l'autre, mais on ne s'aimait pas vraiment. Voilà tout.

— J'aurais dû t'en parler, te dire que…

— Me dire quoi Margaux ?

— Te dire que… te dire…

— Me dire quoi Margaux bon sang !

— Te dire qu'après la semaine que nous avons passé ensemble chez moi, je… je… je… suis tombée enceinte de toi…

— J'ai peur de comprendre…

Lucien poussa violemment avec ses jambes les bras de Margaux pour se défaire de sa pathétique étreinte. Son front heurta le sol. Elle leva péniblement la tête vers lui. Elle ressemblait à une vieille sirène recrachée par la mer. Elle s'était légèrement blessée. Son maquillage troublait ses larmes, elle semblait pleurer du sang.

— Oui… je suis tombée enceinte de toi… et j'ai paniqué. J'ai pas su quoi faire. Et puis les autres… elles m'ont dit que c'était rien, que c'était sans risque et que ça n'allait pas faire mal… pas faire mal ? Tu parles ! J'aurais dû te le dire… qu'on puisse en parler. Mais elles ne voulaient pas… elles me disaient que c'était pas la peine, que toutes les femmes le faisaient. Alors j'y suis allée. Je me suis fait avorter.

— Combien de semaines ?

— Comment ?

— À combien de semaines t'as avorté ?

— Quelle importance ?

Lucien se baissa vers elle. Il l'empoigna au niveau du cou et la secoua violemment :

— Réponds Margaux ! Réponds !

— À la quatorzième semaine.

— Où ça ?

— Comment ça, où ça ?
— Dans quel hôpital ?
— Mais…
— Margaux, dans quel hôpital bordel ?
— À Paris, à l'hôpital Amand-Trousseau dans le douzième arr...

Margaux n'avait pas fini sa phrase que Lucien était déjà loin. La pauvre fille rampait sur le pavé. Elle agitait ses bras dans le vide comme si elle était en train de se noyer dans l'air. Elle cherchait Lucien. « Lucien ? Tu es là ? Tu n'es pas parti quand même ? Lucien, ne me laisse pas, je t'en prie ! » Elle se brisa la voix en hurlant. Éreintée, la Bête qui fut un jour Belle se coucha sur le dos. Au milieu de la rue, Margaux mourut de chagrin en caressant le visage de son bébé en plastique. Quand elle fut ramassée quelques heures plus tard par les pompiers, son corps était recouvert par ses chats qui avaient commencé à lui dévorer la peau.

Pendant qu'il visitait les églises et les cimetières, Lucien avait échafaudé nombre d'hypothèses. L'une d'elle était que les mystérieuses stèles étaient les sépultures promises aux enfants avortés lors de la réunion secrète à Lyon. Quand Margaux lui fit sa terrible confession, cette simple supposition devint dans son esprit au désespoir, la seule solution possible. À quoi correspondaient les inscriptions sur les stèles et la date gravée au plafond des églises ? En quelle année les « Anges » avaient-ils commencé à collecter les fœtus ? Le médecin qui avorta Margaux faisait-il partie de l'intrigue ?

Lucien ne se posa pas toutes ses questions.

Il monta en sueur dans sa voiture et fonça sur Paris. Il mit à peine 2h30 pour rejoindre la nécropole la plus proche de l'hôpital Amand-Trousseau. Lucien escalada le mur du cimetière de Picpus et alluma sa lampe de poche. Le faisceau de lumière éclaira la tombe d'André Chénier, mort guillotiné car selon les mots de l'accusateur public Fouquier-Tinville, la République n'avait pas besoin de poète. Quelques mois avant lui, la République coupa la tête de Lavoisier car elle n'avait pas besoin de savant non plus. L'avenir de leur Révolution nous a appris que la République n'avait en réalité pas besoin de Français. Lucien avança. Dans un coin, l'étendard américain dansait sur le cercueil du marquis de Lafayette comme un aigle obèse et ivre. Derrière la tombe d'Aimé Picquet du Boisguy, un général chouan, il aperçut une de ces mystérieuses stèles sur laquelle était gravé : KORRIGAN – MMXXXIII (2033) – MCMXC (1990). Son torse tomba de toute sa masse chagrine sur ses chevilles. Lucien frotta ses yeux avec ses poings. Il regarda une nouvelle fois la stèle et se mit à pleurer. Korrigan, c'était son nom et 1990, c'était l'année de l'avortement de Margaux.

A travers la cascade de ses sanglots, il entendit au loin un bruit de ferraille. C'était le Prince de Mortemine qui fermait la grille du cimetière en sortant. Lucien ne tourna même pas la tête et resta prostré toute la nuit sur la tombe de son enfant.

## PEN-HIR

Deux ans s'étaient écoulés. Lucien était retourné à Roscoff, la ville de son enfance. Il avait tout abandonné, son travail, son appartement, ses peurs, son enquête et même sa volonté de vivre.

Il était devenu marin-pêcheur.

À chaque sortie en mer, il espérait faire naufrage. Il suppliait le ciel de le noyer. Mourir, il en était parfaitement capable. Mais se tuer, il n'en avait pas la force. Certaines nuits, quand les astres d'autres galaxies venaient se baigner autour de son bateau, il arrivait à oublier sa vie d'avant. Son âge n'alourdissait plus ses membres et ses souvenirs n'accablaient plus sa conscience. Partir sur un coup de tête au Vatican aura été son péché originel qui changea son existence en chute. Voilà ce que son crâne ressassait. Quelle aurait-été sa vie s'il n'avait pas pris cette décision ? Il n'en savait rien mais ce qui était certain, c'est qu'elle aurait été moins décevante, moins pathétique. Il n'aurait jamais dû quitter le Finistère. Son atmosphère était faite pour lui.

Le murmure musical des vagues, le ballet des embruns, l'effet narcotique de l'iode, Lucien sentait un subtil va-et-vient entre lui et les abysses.

L'océan le respirait.

À chaque inspiration, ce dieu liquide recrachait dans ses poumons une âme moins vile.

Un jour, en fin d'après-midi, il jeta l'ancre de son chalutier dans le petit port de Roscanvel, sur la presqu'île de Crozon. Il rangea sa bouteille de whisky dans sa musette, mit sa musette en bandoulière et partit se promener. Sous sa vareuse, il portait le pull que le jeune berger italien lui avait offert. Ce pull qu'il avait le jour même troué pour s'être trop saoulé. Contrairement à ce qu'il s'était promis, non seulement il ne l'avait jamais fait recoudre mais d'autres trous étaient apparus.

Les stigmates d'autres beuveries.

Au bout d'une heure et demi, il traversa Camaret-sur-mer. Une fois là-bas, il alla voir les alignements de Lagatjar. Lucien trouvait étrange que ces champs de pierres géantes intriguent encore ces hommes inventeurs de la bombe atomique. Sont-ils des instruments astronomiques pour calculer la position des astres ? Des grands cimetières ? Des armées pétrifiées par des divinités ennemies ? Des temples druidiques ? Lucien avait sa petite théorie. Pour lui, soit ils étaient des chefs-d'œuvre de l'ennui à une époque où il n'y avait ni puzzles à faire ni timbres à collectionner ; soit ils étaient des appels aux secours envoyés aux habitants du ciel, une manière de leur signaler la présence d'hommes livrés seuls à leur sort ici-bas.

Quelque soit la raison de leur présence, ces pierres levées, malgré leur absolue simplicité, possédaient un puissant pouvoir d'attraction. Lucien posa sa main longuement sur une d'entre elles comme si quelque chose d'autre qu'une banale sensation de froid pouvait se produire. Quelque chose de l'ordre du fantastique. Quelque chose qui soulage. Quelque chose qui guérit.

Une ultime absolution.

Il continua sur le bord de la départementale 8 sa déambulation de plus en plus sinueuse qui lui valut à plusieurs reprises des méchants coups de klaxon. Sa lucidité déclinait avec le soleil. Quand il arriva à la pointe de Pen-Hir, il faisait nuit. Seules quelques petites étincelles en retard courraient encore sur la crête des vagues pour rejoindre leur foyer en fuite. Lucien s'approcha de la falaise et regarda avec une admirative incompréhension la beauté panoramique qui s'offrait impudiquement à lui. À la pensée de faire le chemin inverse pour rejoindre son bateau, il sentit une enclume tomber dans son ventre. « Plutôt mourir que rentrer chez moi, je ne bougerai pas d'ici » dit-il à haute-voix. Comme si le paysage avait des oreilles et qu'il pouvait entendre ce bougre d'homme.

Sans le regarder, le vide l'attirait et l'invitait à plonger. L'océan, l'air et le ciel s'étaient imbibés comme un vieux buvard d'une épaisse encre noire. Lucien sentit une présence derrière lui. Il se retourna mais ne vit rien. Soudain, la nuit s'adressa à lui. Pétrifié, il resta la poitrine tournée vers la philharmonie des flots :

— Ne fais pas de bêtise Lucien.

— Qui est là ?

— Je suis celui que tu as longtemps cherché.

Au son de cette voix, Lucien tressaillit. Après Dieu, il n'y avait qu'une seule personne au monde qu'il avait durant toutes ces années vainement tenté d'atteindre et de connaître : Vidar de Mortemine.

— Alors c'est vous, Prince.

— C'est moi. J'aimerais que tu fasses un pas en arrière. Vu ton état, je ne voudrais pas qu'il t'arrive malheur.

— Le malheur vous savez, il n'a pas attendu ce soir pour arriver.

— Oui… je sais bien Lucien, répondit Vidar, qui en frôlant de la main son Beretta, repensa au soir où l'Abbé Alméria s'était suicidé après avoir tué Don Vito. Recule mon ami, sinon tu vas tomber. Allez, viens vers moi.

— Je ne suis qu'un con ! cria Lucien avec des sanglots dans la voix.

— Ne dis pas ça, répondit paternellement le Prince.
— C'est pourtant la vérité. Je suis un con. Un gros con.
— Si c'était le cas, je ne serais pas ici ce soir.
— J'ai honte de moi. J'ai honte de ma vie. J'ai honte de mes choix. Qu'est-ce que je suis allé foutre au Vatican ? Qu'est-ce qu'il croyait monsieur Korrigan ? Qu'il allait être reçu en grande pompe par le Pape ? Quel abruti mon Dieu ! Mais quel abruti !
— Tu ne devrais pas avoir honte. Éprouver de grands sentiments est la marque des âmes supérieures.
— Supérieures ? Prince, vous vous moquez de moi ? Depuis ce jour de janvier 75, ce jour maudit, j'ai tout raté ! Tout, absolument tout !
Dans le noir, le Prince de Mortemine fit une grimace de désapprobation. Après un long silence, Lucien reprit l'échange avec une légère insolence dans la voix :
— Que me vaut l'honneur de votre présence monsieur le Prince ?
— J'aimerais beaucoup te présenter quelqu'un.
— Ah bon ? Ça ne m'intéresse pas. Je ne veux plus voir personne.
— C'est un jeune garçon de quinze ans, appuya le Prince avec fierté.
— Et pourquoi je devrais accepter de rencontrer ce gosse ?
— Pour te rendre compte par toi-même que tu n'as pas tout raté cher Lucien. Loin de là !
Lucien prit sa bouteille de whisky dans sa musette et but une bonne gorgée. Il s'essuya les lèvres avec sa manche et reprit agacé :
— Je ne vois pas où vous voulez en venir. Je suis fatigué. Vous êtes venu jusqu'à moi pour me proposer de rencontrer un gosse de 15 ans ? C'est une plaisanterie ?
— Lucien, répondit Vidar avec gravité, sache que je ne plaisante jamais lorsqu'il s'agit d'enfants.
— Alors pourquoi ? Bon sang pourquoi ?
— Disons que ce gosse comme tu dis, est un peu spécial.
— Ah oui ? Et en quoi ?

— Parce que c'est ton fils Lucien.

Lucien fut foudroyé par la réponse du Prince de Mortemine. Il trébucha sur une pierre et tomba de la falaise. Au lieu de s'écraser sur les rochers ce qui l'aurait tué sur le coup, il percuta avec fracas le pont du « Caracal », le voilier de Rocaboy qui mouillait entre les écueils.

## COMA

Quand Lucien reprit connaissance, il était juché au plafond d'une chambre aux murs blancs et sans fenêtre. Au-dessous de lui, il vit son corps allongé sur un lit. Son front était bandé et ses jambes étaient plâtrées. Ses sourcils froncées et son visage crispé n'exprimaient que la souffrance. La première chose qu'il lui vint à l'esprit c'était qu'il était mort. « C'est donc ça, la mort. C'est bien beau mais qu'est-ce que je dois faire maintenant ? » Deux personnes en blouse blanche rentrèrent dans la chambre. Lucien eut peur d'être surpris comme s'il était dans une posture honteuse, mais manifestement personne ne pouvait ni le voir ni l'entendre. En revanche, lui, il voyait tout avec une précision inégalée et entendait le plus petit murmure avec une acuité exceptionnelle. À en croire l'échange entre les médecins, il était dans un coma profond. Malgré cette expérience paranormale et macabre, Lucien se sentait bien. Il n'avait mal nulle part. Pour la première fois de sa vie, il était parfaitement serein. La lancinante question du pourquoi des choses ne l'accablait plus. Il était simplement là.

C'était comme ça.

Et c'était bien.

Pour se déplacer, il lui suffisait de viser par la pensée un objet ou un endroit pour immédiatement s'en approcher. Déplacer n'était pas le bon terme. Il n'avait pas la sensation de faire un mouvement mais bien plutôt d'apparaître. Dans cette dimension de la réalité, les concepts de distance, de corps et d'obstacle n'avaient aucun sens.

Lucien sentit une présence dans la pièce d'à côté. En un instant, il se trouva derrière un adolescent en position de prière. Son corps étonnamment développé pour son âge était recouvert par une toge romaine noire. Le jeune homme se leva et quand il se retourna, Lucien fut frappé de stupeur. À quelques détails près, ce garçon, c'était lui. Lui en plus jeune et moins maladif. Il l'observa et eut pour lui une immense compassion. Une profonde mélancolie le submergea. Il lui dit : « Mon pauvre petit Lucien. Qu'est-ce que tu es devenu ? Tu n'avais pas un mauvais fond, tu avais même quelques qualités, mais la greffe n'a pas pris. Il n'y avait pas de place pour toi ici-bas et tu n'as pas eu la rage nécessaire pour te frayer un chemin. Tu n'aurais peut-être pas dû quitter la prêtrise. Quoi de plus déchirant que des espoirs irréalisés ? Quoi de plus affligeant qu'une vie gâchée ? Tu sais petit Lucien le plus terrible dans tout ça ? C'est que si tu pouvais m'entendre, si je pouvais te parler, je ne saurais même pas quoi te conseiller pour t'éviter ce triste destin. Je te dirais bien « Lucien, montre les dents et sois féroce ! » Mais la vie, ce n'est pas de la magie. Il ne suffit pas de dire pour être. Bien sûr, j'ai manqué parfois de courage, bien sûr, j'ai souvent fait les mauvais choix, mais je crois surtout qu'il y a des races d'âmes inadaptées aux règles du monde. Et malheureusement tu es de celles-là. » Soudain, une violente angoisse étrangla Lucien. Si ce garçon était lui plus jeune, il n'était donc pas sorti de son corps. Ce n'était pas la réalité qui se déployait autour de lui. Tout ça n'était qu'un rêve. Pourtant, jamais un rêve ne lui était apparu aussi tangible. Puisque c'était la seule chose qu'il pouvait faire, il continua à errer.

Comme un ruissellement derrière la paroi d'une grotte, Lucien entendit un bourdonnement de voix humaines qui se déplaçaient en essaim. En un clin d'œil, il se retrouva dehors, assis sur des gradins. Devant lui, au milieu d'un stade plein à craquer, des dizaines de chevaliers protégeaient d'une invasion barbare une centaine de femmes et d'enfants habillés comme au Moyen Âge. En voyant le ciel, il réalisa que les pièces qu'il avait traversées étaient en sous-sol.

Lucien réapparut dans sa chambre. Des médecins faisaient toujours des va-et-vient. Une infirmière changeait ses bandages gorgés de sang. Il sentit au-dessus de lui la sourde rumeur d'une nuée d'oisillons tourbillonnants. Il traversa le plafond et se retrouva au milieu d'une immense pouponnière. Des centaines de femmes gardaient des milliers de bébés. Deux d'entre elles discutaient :

— Comment est-ce que tu t'es retrouvée ici toi ?

— Je suis stérile et j'ai toujours rêvé d'avoir des enfants. Depuis que je suis là, je suis en quelque sorte plusieurs fois maman. Et toi ?

— Moi, mon mari n'en voulait pas. Après la ménopause, j'ai fait une grave dépression là-haut. Dès qu'on m'a proposé de venir ici, j'ai immédiatement accepté.

Lucien trouvait la discussion étrange. Il ne comprenait pas très bien ce qu'elles entendaient par « ici » et « là-haut » et n'arrivait pas à comprendre où il se trouvait exactement. Étaient-ce les souterrains d'une maternité ou ceux d'un orphelinat ?

Impossible à dire.

Lucien sentit au-dessous de lui la présence de son ami Pierre. Il descendit plusieurs niveaux. Il faisait aussi sombre qu'au fond des océans. Pierre était en train de réparer une machine en forme de bulle translucide et luminescente. Il y en avait des semblables à perte de vue autour de lui. Au loin, il vit quelqu'un sortir d'un monte-charge. L'homme était habillé de la même façon que les « Anges » qui venaient à l'hôpital Necker pour chercher les embryons. Il avait à la main exactement la même valise.

Au moment où l'homme s'adressa à Pierre, Lucien se sentit attiré vers sa chambre. Gilbert, le « rebouteux du bon Dieu » commençait sur lui une séance d'acupuncture. Ses mains d'ours arrivaient à manier avec une précision stupéfiante ces aiguilles si fines qu'elles étaient presque invisibles. Gigi lui piqua le cuir chevelu, la plante des pieds, la paume des mains, les cuisses et le torse. De temps en temps, il frottait le haut cuivré des aiguilles entre son index et son pouce. Il attendait et il recommençait. Lucien resta plusieurs heures à contempler l'homme qui lui avait donné le goût de la médecine, l'homme qui à son grand regret, n'avait pas pu être son maître.

En un éclair, Gilbert disparut.

Lucien traversa plusieurs plafonds en direction de la surface. Il vit une salle de classe. Le jeune professeur de latin qu'il avait eu en terminale avait des rides et une grande barbe blanche. Il donnait un cours de tactique militaire romaine à une trentaine de jeunes gens attentifs et disciplinés. Lucien entra ensuite dans un immense amphithéâtre où le Prince de Mortemine était en train de faire un discours devant une assemblée d'hommes et de femmes tirés à quatre épingles :

« Avec Ipogépolis, nous avons concilié l'eugénisme et la morale. Nous avons concilié la sélection naturelle du plus fort et la défense du plus faible. En un mot, avec Ipogépolis nous avons concilié la réalité de la matière et la vérité de l'esprit. Pourquoi ? Parce que rien ne se fait sans force et que rien de grand ne se fait sans justice. Là-haut, nous n'étions que quelques étincelles, mais des étincelles stériles puisqu'il n'y avait plus de bois à embraser. Vous l'avez compris mes chers amis, aucune évolution positive de la société n'était physiquement possible là-haut. À part de minimes exceptions dont vous êtes, personne ne souhaite de grands changements. Pourquoi ? Parce que s'ils ont encore des besoins, s'ils ont encore des bribes de désirs, les hommes de là-haut n'ont plus aucune volonté. Et la volonté, vous le savez mes chers amis, c'est comme la foi, ça ne se décrète pas. Si d'aventure des Français et plus largement des Européens, étaient prêts à combattre pour reprendre le contrôle de leur destinée, ils ne trouveraient aucun chef valable pour déposer les traîtres et repousser l'ennemi. Le poisson pourrit par la tête. La pourriture dirige nos vies et empeste le pays. Ne faut-il que constater que la France est une plaie profonde et béante, beaucoup de beaux esprits veulent bien l'admettre. Est-il besoin de nettoyer et de désinfecter, l'on ne rencontre plus personne pour s'y mettre. Divine ironie de l'Histoire, où avons-nous trouvé cette volonté invincible de vivre, cette volonté qui va tout renverser sur son passage ? Cette volonté, nous l'avons ramassée dans les poubelles de nos hôpitaux. À l'abandon, elle barbotait dans les déchets… »

Soudain, Lucien entendit des coups de feu. Instantanément, il fut projeté au milieu d'un stand de tir. Les balles pleuvaient à l'horizontal sur des cibles déchiquetées. La rafale s'arrêta. Tous les élèves mirent leur casque antibruit autour de leur cou pour écouter les directives d'un petit homme qui n'était autre que Grégoire Zamiatine. Lucien commença à s'approcher de lui quand il fut brutalement attiré dans sa chambre. Les tempes perlées de sueur, le docteur Dénikine pratiquait sur son torse un massage cardiaque. Au plafond, Lucien observait sans émotion la scène quand subitement un tourbillon de néant l'aspira vers son corps.

Puis, plus rien.

## LES GRANDES RETROUVAILLES

Lucien ouvrit les yeux. Comme un programme qui se charge sur le disque dur d'un ordinateur, son nom, son prénom, son sexe, son âge, son origine géographique, son apparence et son histoire revenait progressivement à lui. En revanche, concernant le jour et l'année, il ne reçut aucune information. L'image la plus récente qu'il avait en tête, c'était la pointe de Pen-Hir. Elle était floue et semblait si lointaine que bien d'autres événements avaient dû avoir eu lieu depuis. Mais Lucien ne se souvenait plus de rien.

Le trou noir.

Avec peine, il souleva sa tête pour regarder autour de lui. Manifestement, il était dans une chambre d'hôpital. Sans s'en inquiéter, il remarqua néanmoins que la pièce n'avait pas de fenêtre. Une infirmière entra et repartit aussitôt. Pendant plusieurs jours, il n'eut à faire qu'à cette femme douce comme le coton et belle comme une image sainte. Il tenta plusieurs fois de l'interroger mais il n'arrivait pas à articuler correctement. Après plusieurs semaines de rééducation, Lucien put enfin poser toutes les questions qu'il voulait. À chaque fois, l'infirmière restait étrangement muette. Un matin, elle lui demanda :

— Comment vous sentez-vous monsieur Korrigan ?

— Quelle plaisir d'entendre votre voix. Comment vous appelez-vous ?

— Je m'appelle Anaïs.

— Enchanté Anaïs. Merci infiniment pour tous vos bons soins.

— Je vous en prie. Alors comment vous sentez-vous ?

— Ma foi, je me sens bien.

— Vraiment bien ? insista l'infirmière.

— Oui oui, je vous assure.

— Parfait… alors demain, je vous amène quelqu'un, annonça Anaïs en faisant un petit sourire qui caressa le cœur du convalescent.

Le jour suivant, en fin de matinée, Pierre entra dans la chambre :

— Pierre ! T'es vivant ! T'as pris un sacré coup de vieux dis-moi ! Mais t'étais parti où bon Dieu, t'as tout laissé en plan. Je suis passé chez vous, j'ai imaginé le pire !

— Je t'expliquerai père Lucien.

— Bon… tu peux me faire le plaisir de me dire où je suis ?

— T'es six pieds sous terre l'ami !

— Qu'est-ce que tu racontes ?

— Mais non… je plaisante. On est bien plus profond que ça. En tout cas, six pieds sous terre, t'as bien failli y être vraiment et pour toujours. T'as fait une sacrée chute. Résistant le gaillard !

— À vrai dire, je ne me souviens pas de grand-chose.

— C'est normal père Lucien, t'es resté un petit bout de temps dans le coma.

— Dans le coma ? Ça veut dire quoi un petit bout de temps ? Une semaine ? Un mois ?

— Ah non l'ami… bien plus.

— Combien de temps alors ? Vas-y Pierre, crache le morceau. Je suis prêt à encaisser.

— Douze ans. T'es resté dans le coma douze ans père Lucien.

— Douze ans ! Mon Dieu… ça veut dire qu'on est en...

— En 2017. Le 11 novembre précisément.

— C'est pour ça que je t'ai trouvé vieilli. Pierre, ça te fait quel âge ?

— 57.

— Et moi 67. Je suis un vieillard, se murmura Lucien à lui-même.

— Mais non père Lucien, t'es encore tout fringuant et le coma t'a conservé on dirait.

— Bon, c'est qui le Président en 2017 ?

— Tu ne dois pas le connaître. Il s'appelle Jean-Michel Macron.

— Inconnu au bataillon. C'est quoi le profil ?

— 39 ans, ancien banquier d'affaires chez Rothschild, haut fonctionnaire, cocaïnomane et tout le toutim...

— Bon… j'ai compris. Tout doit disparaître, liquidation totale avant fermeture définitive.

— C’est tout à fait ça. Le gars est complètement possédé. Il se prend pour Jupiter et il a dit que la Bête de l’événement était là, qu’elle arrivait.

— Diable !

— Tu vois à quelle sauce on est en train de se faire bouffer.

— Oui, j’en ai bien peur. Pierre, pourquoi tu m'as dit qu'on était bien plus profond que six pieds sous terre ?

— Tu m'as bien dit que tu étais prêt à tout entendre ?

— Oui.

— Absolument tout ?

— Oui.

— T'es sûr père Lucien ?

— Oui bon sang !

— Bon… comme tu voudras. On est à Ipogépolis.

Au même moment, un « Ange » avec sa valise à la main entra dans la chambre et demanda à voir de toute urgence monsieur Delmotte. Pierre se leva de sa chaise, posa la main sur l'épaule de son ami et promit de revenir vite. Lucien avait du mal à garder les yeux ouverts, alors il succomba aux assauts de la fatigue. Il ne dormit pas profondément. Comme durant une sieste, sa conscience nageait entre les eaux de la veille et du sommeil, et se laissait bercer par les petits bruits du monde et les images vaporeuses des songes. À la manière d'un stroboscope, son esprit projeta sur ses paupières baissées des petites scènes où délesté de son corps, il flottait dans les airs et traversait les murs et les plafonds. À son réveil, Lucien se souvenait avec acuité de tous les moments de son expérience paranormale. Il attendit avec impatience son ami pour tout lui raconter.

Pierre arriva en début de soirée avec le repas et une bouteille de Chantonnay. Au menu : Volaille de Challans et mogettes. Sans attendre, Lucien détailla sa petite excursion hors de son corps : la rencontre avec lui plus jeune ; l'invasion barbare et les chevaliers ; l'immense nurserie ; Pierre et les machines bizarres ; la séance d'acupuncture ; la classe avec un de ses anciens professeurs ; la conférence de Vidar ; le stand de tir avec Grégoire ; et enfin, le massage cardiaque de Dénikine.

— Je crois que ton fantôme s'est baladé à Ipogépolis lui répondit en rigolant son ami qui avala avec allégresse une grande gorgée de vin.

— Tu crois aux fantômes toi maintenant ?

— Non... toujours pas... quoique depuis quelque temps... enfin bref, avant que tu tombes dans le coma, t'as dû faire une E.M.I. comme on dit dans le jargon.

— Une expérience de mort imminente ?

— Absolument père Lucien. On comprend pas bien encore ce que c'est exactement, mais force est de constater que ça existe. Ton « rebouteux du bon Dieu » est bien venu te planter des aiguilles et c'est bien Dénikine qui t'a fait le massage cardiaque. Mais étant dans un coma profond, tu n'es pas censé avoir pu voir tout ça.

— Ça voudrait dire que tout ce que j'ai vu était réel ? Qu'est-ce que tu faisais au milieu de ces centaines de bulles dans cette immense champignonnière ? Qu'est-ce qu'il y avait dans cette valise ? Qui était l'homme qui te l'as donnée ?

— Nous y voilà. Les centaines de bulles comme tu les appelles, sont en fait des milliers. Ce sont les incubateurs que j'ai conçus quand j'étais en Chine. Tous les modèles des « *Revival* » sont là. Et ce sont bien des couveuses. Pas des machines à faire des nourrissons artificiels et génétiquement modifiés comme le prétendait le fils Domanovitch. Je sais pas si tu t'en souviens ?

— Maintenant que tu m'en parles oui, mais je l'avais complètement oublié celui-là. Mais si les « *Revival* » sont bien des couveuses, quel genre de grand prématuré il y a à l'intérieur, demanda Lucien songeur.

— Ce sont des grands prématurés un peu spéciaux puisqu'il s'agit de bébés avortés, ceux-là même que ta société secrète récoltait dans les hôpitaux.

— Ce n'était donc pas seulement pour les faire baptiser et leur offrir une sépulture.

— Non, leur but principal était de leur sauver la vie. On a fait d'immenses progrès sur les couveuses, principalement sur ce que tu appelles les valises, qui sont en fait des couveuses portatives. Malheureusement, tous les enfants ne survivent pas à toutes ces épreuves.

— Mon Dieu, dit Lucien en pleurant. J'avais imaginé le pire pour ces pauvres enfants. J'avais si peur d'avoir participé à un truc pas net. Merci mon Dieu, merci. C'est trop beau pour être vrai.

— Oui, il faut le voir pour le croire.

— Pierre, alors, l'immense nurserie que j'ai vue ?

— Elle est bien réelle. Comme sont bien réels ces milliers de bébés, tous des miraculés !

Lucien était ému comme jamais. Il sécha ses larmes et demanda à Pierre :

— Et ces chevaliers, ces gens du Moyen Âge que j'ai vus dans un grand stade ? C'était quoi ?

— Disons qu'il fallait bien trouver un endroit pour mettre toutes ces couveuses et tout le petit monde qui va avec. Un endroit insoupçonnable et qui offrait pas mal d'avantages d'ordre pratique. Mais tu devrais pouvoir deviner où on est… t'étais pas si loin du but, hein Bebel ?

— Bebel ?

— On m'a raconté ta petite virée en hélicoptère, tu t'es pris pour Belmondo ou quoi ?

— M'en parle pas… On est sous un parc d'attractions ?

— Un parc à thème plus précisément. Jasper Balbuzard avait eu du flair.

— Pourquoi ?

— Parce qu'on est sous le Puy du Fou.

— C'est pas possible !

— Et si ! On est à 600 mètres de profondeur, dans la plus grande ville souterraine que la Terre ait jamais connue. Une ville ultra-moderne qui compte 33 niveaux, avec des écoles, des hôpitaux *high-tech,* plusieurs mini-centrales nucléaires et j'en passe...

— Je comprends mieux la classe d'écoliers que j'ai vue. Bien réelle elle aussi ?

— Oui père Lucien, bien réelle.

— Pierre, il y a quelque chose qui me chiffonne. Tous ces enfants qui ont été sauvés, ils vont rester toute leur vie sous terre comme des damnés ?

— Ils n'ont pas vraiment le choix. Tous ces garçons et ces filles n'ont aucune existence légale. Ils sont nés hors-la-loi. Ils sont condamnés à rester cachés pour toujours. À moins qu'on ait d'autres projets pour eux.

— Dis-moi l'ami, si ce n'est pas ma vie que j'ai vu défiler, si ce n'est pas un songe, si c'est bien une expérience de mort imminente que j'ai faite, alors ce jeune garçon qui me ressemble comme deux gouttes d'eau, il est réel lui aussi ?

— Il l'est.

— Mais qui c'est alors ? demanda Lucien d'un air suppliant.

— Ça mon ami, il faut voir avec le maître des lieux, Vidarlemagne, comme tous les gosses l'appellent ici.

— Vidarlemagne ?

— Enfin père Lucien, Vidar !

— Le Prince de Mortemine ?

— Tout juste. D'ailleurs, tu peux aller le voir quand tu veux. Il t'attend. Il voulait d'abord que je te parle un peu d'Ipogépolis. Tout ce que je peux te dire avant que tu y ailles, c'est que… je ne sais pas par quelle magie… mais la voyante des catacombes avait vu juste aussi pour toi. Allez, je te laisse l'ami, le devoir m'appelle. Repose-toi bien. Ah oui, j'allais oublier, tiens !

— C'est quoi ?

— Tu verras bien !

Lucien ouvrit la pochette en papier kraft que Pierre avec un grand sourire avait posée au pied de son lit. C'était le manuscrit de *La danseuse* de Louis-Ferdinand Céline.

## VOYAGE DANS LE VENTRE DE LA TERRE

Lucien avait retrouvé tous ses esprits mais son corps était encore faible. Il tenait à peine sur ses jambes. Le moindre mouvement l'épuisait. L'infirmière entra dans sa chambre. Anaïs avait les mêmes yeux que Veronica, le même sourire que Margaux. Elle ressemblait à la femme dont il aurait tant voulu être aimé.

— Comment vous sentez-vous monsieur Korrigan ?

— Mieux dès que je vous vois.

— Je vous ai apporté quelques vieux journaux. J'ai pensé que ça vous ferait plaisir de savoir ce qu'il s'est passé là-haut pendant votre coma.

— Je ne sais pas si ce que je vais lire va me faire plaisir, en tout cas, c'est très gentil de votre part. Merci Anaïs.

— Je vous en prie monsieur Korrigan, à plus tard.

— Oui, à très vite j'espère.

Lucien remarqua que l'infirmière rougissait à chaque fois qu'il l'appelait par son prénom. Pendant plusieurs minutes, il imagina ce qu'aurait été sa vie si une Anaïs avait bien voulu l'aimer. Un mariage, simple mais beau. Une belle complicité, des éclats de rire et des coups de sang. Des enfants. Combien d'enfants ? Deux, trois, un seul ? Fille ? Garçon ? Une petite maison en pierre à la campagne avec une cheminée. Puis un petit jardin, avec un arbre pour accrocher une balançoire. Une violente douleur au poignet le sortit de sa rêverie. Lucien prit la pile de journaux sur la table de chevet et les feuilleta rapidement un par un :

*11 mars 2012 : Tuerie à Toulouse.*
*25 mai 2013 : Un militaire poignardé à La Défense.*
*20 décembre 2014 : Attaque au couteau au commissariat de Joué-les-Tours*
*7 janvier 2015 : Attentats à « Charlie Hebdo », à Montrouge et à l'Hyper Cacher.*
*3 février 2015 : Des militaires agressés au couteau à Nice.*
*19 avril 2015 : Sid Ahmed Ghlam et l'attentat « raté » de Villejuif. 26 juin 2015 : Un petit patron décapité à Saint-Quentin-Fallavier. 21 août 2015 : Attentat dans un train Thalys.*
*13 novembre 2015 : Carnage au Bataclan.*
*11 janvier 2016 : Un adolescent poignarde un homme juif à Marseille.*
*13 juin 2016 : Assassinat d'un couple de policiers à Magnanville. 14 juillet 2016 : Attentat de Nice, un camion dans la foule, 86 victimes.*
*26 juillet 2016 : Assassinat du père Hamel à Saint-Étienne-du-Rouvray.*
*4 septembre 2016 : Attaque à l'arme blanche à la prison d'Osny. 3 février 2017 : Des militaires attaqués au Carrousel du Louvre. 20 avril 2017 : Attentat contre un fourgon de police sur les Champs-Élysées.*
*6 juin 2017 : Attaque au marteau devant Notre-Dame. 9 août 2017 : Voiture-bélier contre des militaires, à Levallois-Perret. 1er octobre 2017 : Attaque au couteau à la gare Saint-Charles, à Marseille.*

Lucien jeta négligemment les journaux par terre d'un air désabusé. Aucune nouvelle lue dans ces canards gavés et boiteux ne l'avait étonné.

Il n'avait rien appris.

Il aurait pu les écrire lui-même ces gros titres, comme il pourrait très bien écrire ceux des dix prochaines années. Cette séance de rattrapage après son coma était parfaitement inutile.

Rien de nouveau sous la grisaille de la République.

Son ami venait lui rendre visite de temps en temps. Il lui racontait quelques anecdotes pour lui changer les idées. Pierre lui apprit que Jean Raspail, Pierre Chaunu, Régine Pernoud, Gustave Thibon, Jules Monnerot et Alexandre Soljenitsyne furent les premiers Grands Recruteurs d'Ipogépolis. Les Grands Recruteurs étaient le premier cercle – après Rocaboy – autour du Prince de Mortemine. Ces chevaliers de la Table Ronde des temps modernes étaient chargés de déceler parmi leurs contemporains, les pépites d'hommes et de femmes qui voulaient un autre destin pour la France. Leur mission : trouver des volontaires fiables pour ce « grand voyage au royaume des morts » comme disait Vidar en souriant. Du professeur de français à l'électricien, du maître d'arme au médecin, de l'ingénieur au prêtre, tous les gens qui vivaient et travaillaient à Ipogépolis sans y être nés, avaient été savamment sélectionnés par ces Grands Recruteurs. Grands Recruteurs qui avaient parfois des profils inattendus. En effet, Brigitte Bardot, Alain Delon, Hugues Aufray et Charles Aznavour en faisaient partie.

Pierre confia à son ami qu'il avait entendu dire que Jasper Balbuzard n'avait jamais abandonné ses investigations clandestines. Après de longues et officieuses négociations, il avait réussi à obtenir des autorités américaines, l'autorisation de perquisitionner les bureaux de Mortemine au *World Trade Center* de New York. Curieusement, les perquisitions étaient prévues pour le 11 septembre 2001. L'attentat aurait mis un coup d'arrêt définitif aux recherches de Balbuzard. Mais Pierre n'y croyait pas trop. Jasper était de la race de ces petits chiens de chasse qui maintiennent leur proie dans leur mâchoire tant qu'elle bouge encore.

Quelques semaines après son réveil à Ipogépolis, Lucien arriva enfin à marcher. Avant d'aller voir Vidar, il voulut à tout prix visiter la ville. Au bout d'un couloir, il entra dans un monte-charge. Les boutons allaient du 1 au 33. Il appuya sur le 33 qui était tout en bas. Quand la porte s'ouvrit, il vit une plaque fixée au mur sur laquelle était écrit :

*Cimetière des Poupées de sang*

Après avoir traversé une longue galerie voûtée, un espace aussi vaste qu'une nécropole nationale s'ouvrit devant lui. Chose étrange, il n'y avait pas de tombe, mais des milliers de petites croix chrétiennes plantées dans le sol. Un petit sarcophage était cloué sur chacune des croix. À l'intérieur de ces petites poupées de bois, enveloppés dans des suaires miniatures, gisaient les bébés avortés, ceux qui n'avaient pas survécus à la valise des « Anges » et ceux qui n'avaient pas supportés les conditions extrêmes des couveuses. Alphonse de Crèvecœur, un ancien gardien du père Lachaise, s'occupait scrupuleusement des lieux, notamment du remplacement des milliers de bougies. Pendant son temps libre, Alphonse était dans son atelier. Il écoutait des chants grégoriens sur un vieux tourne-disque et sculptait au couteau les sarcophages. Lucien le salua respectueusement d'un mouvement de la tête. Sur le chemin, il croisa Sven Le Borgne, un des collègues d'Alphonse. Il portait un t-shirt à l'effigie d'Iron Maiden. Ses cheveux fins et blonds lui tombaient jusqu'aux fesses. Il avait des faux airs de Kurt Cobain. Dans sa vie d'avant, là-haut, il était guitariste dans plusieurs groupes de métal et travaillait dans une petite entreprise de pompes funèbres pour pouvoir survivre. Ici, Sven s'occupait de la confection des suaires et de la mise en bière. C'est lui aussi qui, avec un art qu'on croyait perdu, peignait les figurines mortuaires. Au milieu du cimetière, une source chaude jaillissait d'une fontaine de pierre sur laquelle était gravé : « Ici coulent les larmes des indésirables. » Lucien mit plus d'une demi-heure à traverser ce sanctuaire sans aucun équivalent sur Terre. Au lieu de faire demi-tour, il prit une route aussi large qu'une quatre-voies qui montait en spirale.

Les trois niveaux suivants, les 32, 31, et 30 étaient l'emplacement des couveuses, des locaux de maintenance et le lieu de vie du personnel de garde. Les couveuses ressemblaient à des casques de scaphandrier d'où jaillissait une lueur bleutée. Ces milliers de petites baignoires reliées entre elles par des tubes et des câbles, étaient connectées à un immense ordinateur. Dans ce silence sous-marin, les Grands Accoucheurs avaient les yeux rivés sur des écrans de contrôle géants qui émettaient des signaux et dessinaient des courbes incompréhensibles pour le profane. Des ingénieurs spécialisés s'assuraient du bon fonctionnement des machines et des « Anges » arrivaient de là-haut avec leur valise alourdie par une vie en suspens. Lucien assista à l' « enccouchement », l'opération la plus délicate qui consistait à transvaser le contenu de la valise vers la couveuse. Un « Ange » ouvrit sa valise lentement. Lucien aperçut une poche en plastique. À l'intérieur, un humain miniature baignait dans un liquide translucide. Grâce à une prise bionique, le cordon ombilical était branché à un boîtier. Un Grand Accoucheur retira délicatement la prise et l'inséra avec soin dans une espèce de nombril pour le raccorder à la couveuse. Dans ce nouveau liquide, la poche de plastique rentra en effervescence. La réaction provoqua plusieurs flashs de toutes les couleurs.

Lucien fut ébloui.

Le bébé avorté remua un petit peu.

On aurait dit qu'il dansait.

L'opération terminée, Lucien emboîta le pas d'un « Ange » qui se rendait vers l'ascenseur. Une fois dans la cabine, l' « Ange » l'interpella :

— Il me semble vous avoir déjà vu quelque part, je me trompe ?

— Ce n'est pas impossible. Docteur Korrigan, hôpital Necker-Enfants malades dans le quinzième arrondissement de Paris.

— C'est mon secteur, je comprends mieux. Vous allez où ?

— Juste au-dessus.

— Très bien, niveau 29 donc.

Aux niveaux 29 et 28, des cris, des pleurs et des rires : des centaines de sages-femmes étaient prises dans une tempête de bébés. C'était la maternité. Il n'y avait pas de parents heureux mais des nourrices joyeuses. Il n'y avait pas de chambres individuelles, seulement des grands dortoirs remplis de milliers de berceaux médicaux sur roulettes. L'ambiance de ce gigantesque orphelinat pour nouveau-nés était surréaliste : à perte de vue, un champ de petits bouts de choux et des centaines d'hommes et de femmes qui surnageaient avec un calme olympien dans un océan de biberons et de couches.

Lucien monta un escalier et reconnut l'hôpital. Il n'avait pas du tout réalisé l'immensité d'Ipogépolis. Il était parti pendant une journée entière et pourtant, il n'avait pu voir que le cimetière, les couveuses et la maternité. Il poussa la porte de sa chambre et s'écroula de fatigue sur son lit.

Le lendemain matin, sans attendre son petit déjeuner, il monta d'un étage et se retrouva dans la pouponnière qui occupait les niveaux 26 et 25. Pour s'occuper de ces milliers d'enfants, il y avait des centaines de femmes de tous les âges entièrement dévouées et rayonnantes. C'étaient les Grandes Éveilleuses. Parmi elles, des femmes stériles, des vieilles filles, des jeunes filles timides, des femmes traumatisées par leur avortement et des mamies gâteaux séparées de leurs petits enfants. Bref, des femmes ravies d'accueillir des « heureux événements » que d'autres n'avaient pas voulu. Les Grandes Éveilleuses touchaient, frôlaient, caressaient, câlinaient les bébés pour mettre en marche leur sensibilité et faciliter l'apprivoisement de l'âme et du corps. Pour développer leur mémoire, elles leur faisaient sentir toute une gamme de parfums de fleurs, d'herbes aromatiques, d'épices et de graines. Pour éveiller leur esprit, elles chantaient des chansons et lisaient à haute voix des contes traditionnels européens et des grands romans français. Les Grandes Éveilleuses s'adressaient aux bambins dans un langage soutenu comme s'ils devaient tout comprendre. Lucien pleura deux fois. La première fois de peine, en pensant à ce que Margaux lui avait avoué. Il essaya d'imaginer le visage de son enfant, ses mains minuscules, ses pieds de porcelaine, les plis de son cou, ses fontanelles, l'odeur de sa peau, sa présence intense et fragile, ses pleurs d'ange et ses yeux innocents. La seconde fois de joie, car son cœur reçut de plein fouet cette quantité d'amour et cette qualité de bonheur que ces saintes femmes diffusaient tout autour d'elles. Pour faciliter les déplacements des adultes, Lucien découvrit un tube de plexiglas dans lequel des petites plateformes rondes d'un mètre de diamètre montaient en continu sans faire le moindre bruit. Il fit un tour complet sur lui-même et vit une multitude de ces ingénieuses remontées mécaniques qui traversaient de bas en haut Ipogépolis. En toute quiétude, comme en apesanteur, des centaines de personnes montaient et descendaient en même temps. Lucien rentra dans un tube ascendant et se retrouva en une seconde à l'étage supérieur.

Les niveaux 24, 23, 22, 21 et 20 étaient une crèche qui accueillait près de 50 000 enfants de 1 à 5 ans. Pour les plus petits, l'accent était mis sur la découverte des formes, des couleurs, des textures, des lettres, des animaux, des plantes et spécifiquement des arbres. Vidar y tenait tout particulièrement. Il pensait que l'arbre était une des plus belles créations de Dieu, belle comme une pierre vivante. Pour les plus grands, les deux activités principales étaient les ballets traditionnels et la chorale. Pour le Prince de Mortemine, une communauté politique solide, c'était avant tout des hommes et des femmes de même sève qui ont appris dès leur plus jeune âge à danser et à chanter ensemble. La sève unit les cœurs, la danse accouple les corps, et le chant fusionne les esprits.

Lucien reprit un des tubes et arriva à l'école élémentaire qui occupait les niveaux 19, 18, 17, et 16. Si Ipogépolis était à maints égards une cité futuriste, ici, le temps s'était figé en 1900 dans la classe de Joseph Pagnol. Toge romaine grise en guise de blouse, tableau noir, bruit de craie et instituteur à moustache en costume trois pièces. Le matin, la présence en classe était obligatoire. Les garçons et les filles étaient séparés. Ceux qui avaient le plus de difficultés à suivre étaient assis aux premiers rangs. Les leçons étaient un jour théorique, un jour pragmatique. Le professeur ne laissait jamais une règle, un concept ou une théorie végéter dans le ciel des idées. Chaque abstraction était immédiatement reliée à un cas concret. Au programme des cours théoriques : le français, l'étymologie, les mathématiques, l'histoire des sciences, le corps humain, la physique. Au programme des cours pratiques : cuisine, hygiène, médecine, bricolage et potager. L'après-midi, les garçons et les filles étaient mélangés. Les élèves étaient libres. Certains voulaient rester assis sur leur chaise et approfondir les cours théoriques. D'autres souhaitaient poursuivre les cours pratiques. La majorité, elle, préférait se défouler, se bagarrer, jouer aux échecs, aux billes ou à la marelle. C'était durant ces après-midi que les Grands Détecteurs intervenaient. Ils descendaient de leur Olympe en empruntant les tubes pour observer les élèves et bavarder avec eux. Les Grands Détecteurs n'étaient ni des professeurs ni des surveillants. Ces hommes et ces femmes avaient la faculté innée de sentir les âmes. Ils étaient à l'humanité ce que les œnologues sont aux vins, ce que les nez sont aux parfums. Après l'avoir flairé, ils savaient si l'enfant préférait obéir, commander, ou faire ni l'un ni l'autre. Ils devinaient aussi sa nature, sociable ou solitaire. Enfin, ils découvraient les conditions de son équilibre intérieur : stabilité ou aventure ; tranquillité ou risque ; sécurité ou danger. À la fin de l'école élémentaire, les Grands Détecteurs choisissaient où l'élève devait aller : au niveau 15 à l'Académie, pour étudier les sciences, les humanités, les beaux-arts et la théologie ; au niveau 14 et 13 chez les Compagnons, pour devenir un boulanger, un charpentier, un architecte ou un paysan d'élite ; ou au niveau 12, 11, 10 à la Chevalerie, pour apprendre l'art du commandement et de la guerre. Les élèves pouvaient à tout moment changer d'études. Ceux qui le faisaient étaient peu nombreux.

Lucien ne tenait plus sur ses jambes. Il prit un tube et rentra dans sa chambre pour dîner. Pierre l'attendait avec une bonne bouteille de vin et un panier rempli de fromages et de charcuterie :

— Alors père Lucien, t'es allé voir Mortemine ?

— Je comptais y aller hier, mais je voulais visiter un peu Ipogépolis avant. J'étais bien loin de m'imaginer la taille de la ville. C'est extravagant ! J'ai vraiment du mal à croire que tout ça est bien réel.

— Et pourtant !

— Pierre ?

— Oui Lucien ?

— Il y a combien d'habitants à Ipogépolis à ton avis ?

— Je dirais en gros 190 000 enfants et 15 000 adultes.

— Plus de 200 000 personnes ! C'est pas croyable !

— Eh oui l'ami, c'est pas un petit bunker, c'est une vraie ville, presqu'un pays. Chaque jour qui passe sa population augmente. Notre pourcentage de fœtus sauvés ne cesse d'augmenter. Et puis maintenant, nous avons en plus nos petits ipogépoliciens de souche si j'ose dire.

— Les ipogépoliciens de souche ? répéta Lucien intrigué.

— Les enfants conçus ici de façon naturelle par les premiers bébés sauvés qui sont aujourd'hui de jeunes adultes.

Pierre coupa un joli morceau de pâté de campagne et le déposa sur une tranche de pain au petit épeautre. Songeur, Lucien avait le regard plongé dans son verre de Chablis.

— Mais toi l'ami, tu habites ici maintenant avec ta femme et tes enfants ? demanda Lucien les yeux toujours plongés dans son verre.

— Eh oui père Lucien. À part pour les « Anges », les Grands Recruteurs, Mortemine, Rocaboy et quelques autres, Ipogépolis est un voyage sans retour.

— Mais comment ça s'est passé ? Tu ne m'as pas raconté.

— C'était en fin de journée, peu avant Noël. Je sais même plus quelle année c'était d'ailleurs, depuis que je suis ici, je suis complètement déphasé.

— En 2002, dit Lucien sûr de lui.

— J'étais parti faire une petite course. En revenant, j'ai vu une grosse berline noire garée dans ma cour. C'était Mortemine. Je l'ai reconnu tout de suite. Il m'a invité à venir marcher avec lui. Rocaboy nous suivait avec la voiture. Quand j'ai vu son Beretta accroché à sa ceinture, mon sang n'a fait qu'un tour, j'ai cru qu'il allait me flinguer. Tout en marchant, il a posé sa main sur ma nuque puis il m'a parlé d'Ipogépolis, des bébés avortés et des « Anges ». Ça paraissait complètement dément son histoire. J'ai toute suite pensé à toi. Il s'adressa un instant à Rocaboy en langage des signes et il se mit face à moi. Je me suis senti tout à coup minuscule, comme une fourmi au pied d'un volcan. Il avait quelques soucis avec les « *Revival* ». Le Prince s'approcha de la voiture. Et en ouvrant la portière, il m'a lancé : « Alors Pierre, tu viens ? ». J'avais l'impression que si je refusais j'étais un salopard et que si j'acceptais, j'étais un héros. Cinq minutes plus tard, on était tous dans sa voiture en direction de la Vendée.

— Ça a pas été trop difficile pour tes gosses et ta femme ?

— Les trois derniers, ils étaient petits. Et Marius, tu parles, il a adoré. Il a l'impression d'être dans un livre de Jules Verne. Pour lui, Ipogépolis c'est le Nautilus et Vidar c'est le capitaine Nemo. Il a même dit un jour à sa mère : « Tu vois Maman, j'avais raison, la Terre est bien creuse et il y a des géants qui vivent dedans ! » Les gosses, j'te jure ! Pour Li-Wei, ça a été un peu compliqué au début. Aujourd'hui, elle a davantage l'impression de vivre en France à Ipogépolis que là-haut. La pauvre, depuis notre arrivée à Beaune, elle a eu pas mal de désillusions. Ça l'a tellement affectée qu'elle a dû être suivie par un psy et prendre des cachetons. Tu m'étonnes ! Dans sa tête, la France c'était le Petit Prince, les concours de pétanque, la guinguette au bord de l'eau, la cuisine raffinée et les femmes élégantes... pas les salles de shoot, la Gaypride, les hommes « enceints », les émeutes de racailles, les attentats islamistes, les kebabs et les burquas. Elle est vraiment tombée de très haut. Li-Wei a voulu quitter la Chine parce qu'elle ne supportait plus de vivre dans un pays où la technologie est au service d'un contrôle social total et permanent. Bref, un pays communiste. Pour elle, l'Europe et la France en particulier, c'était l'art de vivre, la liberté de penser, le respect de la dignité humaine et les amoureux sur les bancs publics... pas la charia, la terreur gauchiste et la démence wokiste. Un soir, dans mes bras, elle m'a dit en pleurant que la France avait perdu son âme parce que la France avait perdu son peuple et que son peuple, lui-même, s'était perdu.

— C'est plutôt bien résumé. Les étrangers et en particulier les asiatiques sont moins touchés par le politiquement correct. Ils n'ont pas nos tabous. Ils disent ce qu'ils voient, sans langue de bois.

— M'en parle pas père Lucien. Je te raconterai quelques anecdotes sur Li-Wei qui découvre le vivre-ensemble et la diversité.

— Ça doit être savoureux.

— Je ne te le fais pas dire…

— Les étrangers sont plus conscients mais ils sont aussi plus attristés que les Français eux-mêmes de l'état de la France. À l'heure où on parle, il y a des Japonais qui nettoient les alentours de la Tour Eiffel tellement ils sont écœurés de voir Paris devenir une poubelle. Bref… Et toi l'ami, Ipogépolis, tu vis ça comment ?

— Moi ? Comme une grande expédition ! J'ai l'impression d'être à bord d'un vaisseau spatial en direction de Mars. J'aime ça. Le simple fait de ne pas avoir le même quotidien que les gens de là-haut me rend heureux. À vrai dire, je m'ennuyais un peu. Un peu beaucoup même ! Je m'ennuyais comme un rat mort ouais ! Ça manque cruellement de conquête et de croisade là-haut ! Qu'est-ce qu'on peut se faire chier en France ! Qu'est-ce qu'on peut se faire chier ! Pas vrai mon Lucien ?

Lucien approuva en rigolant de bon cœur. Il servit les dernières gouttes de la bouteille à Pierre et poursuivit :

— Oui, puis finalement, c'est pas comme si on était les premiers à se réfugier sous terre.

— Ah oui ? demanda Pierre curieux.

— Les hommes des cavernes par exemple.

— T'es con j'te jure !

— Si ça compte ! Quand t'as que des poils de renard à te mettre sur le dos et que ta seule arme c'est un morceau de silex, crois-moi bien que la surface de la Terre, c'est hostile. T'es bien content de la trouver ta caverne.

— C'est pas faux.

— Sinon, plus proche de nous, tu as Derinkuyu et Midyat.
— Derinkuyu et Midyat ? C'est quoi ce machin, un couple de comiques polonais ?
— Non, répondit Lucien en rigolant. Ce sont des villes souterraines en Turquie qui ont servi de refuges aux premiers chrétiens persécutés par l'Empire romain.
— Les empires changent, les persécutions restent... Bon alors, ta petite visite d'Ipogépolis ? Comment ça s'est passé ? Qu'est-ce que t'as pu voir ? demanda Pierre en s'essuyant les larmes de rire qui coulaient de ses yeux.
— Le cimetière.
— T'as croisé qui là-bas ?
— Un gars qui sculptait des petits sarcophages et un autre, un métalleux.
— C'étaient Alphonse et Sven, super sympa les mecs. On les appelle les Grands Veilleurs. En tout, ils sont une bonne trentaine pour s'occuper du sanctuaire.
— Après le cimetière, j'ai vu les couveuses, la maternité, la pouponnière, la crèche, l'école élémentaire, et je suis passé rapidement à l'Académie, chez les Compagnons et à la Chevalerie. Qu'est-ce qu'il y a après ?
— Au niveau 9 et 8, c'est la ferme.
— La ferme ?
— Eh oui père Lucien, même ici les hommes ne se nourrissent pas que d'amour et d'eau fraîche. Légumes, viandes, céréales, à quelques exceptions près, tout est produit ici. Un modèle parfait d'économie circulaire. On a aussi quelques copains à la surface qui nous approvisionnent, des paysans chouans, des coriaces. Au niveau 7, tu as la préfecture, c'est le centre administratif d'Ipogépolis ; le niveau 6, c'est le village gaulois avec tavernes, auberges, boutiques et tout le tintouin. Après ce sont des logements : au 5 tu as ceux des sentinelles, des ingénieurs, des fermiers et des techniciens ; au 4 ceux des instituteurs et des Grands Détecteurs ; au 3 ceux des Grandes Éveilleuses ; et enfin, au premier, c'est le Quartier Général avec les logements et les bureaux du Prince et des Grands Recruteurs.

— Il n'y a pas de niveau 2 ?

— Si. On l’appelle le Temple de l'Apocalypse. C'est là où vont les jeunes femmes et les jeunes hommes de plus de 20 ans. C'est le stade ultime de leur formation. Seuls le Prince de Mortemine, les Grands Recruteurs, les Grands Détecteurs et des intervenants spéciaux ont accès à ce niveau. Bon je dois te laisser père Lucien. Ah oui, j'allais oublier, c’est pour toi !

— C'est quoi ?

— C’est de la part de Mortemine. Bonne nuit Lucien !

— Bonne nuit Pierre.

Lucien ouvrit le paquet en tremblant. C'était le chandail que le berger italien lui avait offert. Parfaitement lavé et reprisé, il était comme neuf. Il prit une des manches pour essuyer les larmes qui avaient coulé à son insu sur ses joues. Avant de s’endormir, Lucien enfila le pull et le serra fort contre lui comme si c’était une Maman, comme si c’était une épouse, comme si c’était un enfant.

## VENCESLAS

Au premier niveau, le Prince de Mortemine avait reproduit à l'identique les pièces souterraines de son château en Écosse. Sa chambre avec son lit à baldaquin, sa cuisine avec sa batterie de casseroles en cuivre, son armurerie, son musée des chefs-d'œuvre secrets, et même son grand salon avec sa table ronde, ses colonnes en marbre et son lustre de bronze. Depuis très longtemps déjà, Battista Pensabene habitait dans le ventre de la Terre. La vie à Ipogépolis ne changeait rien pour lui.

Pour accéder à ses appartements, Vidar avait fait construire par ses Compagnons la Galerie du Souvenir. C’était un grand couloir d'une centaine de mètres. Les murs étaient entièrement tapissés de visages d’hommes, de femmes et d’enfants français assassinés par les cosmopolites. Avant de s’entretenir avec lui, le Prince de Mortemine tenait absolument à ce que ses visiteurs aient bien à l'esprit les centaines de victime déchiquetées par le terrorisme, les milliers de paysans pendus dans leur ferme, les milliers de petits patrons la cervelle explosée dans leur arrière-boutique, les milliers de sans-abri crevés sur les trottoirs, les milliers d'anonymes poignardés, les milliers de femmes violées et les millions d'enfants avortés. Sans quoi, Mortemine pensait que la conversation n'irait pas droit au but et qu'un temps précieux serait perdu. En traversant ce mémorial, Lucien fut ému bien que son cœur déjà gavé de peine n'avait pas besoin de cette piqûre de rappel.

Rocaboy le fit entrer et l'invita à s'asseoir sur un des petits sièges en ciseaux qui entouraient la table ronde. Lucien entendit des bruits de pas qui s'approchaient. Un courant d'air le frôla. Il n'osa pas lever les yeux. Il vit passer sur le tapis une grande botte de cuir, la même botte qui lui avait écrasé le visage sur la dalle du Vatican. Le Prince s'installa en face de lui :

— Tu étais un jeune garçon quand je t'ai vu pour la première fois à Rome.

— Vous vous en souvenez ? demanda Lucien en bégayant.

— À vrai dire, comme si c'était hier. C'est ce jour que, dans mon esprit, fut posée la première pierre d'Ipogépolis. J'avais 50 ans. Aujourd'hui, j'en ai 92 et mon édifice, bien que déjà avancé, n'est pas encore achevé. Tu as bien vieilli depuis, tu as beaucoup souffert aussi, mais derrière le brouillard de l'alcool et des désillusions, je vois que ton regard est toujours le même.

Lucien, pensif, se demandait ce qu'il pouvait bien manquer à cette cité prodigieuse. Toute sa vie, il avait imaginé cette rencontre avec le Prince de Mortemine. Il avait mille questions à lui poser ; il était incapable d'en formuler aucune. Son cœur qui tapait comme un marteau piqueur dans sa poitrine l'empêchait de se concentrer. Vidar, voyant le désarroi de son invité, poursuivit avec aménité :

— Notre ami commun, Pierre Delmotte, m'a parlé de ce qu'il t'es arrivé pendant ton coma. Troublant n'est-ce pas ?

— Oui, en effet. J'ai d'abord cru à un rêve. Puis j'ai pensé à cette série d'images de notre vie qui sont censées défiler au moment de mourir. Mais Pierre m'a confirmé que tout ce que j'avais vu pendant que je flottais dans les airs était bien réel.

— Tout ? interrogea avec une fausse naïveté le Prince.

— Non, justement, pas tout. C'est bien ce qui me tracasse. Dans la pièce à côté de ma chambre, j'ai vu un garçon en position de prière qui devait avoir une quinzaine d'années. Il était habillé avec une toge romaine noire et il me ressemblait comme deux gouttes d'eau. Si ce que j'ai vu n'était pas un songe, j'aimerais savoir qui est cette personne et la voir si c'est possible.

Vidar fixait Lucien. Il avait le visage bienveillant de l'ami et le sourire attendri du père. Rocaboy servit trois verres de rhum, s'installa au fond de la pièce et joua doucement un air sur sa flûte.

— Tu ne te souviens donc pas de la conversation que nous avons eue à la pointe de Pen-Hir.

— La seule chose dont je me souviens, c'est que j'étais ivre. Ivre et malheureux.

— En effet. Je t'avais demandé de te reculer un peu du bord, mais c'est jamais facile de faire entendre raison à un homme saoul comme un cochon. Par chance, Rocaboy avait positionné son « Caracal » en bas de la falaise. On a pu limiter un peu les dégâts.

— Pourquoi est-ce que vous êtes venu me voir ce soir-là ?

— Je voulais t'emmener quelque part pour te présenter quelqu'un.

— Où ça ?

— À Ipogépolis.

— Pour rencontrer qui ?

— Le jeune garçon que tu as vu pendant ton coma justement.

— Qui est-ce ?

— C'est ton fils Lucien.

Lucien but son verre d'une seule traite. Les coudes sur la table, il écrasait ses tempes avec ses poings serrés. Vidar fit signe à Rocaboy de faire entrer ce garçon de quinze ans que Lucien, à cause de son addiction à l'alcool, n'avait pas pu rencontrer. Avec douze années de plus, le garçon était aujourd'hui un jeune homme. Chaque petit bruit que Lucien sentait venir vers lui transperçait son corps comme un pic à glace. Les joues bouffies par la honte, ses yeux noyés dans ses pleurs, il était anéanti. Une main imposante et ferme se posa sur son épaule.

Il entendit une voix majestueuse dire : « Papa. »

Lucien n'osa pas se retourner. Il posa sa main moite sur celle de son fils. La voix continua : « Papa, ne t'en fais pas, le Prince m'a dit que tu ne savais pas qu'on m'avait avorté, que c'était cette vilaine femme qui avait décidé sans t'en parler. » Lucien, le front collé à la table mouillée, répondit à son fils : « Merci jeune homme, je pourrai te regarder dans les yeux quand j'aurai le courage de me retourner. Effectivement, ce n'est pas moi qui ai décidé… et quant à cette vilaine femme comme tu dis, je l'ai revue longtemps après… elle faisait peine à voir… je ne suis même pas sûr que ce soit elle qui ait voulu ça… elle n'est pas la seule responsable… peut-être qu'elle n'est même pas responsable du tout… je crois que c'est le monde qui… » Le Prince de Mortemine se leva brusquement en renversant sa chaise, posa ses deux mains avec fracas sur la table ronde et avant de quitter la pièce, il déclara avec gravité : « Le monde ! Bien sûr ! Si c'est le monde le problème, alors encore un peu de patience, et on va s'en occuper… du monde ! » Rocaboy rangea sa flûte dans sa poche et quitta la pièce à son tour.

Lucien se mit debout et sans encore le regarder, il serra son fils fort dans ses bras. Après une longue et méditative étreinte, le père murmura à l'oreille de son fils : « Comment je dois t'appeler mon petit ? » Le jeune homme répondit : « Venceslas, Papa. Venceslas Korrigan. » Lucien prit son courage à deux mains. Il ravala ses sanglots et recula d'un pas pour découvrir enfin le visage de son fils. Lucien ouvrit les yeux et vit son jumeau. C'était lui en plus jeune, en plus épanoui, en plus solaire. Venceslas était vêtu d'une toge romaine blanche. Il était grand et bien charpenté. D'une santé insolente, il propageait autour de lui une surabondance de paix et de puissance. Lucien qui ne savait pas quoi dire, se contenta de lui caresser légèrement la joue en disant : « Mon fils. » Au même moment, le Prince de Mortemine entra dans le salon et pria Venceslas de le laisser seul à seul avec son père.

Vidar, qui lisait dans l'âme des hommes comme dans un livre ouvert, savait que Lucien se demandait comment il avait su que Venceslas était son fils et pourquoi il avait attendu ses quinze ans pour lui apprendre son existence. Étonné d'avoir la réponse à des questions qu'il n'avait pas encore posées, Lucien écouta religieusement Vidar :

— Vois-tu mon cher Lucien, Ipogépolis avec ses commandos d' « Anges » et ses batteries de « *Revival* » ne débuta véritablement qu'en 1988. Mais ce n'est qu'en 1990 qu'un premier bébé vivant et viable sortit d'une couveuse. Ce premier bébé, c'était Venceslas. Au début, Ipogépolis ne tenait aucun registre, la filiation des enfants avortés importait peu. Depuis quelques années, c'est différent. Qui ? Où ? Et pourquoi ? Tout est soigneusement consigné. À toutes fins utiles.

— Je comprends. Avec ce registre, vous auriez pu savoir que Venceslas venait du ventre de Margaux, mais pas que c'était moi son père. Notre relation n'était pas officielle.

— Tu apprendras mon cher Lucien que je me trouve dans une position où pour savoir quelque chose, surtout de cet ordre-là, il suffit de le vouloir.

Lucien bégaya quelques mots incompréhensibles. Imperturbable, le Prince de Mortemine continuait à parler :

— J'ai su que Venceslas était ton fils le jour de ses 15 ans. Nous fêtions son anniversaire, ici même, dans ce salon. Venceslas jouait avec Rocaboy. Ils faisaient semblant de se bagarrer, puis ils se sont mis à danser quand soudain Venceslas s'est pris les pieds dans le tapis et tomba par terre. Quand je me suis approché de lui pour voir si tout allait bien, en regardant son visage, j'ai eu un éclair dans les yeux. L'espace d'un instant, j'ai revécu le moment où je t'ai vu couché dans les couloirs du Vatican. Je te disais « levez-vous immédiatement et veuillez à l'avenir adopter une attitude convenable. Qui êtes-vous ? » et toi tu me répondais « Monsieur…

pardon... Monseigneur... euh Éminence... euh... pardonnez-moi, je suis prêtre, je viens de Bretagne, j'ai fait un long voyage. » C'est comme ça que je me suis rendu compte que Venceslas était ton fils. Le lendemain, je suis allé te voir à la pointe de Pen-Hir. Tu n'étais pas dur à trouver... et puis, pour dire toute la vérité, j'ai toujours gardé un œil sur toi.

— Ah oui, et pourquoi ? demanda Lucien bouleversé.

— Pour obéir à une intuition. J'ai bien fait non ?

## IPOGÉPOLIS

Les deux hommes, côte à côte, la tête baissée et les mains dans le dos, faisaient lentement les cent pas dans le grand salon.

— Tu te demandes ce que vont devenir ces milliers d'enfants, n'est-ce pas ? demanda Vidar à Lucien en arrêtant un instant leur déambulation.

— Oui. Aussi fantastique que soit Ipogépolis, les hommes ne sont pas faits pour vivre enterrés.

— Nous sommes entièrement d'accord. Sache qu'Ipogépolis n'a pas été conçu pour être un bunker, ni même une ville d'ailleurs, et encore moins un élevage de taupes.

— Ah... et si ce n'est pas une ville, c'est quoi alors ? demanda Lucien en tremblant.

— C'est un organisme vivant. C'est une graine en train de germer. La graine d'une fleur sublime qui répond au nom de Justice. Une fleur qui finira par déchirer la croûte terrestre pour déployer sa couronne de pétales tranchants sur la France. Au fond, Ipogépolis c'est le ventre d'une déesse enceinte. Une déesse qui s'appelle Vengeance et qui est sur le point d'accoucher d'une merveilleuse armée.

— Vous voulez dire que les enfants finiront par aller là-haut ?

— Oui, bien sûr. Tous. Et tous en même temps.

Inquiet, Lucien s'arrêta. Il ne comprenait pas vraiment ce que Vidar voulait dire avec son histoire de graine, de couronne, de déesse enceinte et d'armée. Le Prince, absorbé par ses idées, continuait sa marche. Soudain, il haussa la voix. Il sembla à cet instant s'adresser au monde entier :

« Lucien, je vais aller droit au but. Je te demande de ne pas m'interrompre. Tu pourras me poser toutes les questions que tu veux après. Ipogépolis n'est pas une ville souterraine construite pour accueillir les bébés avortés que nous avons sauvés. Nous n'avons pas retiré ces enfants des griffes de la mort pour les enterrer vivants dans un grand cercueil sans soleil. Ipogépolis est l'aboutissement de réflexions qui m'ont hanté pendant plus de 30 ans. Pour lutter contre le déclin de l'Europe et plus spécifiquement celui de la France qui est le pays qui m'intéresse au premier chef, j'ai longtemps cru que l'Église catholique était le meilleur instrument. Je me suis doublement trompé. D'abord, parce que cet instrument a été dévoyé par une secte au profit du mondialisme et ensuite, parce que la foi, c'est un fait, a largement disparu.

« Plus tard, j'ai pensé qu'on pouvait gagner l'opinion à notre cause par de l'agitation, de l'information ou de la formation. Premier constat d'échec : malgré les immenses moyens que j'ai pu injecter dans ce combat, c'était David contre Goliath. La propagande cosmopolite est partout. Elle ne se limite pas à la télévision ou aux journaux, même s'ils sont encore des organes de diffusions idéologiques efficaces et puissants. Elle est à la crèche, à l'école, à l'université, dans les entreprises, dans les services publics, dans les supermarchés, dans les publicités, dans les clubs de sport, dans les livres, dans les films, dans la musique, dans les jeux vidéo, dans les festivals et même sur les paquets de céréales de nos enfants. Second constat d'échec, le plus humiliant pour nous : notre influence n'est pas seulement faible, elle est en vérité contre-productive. Pourquoi ? Parce que la qualité des personnes qui naviguent dans le camp national est calamiteuse. Ils ne travaillent pas, sont facilement jaloux, et ils n'ont pas le moindre sens du collectif. Ce milieu est infesté de jean-foutre aux passe-temps douteux et de vieux bourgeois convaincus que le régime tombera, comme ça, entre la poire et le fromage, sans qu'ils aient à sortir de table.

« Plusieurs petites écuries se disputent la place très enviée du sempiternel perdant. Des souverainistes efféminés qui s'imaginent en de Gaulle alors qu'ils n'arrivent même pas à la cheville de Michou. Des européanistes mous qui se pignolent toute la journée sur Sparte, en pyjama, seuls dans leur chambre de vieux garçons. Des conservateurs qui conspuent le transhumanisme et la décadence des mœurs mais qui ne rechignent pas à s'implanter un anus artificiel en remplacement de l'original rendu caduque par leur insondable vice. Des aristocrates hautains qui passent leur temps à donner des leçons de maintien, de vocabulaire ou d'honneur alors qu'ils rampent devant la Gueuse pour protéger leur héritage ravagé par la consanguinité et sauver la toiture de leurs châteaux aux proportions imbéciles. Enfin, pour n'oublier personne, il y a ces influenceurs cupides sur Internet qui, sous le fallacieux prétexte de ramener des gens vers la cause nationale, délaissent la pudeur et la dignité pour faire les putains et les clowns. À l'heure où nous parlons, au nom de Nietzsche, un bellâtre velu poste sur Instagram une photo de lui à poil dans une piscine ; un bodybuildeur « enraciné » se filme en train de bouffer des kilos de barbaque et partage ça sur Facebook ; une ancienne junkie gauchiste, miraculeusement devenue extrêmement catholique, fait du placement de produit dans ses vidéos Youtube à des prix peu compatibles avec le catéchisme de Saint Pie X ; un ancien haut fonctionnaire s'amuse pendant ses vieux jours à faire des calembours sur Tweeter ; enfin, une jeune blondasse identitaire détrousse les puceaux blancs sur les trottoirs d'Internet, sous les applaudissements de tous. Ces femmes et ces hommes de petite vertu ont tous un point commun : leurs loisirs, leurs désirs, leurs penchants, leurs addictions, leurs conduites, ne sont pas à la hauteur des grandes ambitions politiques qu'ils affichent. La France souffre davantage de la déchéance de ceux qui la défendent que de la vaillance de ceux qui la combattent. Je ne parlerai même pas des énergumènes qui attendent un sursaut patriotique de l'armée, de la gendarmerie ou de la police, leur naïveté me laisse sans voix.

« Bref, l'Église Catholique ne nous est plus d'aucun secours, elle nous est même fondamentalement hostile. Il est impossible de faire évoluer les mentalités de la masse avant qu'elle ne s'autodétruise, l'aliénation du peuple est totale, son vote irrationnel à chaque élection en témoigne. Enfin, même dans le camp des partisans d'un grand changement, il ne se trouve plus d'hommes dignes de ce nom pour mener un combat politique viril et concret.

« Comme on ne peut pas forcer à boire un âne qui n'a pas soif, on ne peut pas forcer à croire une âme sans foi, et encore moins peut-on forcer un corps sans volonté à vivre. Alors, que faire ? Où trouver des hommes ? La solution était sous nos yeux Lucien ! Sous nos yeux ! 200 000 enfants avortés par an en France. 200 000 ! C'est la population d'Athènes au temps de Platon. En dix ans, ça fait 2 millions, l'équivalent de la Grande Armée de Napoléon ! L'avortement que nous jugions légitimement comme un drame, devenait notre plus grande chance, un cadeau de la Providence ! Tous ces enfants que le régime mettait aveuglément à la poubelle, nous allions, nous, en faire des Français d'élite et des soldats redoutables. Dans une somptueuse ironie, plus le régime pratiquait l'avortement et plus il grossissait les rangs des troupes qui allaient un jour se déverser sur lui pour le renverser aussi facilement et rapidement qu'un jeu de quille.

« On ne fait pas tomber un pouvoir avec des arguments. Les arguments servent à légitimer le pouvoir pas à le contester. Seule la force remet en question le pouvoir. Il faut avoir la rage de vivre et la rage de vaincre pour faire un coup d'Etat ou une révolution. La rage de vivre ? Les 190 000 enfants qui sont actuellement à Ipogépolis, ils l'ont. Ils l'ont vissé au ventre parce que les conditions extrêmes des valises des « Anges » et des couveuses, ont malgré nous, opéré une sélection naturelle drastique. Résultat : seuls les plus forts, les plus robustes et les plus déterminés à naître sont arrivés au neuvième mois. La rage de vaincre ? Les 16 000 élèves qui sont actuellement dans le niveau 2, ils l'ont. Ils l’ont chevillée au cœur parce qu’en entrant là-bas, dans le Temple de l’Apocalypse, ils changent leur toge noire pour une toge blanche et la Vérité de leurs existences leur est révélée. Non seulement, s'ils veulent vivre là-haut, ils savent qu'il faut détruire ce système pour qui, ils ne sont rien mais en plus, ils sont ravis et pressés d'aller s’expliquer avec un monde qui les a condamnés à mort sans raison ni procès. Eux, les faibles parmi les faibles. Pour finir d'aiguiser leur détermination si tant est que cela soit vraiment utile, pendant leur formation dans le niveau 2, des stages en immersion sont organisés grâce à nos agents de surface. Ils ont visité sous de fausse identité les cabinets ministériels, les clubs privés, les fondations, les loges, les tribunaux, les prisons. Dissimulés sous une burqa, ils ont parcouru les banlieues islamisées et ont assisté aux prêches dans les mosquées. Les orgies des journalistes de tous les bords avec des politiques de tous les partis ; la trahison des élites et la corruptions des syndicats ; la compromission des fausses oppositions et la collaboration des intellectuels ; le dévoiement de la Justice et la dépravation de l’Église ; les ingérences étrangères et la prostitution de leur patrie ; le pillage de leur patrimoine et les outrages à leur Histoire : ils ont tous vu, ils ont tout entendu, ils sont au courant de tout. Les Sentinelles que tu as du croiser depuis ton arrivée, ne sont pas là pour maintenir l'ordre à Ipogépolis, c'est inutile. Ils sont là pour éviter que les élèves les plus agités fassent une sortie en solitaire pour en découdre. Nous avons déjà eu ce problème à Ipogépolis III. Les gaillards ne sont pas faciles à attraper puis il y a la presse qui s'en mêle, alors on leur raconte des histoires de fous échappés de l'asile, de marginaux moyenâgeux, de junkies en *bad trip*, de fantômes et même de zombies et d’extraterrestres. Ces pourceaux de journalistes se pourlèchent les babines dès qu’ils entendent ces choses-là.

« Vois-tu mon cher Lucien, comme j'aime à le répéter, Ipogépolis est un miracle qui a réussi à concilier l'eugénisme et la morale, c'est-à-dire, à concilier la sélection naturelle du plus fort et la défense du plus faible, en un mot : à concilier la réalité de la matière et la vérité de l'esprit. Ipogépolis, c'est l'armée la plus dévastatrice et la plus juste de tous les temps. »

## LE SACRE

Lucien s'était assis. Il ne tenait plus sur ses jambes. S'il n'était pas lui-même dans l'enceinte d'Ipogépolis, s'il n'avait pas déjà visité une partie de la cité et vu de ses propres yeux les couveuses et les milliers d'enfants, il n'aurait jamais cru à cette histoire. Pourtant, ce n'était pas un conte pour enfant mais un projet en cours de réalisation. Lucien venait de rencontrer son fils en chair et en os. Il était bel et bien au cœur du plus grand complot que l'humanité ait connu. Il était hagard, les pensées paralysées comme après un cataclysme. Il n'osait plus bouger. Il attendait. Peut-être était-il encore dans le coma.

Il ferma les yeux.

Il frotta énergiquement son visage.

Il rouvrit les yeux.

Il était toujours là.

Il se frappa violemment la cuisse.

Il était toujours là.

Là, dans une réalité souterraine qui avait tout du film de science-fiction.

Son esprit désengourdi par une gorgée de rhum, il repensa aux stèles funéraires et à l'année 2033. Lucien allait ouvrir la bouche pour questionner Vidar à ce sujet quand il prit conscience qu'il avait entendu Ipogépolis III :

— Ipogépolis III ? C'est quoi « III » ? Un secteur ? Un quartier d'Ipogépolis ?

— Non, répondit Vidar avec un large sourire d'auto-satisfaction.

— Il y a plusieurs Ipogépolis ?

— Ça se pourrait bien, oui.

— Plusieurs villes comme celle-ci et avec autant d'enfants ?

— Oui. Avec plus ou moins d'enfants.

— Mais il y a combien d'Ipogépolis alors ? demanda Lucien en se levant, les yeux écarquillés.

— Trois.

— Trois ? Où sont les autres ?

— Ipogépolis I, c'est celui où nous sommes. Ipogépolis II est sous Bussières-le-Mort-Homme, un village abandonné que j'ai racheté dans le Cantal. Et Ipogépolis III est sous le chantier médiéval du château fort de Guédelon dans l'Yonne. Château que je me réserve pour mes vieux jours. Si Dieu veut.

— On arrive quasiment à 600 000 enfants ?

— Si on compte d'autres petits Ipogépolis par-ci par-là, nous approchons tout doucement du million.

« D'autres petits Ipogépolis par-ci par-là » se répéta en lui-même Lucien. Il laissa son corps désarticulé retomber sur le fauteuil. Le Prince de Mortemine s'approcha derrière lui, lui mit la main sur l'épaule, et lui dit : « Ta journée a été riche en émotions mon cher Lucien. Suis-moi, ce n'est pas tout à fait fini. Nous allons au niveau 2. Une grande cérémonie nous attend. »

En se levant, Lucien songea à Grégoire et aux enfants déguisés en fantôme qu'il avait vus au Manoir de Brocéliande.

— Prince ?

— Oui Lucien ?

— Je peux vous poser une petite question ?

— Bien sûr, je t'en prie.

— Dites-moi, il n'y aurait pas un Ipogépolis sous le Manoir du Tertre par hasard ?

Vidar regarda Rocaboy avec des yeux complices. Il fit quelques gestes dans sa direction et les deux vieux amis se mirent à rire de bon coeur.

— Effectivement Lucien, mais le Manoir n'est qu'un accès parmi d'autres. L'Ipogépolis de Brocéliande s'étend sous toute la forêt de Paimpont. On a pas eu grand-chose à faire d'ailleurs, il y avait déjà tout un dédale de vieux tunnels. Mais c'est un Ipogépolis un peu particulier.

— C'est-à-dire, demanda Lucien qui trépignait

d’impatience.

— C’est l’Ipogépolis des polissons. On envoie là-bas nos enfants les plus dissipés. Comme tu l’as dit tout à l’heure, l’homme n’est pas fait pour vivre enterré. Je te le confirme. Les passagers d’Ipogépolis sont physiquement attirés vers la surface, comme les bulles de gaz dans une flûte de champagne. Certains plus que d’autres. Alors, il fallait bien les gérer. Quand des coquins arrivent à s’échapper, ils passent inaperçus au milieu de tous les zinzins qui foisonnent dans les environs de Paimpont. C’est Thierry, un bon ami de Grégoire, qui m’a soufflé l’idée de les mettre à Brocéliande. Il connaît bien le coin. Il est excellent, je te le présenterai avec plaisir.

Accompagné de Rocaboy et du Prince, Lucien entra dans un édifice immense qui était la réplique de la Sainte Chapelle en trois fois plus grand. De 20 à 27 ans, des milliers de jeunes gens habillés en toge blanche étaient assis sur des estrades qui bordaient les murs. Tous les regards étaient braqués sur un grand chêne planté au milieu de la pièce. Les filles avaient toutes de longs cheveux tressés en cascade. Elles avaient des cheveux noirs, roux, bruns, châtains, châtains foncés, châtains clairs, blonds, blonds foncés, blonds clairs et blonds platines. Certaines avaient les cheveux lisses, d’autres ondulés, bouclés ou frisés. Ces crinières lumineuses éclairaient de toutes leurs couleurs européennes des visages gorgés de joie et de vie. Ces jeunes femmes à la silhouette développée étaient d'une étonnante fraîcheur et d’une rare beauté. Malgré leur jeune âge, plus de la moitié d'entre elles étaient visiblement enceintes. Les jeunes hommes avaient les cheveux courts, des épaules larges et le sang chaud. Leurs corps harmonieux et athlétiques débordaient d’ardeur et de désirs.

Lucien n'en croyait pas ses yeux.

Autour de l'arbre, à quelques mètres, des dizaines de sièges étaient disposés en rond sur lesquels des hommes et des femmes plus âgés étaient assis. Parmi eux, il y avait Grégoire, Gilbert, Dénikine, Jean Raspail et Pierre. Lucien et Vidar étaient debout sous le chêne depuis plusieurs minutes quand une porte monumentale s'ouvrit. Venceslas, paré d'une toge bleu roi, arriva sur un grand cheval blanc. Il mit pied à terre devant le Prince et s'agenouilla. Rocaboy ouvrit un grand coffre dans lequel, comme un gisant, reposait une armure en kevlar. Tout y était : casque, gorgerin, cuirasse, braconnières, tassettes, spalières, rondelles, canon d'arrière-bras, cubitières, canon d'avant-bras, gantelets, jambières, cuissots, genouillères, grèves et solerets.

Venceslas se leva. Tour à tour, Grand Veilleur, Grand Accoucheur, Grande Éveilleuse, Grand Détecteur et Grand Recruteur venait déposer sur son corps sculpté pour la guerre, une pièce de l'armure qui était d'une souplesse et d'une finesse sans égal. Une fois recouvert de cette seconde peau pare-balle, Vidar lui remit solennellement un fusil d'assaut et une épée. Rocaboy accompagna cet instant de grâce en jouant sur sa flûte le *largo du Concerto en Do Majeur* d'Antonio Vivaldi.

Le Prince de Mortemine adouba Venceslas en posant quelques instants sur son front la crosse de son Beretta 1934. A cet instant, le petit Battista eut une pensée pour l'abbé Alméria qui lui humidifia les yeux.

Le nouveau chevalier en armure remonta sur sa monture, elle aussi bardé de kevlar. Un FAMAS dernier cri dans le dos et l'Épée de Joyeuse pointée vers la surface, Venceslas s'en alla au galop sous les acclamations de la foule qui criait : « Vive la France ! Vive l'Europe ! Vive Venceslas ! Vive Vidarlemagne ! Et vivement là-haut ! Hourra ! Vivement là-haut ! Hourra Hourra ! Debout les morts et vive la vie ! Hourra Hourra ! Debout les morts et vive la vie !»

La chapelle était vide, seuls restaient Vidar et Lucien qui discutaient sous le chêne.

— Venceslas est le Grand Monarque des prophéties de Nostradamus et de Marie Julie Jahenny pour ne citer qu'eux. Sauf que ce Grand Monarque n'est pas tout à fait comme ils le pensaient. Ce n'est pas un descendant des rois de France et il ne va pas tomber du ciel. Le véritable Grand Monarque est un roturier avorté qui va surgir de la terre. Il ne servait à rien de le prier. Il fallait le faire naître. C'est ce que j'ai fait. C'est l'oeuvre de ma vie. Venceslas a été notre premier bébé et il a été, quoiqu'il ait pu entreprendre, le meilleur d'entre tous. Venceslas est un homme fort qui est doux ; c'est un homme humble qui est fier ; c'est un homme intelligent qui a du cœur. C'est lui qui sera à la tête de l'armée qui libérera la France et par effet domino, l'Europe tout entière. Le Général en Chef du Grand Soulèvement, c'est lui, c'est ton fils Lucien.

— Cette date de 2033 sur les stèles et au plafond des église, ça a un rapport avec ce Grand Soulèvement, demanda Lucien la gorge serrée.

— En effet. Quelques heures avant le Grand Soulèvement, nos dizaines de milliers de chevaliers et leurs centaines de milliers de soldats seront postés dans les abris souterrains construits sous ces stèles. Ils sont dans les cimetières de toutes les villes de France de plus de 10 000 habitants. Au même moment, au son du carnyx et des cloches, Ipogépolis I, Ipogépolis II, Ipogépolis III et leurs petits frères, monteront à l'assaut pour qu'enfin véritablement, les morts gouvernent les vivants. Le nom gravé sur les stèles, c'est le nom de chevalier de l'Avorté qui commandera la reconquête de la ville. Chaque patronyme est celui d'une victime civile des colonnes infernales pendant les massacres de Vendée. La date de leur mort correspond à l'année de leur avortement. La date de leur naissance, c'est l'année où ils vont tous voir vraiment le jour ; l'année où ils vont faire toute la lumière sur la France : c'est l'année du Grand Soulèvement. En moins d'une heure, les mairies, les gendarmeries, les casernes, les hôpitaux, tous les bâtiments administratifs et tous les sites sensibles et stratégiques comme les barrages ou les centrales électriques, seront occupés. Les responsables politiques, les hauts fonctionnaires, les spéculateurs, les agents du mondialisme et les provocateurs étrangers, seront tous mis aux arrêts par le peuple qu'ils croyaient avoir avorté. Nous enverrons tout ce beau linge au bagne et de leur juste calvaire, nous ferons une savoureuse télé-réalité. Elle divertira sainement la masse et elle mettra aux anges les nouvelles élites légitimes. Pour qu'ils puissent enfin vivre dans le pays de leurs rêves, nous offrirons aussi un billet d'avion sans retour pour l'Afrique à tous les babtous joueurs de djembé et à toutes les nymphomanes ébranlées par le slip des Bons Sauvages. Enfin, nous garderons quelques banlieues dans leur jus, les quartiers nord de Marseille, le Val Fourré de Mantes-la-jolie, les Minguettes à Vénissieux et le Mirail de Toulouse par exemple, et nous y installerons les activistes gauchistes, les journalistes, les intellectuels, les acteurs, les écrivains et les chanteurs qui traitent depuis quarante ans les Français de racistes et les policiers d'assassins. On dressera des grandes clôture pour que personne ne puisse échapper au vivre ensemble, et on organisera des safaris photos dans des bus blindés pour amuser nos gosses. Non seulement notre accession au pouvoir sera juste, mais en plus, elle sera drôle. L'humour, c'est essentiel. Nos légions de Compagnons abattront toutes les horreurs en béton qui défigurent notre nation. Ils nettoieront à la brosse à dents s'il le faut chaque centimètre carré de notre sol souillé par la bave des barbares. Ils restaureront tout notre patrimoine à l'abandon. Muret, chapelle, maison de pierre en ruine, tout sera redressé. Avec les méthodes ancestrales et grâce aux technologies actuelles, ils bâtiront des édifices encore plus grandioses que nos cathédrales, des édifices à la beauté vertigineuse qui feront la fierté de la nation et susciteront l'admiration du monde entier.

— Venceslas n'a pas de nom de chevalier lui ?

— Non. Parce que c'est le Roi et parce qu'après lui avoir longuement parlé de toi pendant ton coma, il a insisté pour garder son vrai nom.

Écrasé par l'émotion, Lucien fut obligé de s'asseoir contre le grand chêne. Vidar, lui, était toujours debout. Il avait les mains jointes dans le dos et le regard figé en direction de là-haut.

— Le Grand Soulèvement est donc prévu pour 2033 ? interrogea Lucien. Quinze ans à attendre encore ?

— C'est ce que j'avais initialement prévu répondit le Prince de Mortemine songeur. 2000 ans après la mort du Christ, c'était tout un symbole. Je ne pensais pas moi-même y assister à ce Grand Soulèvement. Puis on a très bien avancé. Et là-haut, tout s'accélère : contrôle social à la chinoise, terrorisme islamique, paupérisation accélérée, rapacité sans borne des oligarques, épidémies à répétition, grand remplacement et guerres à venir en Ukraine et en Israël. Jasper Balbuzard est encore après moi. Le temps presse. Jean-Michel Macron est en roue libre. Nous devons l'arrêter Lucien. La date de la Grande Bataille que la France doit livrer contre elle-même et contre ses ennemis jurés risque d'être avancée. Et si c'est le cas, j'aurais besoin de toi.

**DÉBUT**

Printed in France by Amazon
Brétigny-sur-Orge, FR

25164008R00121